沂蒙山派文学与沂蒙精神

张丽军　等著

人民出版社

目　录

绪　论

在谈到文学流派时，特别是在中国现当代文学的发展历史中，我们会说文学流派众多、色彩纷呈。事实上，众多文学流派的出现，是文学繁荣的一个标志。五四时期新文学出现，之后是文学流派的出现与繁荣。随着作家和作品的增多，五四文学就出现了很多文学流派，作家们因为共同的兴趣爱好，因为相似的故乡情感，因为共同的审美取向等种种关系，构成一些流派，比如我们熟悉的文学研究会、创造社、浅草–沉钟社、民众戏剧社等等。各个文学流派有各自不同的特征和功能，存在时间也不同，而且都在文学史上发挥了很重要的作用。文学研究会的成员众多，倡导"为人生"的文学，并且诞生了很多优秀的作家，像冰心、茅盾、叶圣陶等等。而创造社强调主观抒情的审美方式，重视内心情感，主张从事艺术形式的创新。不同的社团相映而生，构建不同的审美风格。这就呈现出文学发展、繁荣的一个很重要的特征：文学流派的出现推动了文学的发展，而且这对于作家的成长来说也是很重要的，作家自身创作的特性能够在整个流派中得到呈现。

新中国成立之后出现了山药蛋派、荷花淀派等文学流派，同样也是色彩纷呈。新时期文学中思潮、流派众多，如伤痕文学、反思文学、改革文学、寻根文学等。我们能够看到，因为某种观念的相同，或者因为某种审美理念的一致性，这一时期的作家们呈现出一批批、一茬茬出现的情形，包括新历史主义那一批作家的出现，也包括先锋文学的形成。先锋文学是新时期文学中影响最大的文学创作流派。改革开放以来，在文学流派对文学整体发展的影响方面，先锋文学对形式的追求与创新最为突出，像余华提到"生活实际上是不真实的""创作是在努力更加接近真实"这种很先锋的理念，成为他们共同的追求。我们能够看到像马原、格非这一批作家的成长、成熟，就是对这种审美理念的追求成就了他们，使得他们成为先锋文学的代表。所以当我们提到这个流派有哪些作家、那个流派有哪些作家，体现的就是作家们共同的内在创作纹理和审美理念，他们互相成长，互相体现。

然而到了新时期，出现一个很奇怪的现象，就是20世纪90年代之后，中国文学没有流派，没有思潮。但我们会发现这一时期有很多文学大家，例如张炜、莫言、贾平凹。过去文学史曾经把莫言归到寻根文学或者先锋文学之中，后来也不这么提了。莫言就是莫言，张炜就是张炜，他们已经成长为大树，成为一个独立的个人，他们一个人就是一个地理标志，他们就像是文学中的一座大山一样，巍峨地、独立地存在着。但是，在今天这个时期，文学有没有流派性的内涵？现在还很难找到答案。因为当下许多作家的创作都很雷同，除了这几座大山之外，其他作家在进行文学创作时，作品体现的地域性特征，作品具有什么样的创作风格，以及文学内在的个性和独特性已经越来越弱，甚至难以辨认。当然，这一时期也有部分的思潮，比如21世纪面向底层人群的底层文学、以描写打工人群为主的打工文学等思潮。但这些太过单一，而且没有形成也无法形成一个主导性的创作潮流。所以21世纪以来的文学思潮、文学流派，处于一种沉寂的状态，文学创作共同的内在特质没有彰显出来。导致这种现象出现的因素有两个：作家自身的创作特征不明显，作家创作思想的同质化，文学创作形式以及文化内涵的同质化，没有能够特别凸显出来的个性张扬的文化特征，这是一个因素；另外一个因素则在于批评家，20世纪八九十年代文学流派的命名，是由批评家们率先提出，这些流派的命名大部分是批评家的工作，因此批评家们仍需多做一些努力。

当然，对一个文学流派如何命名有其内在的合理性，但有没有一些文学现象一直存在却没有被命名？笔者认为这种现象同样存在。这也是我们今天探讨文学流派一个很重要的原因。批评家如何命名这个时代的文学，如何分析这个时代的文学，这是个很难的工作，这也是对很多批评家的考验。现在有些批评家也在努力建构一些具有地域性的文学流派，比如江苏的里下河文学流派。笔者去参加过几次他们的会议。他们试图以江苏泰州地区的著名作家，如汪曾祺、毕飞宇等人，还有一些80后、90后作家，以及批评家汪政、吴义勤等为主，构建一个具有自己地域文化特色的文学流派，并且做了很多的努力。这很值得我们思考，能够促使我们去探究地域文化和文学流派的内在关系。

那么，文学流派何以成为一个流派？有什么标志？笔者总结出几个因素。首先是地域的同一性，有一个共同的地域。当我们提到京派文学，它的地域就是北京，20世纪30年代以北京为中心的一批作家，像周作人、沈从文、李健吾等，他们有着共同的审美情趣和文学价值观。说到海派文学，我们会提到以上海为中心的新感觉派文学，像刘呐鸥、穆时英、施蛰存等，他们强调直观的生命体验，对生命直觉的呈现，语言的意识流写作方法，文章所包含的性的因素，以及感官因素的描写，从而形成一个文学流派。所以地域是一个很重要的因素。在表述中国民间不同地域间文化和习俗的差异时，我们常说"三里不同风，十里不同俗"，或者"一方水土养一方人"，不同地域文化的差异性，对人们的生活方式、文化习俗、思维方式、审美观照等差异性的形成具有不可忽视的作用。日本学者和辻哲郎所写的一本社会学名著就叫做《风土》，他认为风土包括自然的风土，这是物理性的风土，它会在人的心理和情感上形成一种具有文化差异性的精神的风土，其本质就是对精神结构产生影响，导致人们生命思维方式、语言思维方式的不同。比如在大山里成长的孩子和在平原上成长的孩子，在河流上成长的孩子和在海洋环境中成长的孩子，他们的差异是极大的，生命思维方式、语言思维方式截然不同。丹纳在《艺术哲学》里面提到，艺术的因素有三个：人的因素，自然的因素，风土的因素。这些都是很重要的方面，此外还包括历史的因素等等。当我们阅读欧洲文学史的时候，读勃兰兑斯的《十九世纪文学主流》，里面同样提到欧洲的北部和南部由于地理结构和气候的差异，在人们生活习俗上形成的差异，在生活感受和情感体验方面的差异，以及审美的差异。在中国，我们同样提到中国的北方和南方不同的环境特征。北方多山地，气候干旱，人们生活中呈现出一种粗犷的审美体验和宽厚的精神内旨，是一种极为厚重的生命存在形式。南方多丘陵，湿度和温度都要高于北方，有充沛的雨水和充沛的阳光，这种环境对人们内心的影响，带给人的精神观照与北方肯定是不同的。南方的作家比如苏童、毕飞宇，他们笔下所书写的对象是极为精致而且充满灵性的。

从这种角度来审视里下河文学流派，就会发现其中内在的自然性、地域性和文化性特征，有其自身存在的道理。同时，从当代文学发展历程来看，在山东有一个被忽视和遮蔽的流派，就是沂蒙山派文学。实际上，在整个当代文学史中，沂蒙文学有很多作品呈现在我们面前。沂蒙的话剧《沂蒙红嫂》，在20世纪七八十年代非常有名。同样，20世纪80年代也有一些非常著名的文学作品，比如李存葆的《高山下的花环》。该小说创作于20世纪80年代，是一部以对越自卫反击战为题材的战争题材作品。这个题材取自沂蒙山的真实故事，而战争题材也是沂蒙文学、特别是当代沂蒙文学中非常重要的题材。抗日战争以及解放战争时期，沂蒙山是革命的根据地，是革命老区，而《高山下的花环》所写的是对越自卫反击战，实现了对战争题材小说的当代延续。这部小说在当时就已经被翻拍成电影，其所表现的地域性其实就是具有沂蒙山文化特征的文学。

文学流派形成的第二个因素，就是要有几个重要的、具有代表性的作家与代表性文本，能够从文学内部结构体系中把整个流派的概念支撑起来。当我们提到文学研究会时，首先想到的是其中的作家，像叶圣陶、朱自清、冰心、茅盾等等。在提到创造社时，也会想到郭沫若、郁达夫等人。所以，作家是一个流派非常重要的支撑。

当我们提到沂蒙文学的时候，也有很多重要的作家和作品出现。比如前面提到的李存葆的《高山下的花环》，这是一部在当时影响很大的作品，小说出版之后非常畅销，而且一版再版，甚至出现了洛阳纸贵的现象。还有刘玉堂的小说，比如《乡村温柔》。刘玉堂写了很多沂蒙山的故事，他笔下的沂蒙山故事主要是以当代文学题材为主，所写的是不同时期沂蒙山人的精神状态和日常生活，惟妙惟肖，栩栩如生。另外还有苗长水的小说。苗长水也是沂蒙山派文学一位很重要的作家，他的小说往时代的前面延伸，写抗日战争和解放战争时期沂蒙山人的精神生活，特别是沂蒙山的女性。苗长水的小说非常独特，因为在北方作家的创作中，世代根植于土地的农民身上所具有的这种厚重、大气、沉重、苦难等精神特征是作品主要的文化内核。但我们发现，北方人还有另一种特点，就是像孙犁的小说一样。孙犁的小说塑造了很多女性形象，这些女性身上带有非常秀美的气质和充满灵性的生命存在形式。而苗长水的小说就有一种孙犁的品质。苗长水的小说写沂蒙山的女性，写一个个美丽的女性，写她们柔软的内心、细腻的情感。他找的点非常准，非常巧，非常独特，他不写那种坚硬的故事，而去写人内心那种柔软的、隐秘的、不向外界敞开的情感和精神秘密，从而讲出沂蒙山新的故事。这是非常重要的创新。所以在20世纪八九十年代苗长水的小说就被很多批评家关注，特别是上海的批评家们，很早就关注他。除了这几位重要的作家之外，沂蒙山派文学还有一个重要的作家，就是赵德发。赵德发属于大器晚成的作家。他有几部重要的作品，比如"农民三部曲"。赵德发的小说在20世纪90年代就已经写得很精彩，他的成名作《通腿儿》是1990年左右发表的。这是一个与战争有关的故事，发生在解放战争时期。这篇小说隐含着民族内在的文化传统、嬉嬉闹闹的民间风俗。风俗说的是新媳妇在喜月里不能见面，如果见面了，那就不能说话，因为先开口的好，后开口的就不好。这是当地民俗，很有趣，也很有意味。其实这是一个很悲哀的故事，呈现的是沂蒙山人在战争中所作的巨大的付出和牺牲，特别是沂蒙山女性的牺牲。赵德发笔下的沂蒙山女性和苗长水笔下的女性不一样，苗长水笔下的女性很有灵性，很秀美，前者则不是。赵德发的小说不是水灵灵的萝卜，不是那种一掐就出水的，而是一个被腌制的、晒干的萝卜条，它有味道，而且它已经拧干了水分。小说《通腿儿》中的两个女性，到最后她们的孩子没有了，丈夫也没有了，只剩下她们两个相依为命，从她们的丈夫儿时通腿儿到她们年老时通腿儿，似乎越活越悲哀。在别人眼中她们都很坚强，但是那种悲哀、那种苦难深入内心。所以这是一个看到最后很让人难过的故事，而这个故事让赵德发写出了历史的深意来。赵德发创作的高峰是在2000年前后写的"农民三部曲"：《缱绻与决绝》、《天理暨人欲》（又名《君子梦》），还有后来的《青烟和白雾》。其中笔者特别欣赏的是前两部，写得非常精彩。《缱绻与决绝》写出了一个农民对土地的深厚情感。另一部《君子梦》，写出了沂蒙山的文学特征，体现了沂蒙山文化的丰富性和厚重性。

第三，共同的审美理念是文学流派形成的内在性核心理念。一个流派为何会形成相同或相似的创作特性呢？这是因为流派内部人员存在审美理念的一致或者某些情感因素的一致，例如新月诗派，他们因为欧美留学生会而组织在一起，形成一种对诗歌倡导艺术形式上的创新、提倡新格律等共同的审美追求的特点。正是因为这种共同的审美追求，一方面使这些作家成为流派的重要成员，另一方面，流派的形成和出现，也成就了作家们的创作，两者互相映现。所以这是文学繁荣发展的重要标志。五四后期，又有京派、海派、新感觉派等派别的出现，这时的文学史去讲述它们，是因为它们经常以一种凝聚在一起的形式呈现出来。例如东北作家群，他们是因为东北这个地域而聚在一起，因为对文学共同的追求，呈现出一种新的关于抗争和革命的进步主张，包括共同体现出的抗战因素，都凸显出他们共同的创作特征。当然，今天重新来看这些作家的创作，我们会发现，其实他们内部也各不相同，萧军、萧红、端木蕻良、骆宾基，他们内部的差异很大，但是在创作中有一种共同的精神和审美追求。

善良、大义、坚韧、淳朴等人性与伦理文化维度，彰显着沂蒙文化和沂蒙文学的内涵，是沂蒙山文学作为一个文学流派精神理念的支撑点。这是古老的土地上人们对大义的追求，对生命向善的追求和自我完善的内心需要。李存葆《高山下的花环》中的梁大娘对国家的无私奉献，可谓是献了夫郎献儿郎，几代人为国家民族的发展流血牺牲。刘玉堂的"乡村温柔"系列小说，写到沂蒙山人谈恋爱，有权有势的时候不同意，没权没势的时候，以爱情来安慰"犯错误的""受伤的"心灵。

沂蒙这片土地，深受中国传统文化影响，齐文化、鲁文化，甚至更早的中国古代文化，几千年的传统文化都在这里积淀。比如说笔者家乡莒县的那棵银杏树，有三千年的历史，其中有一段历史叫作"大树龙蟠会诸侯"，是指鲁国的国君和莒国的国君在这棵大树下会盟。这棵树时至今天依然是枝繁叶茂，还在开花结果，其历史的厚重感来源于这块土地上深植的浓郁的文化内涵。赵德发《君子梦》写的是中国自古以来常用"君子"和"小人"来评价别人。小说里写到一个村子叫作律条村，这个村的人有个梦想，想把村子建成一个君子国，想要让全村的人都做君子，但却发现很难。因为人性的复杂性，人有向善的力度，也有向恶的本性，以及善和恶之间极为复杂的欲望本能。但小说中含有多种维度，尤其突出乡间伦理文化的维度。这里就体现出赵德发的雄心，他想要书写沂蒙山人所拥有的一种希望，坚守传统伦理文化、使人向善的希望，如同毛泽东的诗歌一样，"春风杨柳万千条，六亿神州尽舜尧"，希望人民都能够像尧舜一样，像君子、圣人、贤者一样生活。这实际上是对人性的极端拔高，也同样是一种遮蔽和伤害。这种伪君子式的虚伪，正如"乌托邦"和"人民公社"一样。"一大二公"的纯粹无私的"人民公社"，造成生产力的倒退，恰恰是一个乌托邦式的梦想。所以赵德发作品里写出想让人人成为君子是不可能的，反而会出现很多伪君子。就如同俗语所说，"天上星多月亮少，地上人多君子稀"，这是社会的常态。这里所呈现的就是伦理文化的向度，希望建立一个深明大义的、能够使风俗更加纯化的向善的社会，是在传统伦理文化维度上的追求，对人性中真、善、美的追求。赵德发写的《双手合十》《乾道坤道》同样非常动人，包括新近的小说《人类世》。《双手合十》写的是人间佛教，在佛教的寺庙中都写了一句话，"诸善奉行，诸恶勿作"，在善恶之间，佛教是鲜明的惩恶扬善，这是站在佛教文化的视角对民间伦理文化的追求。

以上提到的几位重要作家，他们是从战争和伦理文化等角度，去看待极端条件之下人性的光芒、人性的裂变，展现出一种伦理文化的追求。另一个同样书写沂蒙大地上美好人性的是著名散文家厉彦林。厉彦林是以创作散文为主，同时也写了很多优秀的诗歌。厉彦林的诗歌从20世纪80年代开始，就以展现个人心灵的吟唱而为学界关注，写他和大地、沂蒙山、乡村、乡土、民俗和童年的内在生命关系和情感。厉彦林创作诗歌的精神视域是从土地深处流淌出来的。他不再写遥远的战争，而是主要关注当代沂蒙山人与大地相和谐的安宁的生活状态。每一个普通小人物，每一个人的亲情、乡情、真情和挚爱，这种情感自然地流露，同样书写得非常动人。他的文章中写到很多沂蒙山逝去的乡土文化与乡土风物，这也是厉彦林散文特别宝贵的地方。我们能够看到，今天时代的力量非常强大，比如我们曾经强调过的前现代、现代、后现代、后工业时代，都证明了当前社会正在急剧变化，一代人的生活经验很难适用于另一代人。当我们再去回看历史的旧物，比如我们小时候推的石磨，那时候的青石板街、煤油灯，那种粗糙的家具，木工制造的窗花、橱柜，都已经成为历史，离我们的生活和今天的少年——即使是至今生活在乡土中的少年——都很遥远。而厉彦林恰恰对这些事物做了非常精彩的描绘，向我们呈现逝去的乡土，逝去的民族文化，把乡土中饱含的浓浓的情和爱传递给我们，所以它呈现的是当代沂蒙山人对乡土、对亲人、对土地无比深厚的热爱，也唱出了新的沂蒙文学的歌声，是沂蒙乡土文化和传统人文情感在当代新的延续和成长。这些都是厉彦林散文中非常宝贵的也是值得我们推崇的地方。这是本书所呈现的几位作家，主要对他们的创作进行重点分析。

判定一个文学流派的第四个特征，就是有没有巨大的影响力，有没有对同时代和后世产生巨大的影响和持续的审美效应。事实上，沂蒙山文化哺育的当代作家李存葆、刘玉堂、赵德发、厉彦林等人的作品，甫一发表，就产生了强烈的社会反响和巨大的文学影响力。

尤为可贵的是，在这些沂蒙山派文学大家的带领和影响下，这片古老的土地涌现出杨文学、南方、夏立君、东紫、常芳、蓝野、江飞、轩辕轼轲、也果、窦凤晓、李林芳、罗兴坤、潘维建等众多作家，纷纷发表优秀的关于沂蒙山历史文化的作品。70后作家常芳影响很大，她创作的小说《第五战区》讲述的是抗战时期在沂蒙山发生的故事，写出了一些小人物和战争的内部关系。常芳写当代沂蒙山人特别温暖的情感，创作了很多优秀的小说。70后作家东紫写了很多关于浮来山的故事，写出了那个时代的疼痛和温暖。在诗歌方面，沂蒙山文学作为一个流派，创作也非常丰富，而且影响很大。从20世纪80年代开始，在新时期文学的黄金时代，诗歌是最早萌生的文学体裁，同时也涌现了很多优秀的诗人。沂蒙山派文学中的诗人，有轩辕轼轲，还有诗人和散文家也果。也果的诗歌成就很高，也非常精美。现在首都师范大学有很多驻校诗人，其中沂蒙山出来的诗人有好几位，比如李林芳等，都是沂蒙这片土地孕育的文学家和诗人。

此外，沂蒙山文学还包括现代戏剧《沂蒙红嫂》等，都是值得我们研究的作品。沂蒙地区的音乐作品《沂蒙山小调》等，影响非常深远，成为代代传唱的经典。沂蒙地区的影视剧，如电视剧《沂蒙六姐妹》，在当时产生了非常重要的影响，都值得我们去关注。所以笔者认为，沂蒙山文学作为一个独立的流派，具有其内在合理性和文化逻辑性，更有其深厚的历史文化底蕴。沂蒙文学承前启后的艺术影响力和延续性，是其一个重要的文学特征。

作为一个文学流派，沂蒙山文学具有共同的地理文化内涵，有一批具有重要影响力的作家和标志性文本，有着内在统一的精神理念、文化内核，对同时代和后世都产生了广泛的影响。尤其是对沂蒙大地所孕育的沂蒙精神，即淳朴、厚道、仁义、坚韧等优美善良高贵的品质的颂扬和书写，是沂蒙山派文学的精魂之所在。如果把沂蒙山派文学作为一个文学流派来重新进行审视和思考，会带给我们一些新的认知和不同的文化风貌，同时也提出很多新的时代问题。沂蒙山派文学和中国当代文学是一种什么关系？沂蒙山派文学审美表现形态的丰富和多样对中国当代文学的发展提供了怎样的借鉴意义和价值？沂蒙山派文学所呈现的文化理念、文化魂魄，对中国当代文化的建设、中国当代民间文化的转型和重建能够提供什么意义和价值？这都是令人深思的问题，需要我们去阐释与挖掘。

同样，当代沂蒙山派文学又面临哪些新的问题？如何去重建沂蒙文化与历史、与现代、与未来的关系，讲述好沂蒙故事，去书写能够感动当代人内心的沂蒙故事？这些依然是当代沂蒙文学创作的核心问题和难点所在。本书所提到的刘玉堂、赵德发、苗长水、厉彦林这些作家，他们已经以各自不同的方式，就这些问题作出了他们自己的回答。

文学永远是创新的，永远需要与时代进行对话，需要鲜活的、能够走进内心的情感触动和文化精魂。沂蒙山派文学就是沂蒙山人在当代中国所创造的活生生的现实，是他们体现自我价值、实现情感共鸣的时代作品，而作家是这个伟大时代的记录者和呈现者。

这片古老的、神奇的、深厚的土地从不辜负辛勤的耕耘者和探索者。

第一章　赵德发文学创作与沂蒙精神

第一节　赵德发：不曾间断的"修行者"

提及理想国，大多数人首先想到的可能是柏拉图的著作《理想国》，那是古希腊时期希腊先哲站在维护和改良奴隶主专制的立场上构筑的以正义与善为主题的理想国，一个充满哲理思辨意味的完美城邦。柏拉图的这种思想产生了深远的影响。在资本主义发展的原始积累时期，"圈地运动"导致了"羊吃人"的局面，经济的发展与膨胀激化了社会阶层的矛盾，人们渴望一个公正合理的新社会的出现。于是，理想色彩浓厚的《乌托邦》应运而生，满足了人们关于美好未来的所有想象。莫尔笔下的《乌托邦》为我们描绘了一幅理想国的蓝图：物质资料的充裕、财产的公共所有、政治体制的公平与民主、社会秩序的公正合理、科技发达、教育思想先进、宗教信仰自由，一种人类至善至美的理想生活。作者站在揭露和反抗封建专制统治的立场上，主张建立一个摆脱了社会邪恶、阶级剥削和阶级压迫、人人自由平等的理想社会。"我深信，如不彻底废除私有制，产品不可能公平分配，人类不可能获得幸福，私有制存在一天，人类中绝大的一部分也是最优秀的一部分将始终背上沉重而甩不掉的贫困灾难的担子。"①废除私有制是乌托邦的根本特征，也是对不公正现实的有力回击，成为西方共产主义理想的精神源头。

相对于西方充满哲理的思考，理想国在我国文学作品中呈现出诗意的一

---

① ［英］托马斯·莫尔：《乌托邦》，戴镏龄译，北京：商务印书馆1982年版，第44页。

面。春秋时期《诗经》当中《硕鼠》一篇表达了对"乐土"的向往："逝将去女，适彼乐土。乐土乐土，爰得我所。"自进入阶级社会以后，剥削制度开始产生，这里对"乐土"的呼唤反映了底层劳动者们对繁重压迫的高声抗议和对美好生活的向往与憧憬。但是在这里，乐土只是一种对理想国的模糊想象，还没有清晰条理的设想与建构。而到了魏晋时期陶渊明的笔下，《桃花源记》所代表的对理想国的想象变得明晰且具体。"阡陌交通，鸡犬相闻""黄发垂髫，并怡然自乐"，这是一个没有阶级与剥削、自食其力、自给自足、和平恬静、人人自得其乐的社会。作者塑造了一个与污浊黑暗社会相对立的美好境界，也是广大劳动人民所向往的理想社会。只是"南阳刘子骥，……欣然规往，未果"的结局暗示了作者所构筑的世外桃源是一场安逸恬静的梦，一个能够慰藉自己、满足灵魂深处需求的理想寄托。中国古代文人的诗情画意到了近代开始变得不合时宜，在坚船利炮的轰击下，社会混乱，民不聊生，对理想国的追求更为迫切，更加紧急。孙中山振臂高呼"天下大同"，对"大同世界"有了新的时代阐释：政治民主平等、经济国富民利、道德利他博爱，追求和建设一个政治、经济、道德等各个层面协调，"共有、共治、共享"的和谐理想社会。由此可见，古今中外，不管是在哲学层面还是社会政治层面，我们并不缺乏对理想国的思考与设想。这些美好的向往和期待，将背后隐含的对社会的不满、对现实的批判与讽刺巧妙地表达出来，是一个反思性与理想性相融合的精神建构。

理想国在文学作品中的书写与呈现是一个颇有意味的现象，其主体建构是一个复杂而又庞大的工程，它涉及社会的多个层面、多个维度。纵观理想建构的文学作品，我们不难发现，作家最为青睐的便是对道德理想主义的弘扬。作为建构理想国不可缺失的一部分，从道德文化的角度出发，作家所建构起的文学世界里的理想国更为具体、更有针对性，因此也就更有社会现实意义。道德理想主义的弘扬在任何一个时代都有它的舞台。众多人文学者将道德理想主义看作是文学创作中的信奉和瞻仰，因此道德理想国的建构在文学作品中的呈现比比皆是。作家对道德理想的毕生追求寄寓于文学创作之中，着力来刻画一个现实之外的艺术世界。在漫长的社会转型进程中，道德理想是历史发展的产物和现实社会关系的反映，同时时代的风云变幻也在潜移默化中对道德的形成和发展产生了深远的影响。自近代以来，我们的社会一直处于巨大的变迁之中，在此基础上形成的道德理想也随之不断地建构与解构。

自1949年新中国成立伊始，新的国家政权的确立使我们在政治上进入了新的社会历史时期，紧随其后进行的社会主义改造运动让我们在经济上逐步迈向社会主义社会。革命战乱年代已经远去，此时的全国人民一边沉浸在这来之不易的胜利喜悦之中，一边以极其高涨的热情投入到社会的生产发展，以一份对共产主义的信仰积极迎接新的生活，蓬勃向上地拥抱共产主义的曙光。经济基础决定上层建筑，政治、经济的稳定为文化的发展提供了良好的环境。一种新的国家政权、国家体制的确立，势必在文学艺术上有所反映和呈现，即意识形态对文学的引导作用，以及由此确立的"文化领导权"。"文化领导权是'文化和道德'的领导，在无产阶级和社会主义者看来，为更多的人而无私工作、没有个人的杂念、为无产阶级和社会主义理想牺牲、献身，是共产党人必须具备的道德品质。"①所以在道德层面，人们所向往的是一个纯净质朴、真善美至上的社会，是一个去除隐瞒欺骗、自私贪婪，道德高尚、纯粹的理想国。因此在新中国成立后的近二十年里，"十七年文学"中那些回荡着革命激情、描绘农村新面貌的文学作品向我们勾勒出一幅幅道德理想国的图景。

革命的发展与新的社会理想亟须一种新的文学艺术形式与之相适应。②因此，改造后的文学体制应运而生。在一体化的文学体制下，革命历史小说的创作掀起第一个高潮，道德理想国的建构在一部部作品中逐渐显露。这首先体现在一个个完美无缺的英雄人物身上，无论是《保卫延安》里的周大勇、《红日》里的沈振新，还是《林海雪原》里的杨子荣、《党费》里的黄新，他们都是革命道德理想的化身，这一个个"高、大、全"的人物形象恰是作者着力建构的理想国的标榜和支柱。除此之外，在农村现实变革小说中，作家着力刻画的一些社会主义新人形象，他们身上所呈现出来的精神面貌同样展现的是一片"明朗的天"。像李准的《李双双小传》，马烽的《结婚》《我的第一个上级》，这些可歌可泣的人物形象身上闪现的是一种崇高的精神火花③，展现出

① 孟繁华：《游牧的文学时代》，北京：作家出版社2009年版，第66页。
② 王万森、吴义勤、房福贤：《中国当代文学50年（修订版）》，青岛：中国海洋大学出版社2006年版，第13页。
③ 王万森、吴义勤、房福贤：《中国当代文学50年（修订版）》，青岛：中国海洋大学出版社2006年版，第81页。

新时代人物思想方面的美好追求。与此同时，在诗歌、散文领域，如郭小川、贺敬之的战歌与颂歌，杨朔的散文，我们同样可以感受到作者在那个时代创作的满腔热情和崇高的精神指向。当然，不可否认的是，这些光辉的人物形象是理想型完美人格的化身，与现实生活之间存在着较大的距离。

当"文革"结束以后，伤痕文学与反思文学的出现让偏离了自身正常发展轨道的文学逐步回归，文学自觉性逐渐增强，紧随其后的寻根文学在20世纪80年代中期流行开来。文化的"寻根"意识在文学作品中的显现，不仅是对民族文化立足之根的追寻，也是对深沉的历史文化的反思。"寻根不是出于一种廉价的恋旧情绪和地方观念，不是对歇后语之类浅薄的爱好，而是一种对民族的重新认识，一种审美意识中潜在历史因素的苏醒，一种追求把握人世无限感和永恒感的对象化表现。"①这是在寻根思潮中，韩少功对文学上"寻根"二字的理解，同时他也身体力行在文学作品中寻找已经迷失的楚文化，《爸爸爸》可以看作是最好的代表。除此之外，还有阿城的"三王"（《棋王》《树王》《孩子王》）、王安忆的《小鲍庄》、李杭育以《最后一个渔佬儿》为代表的"葛川江系列"小说、张炜的《古船》、莫言的"红高粱系列"小说等众多小说，这些文学作品所选取的角度、采用的视角虽不尽相同，有的是对知青记忆的呈现，或者是对改革潮流的反思，再或者是对传统文化困境的透视，还有的是对民族历史与生命力相交融的状态的激情宣泄，但是在这丰富多样的书写中，他们都有一个共同点，即对民族传统文化有了清醒的认识和思考，在重新审视历史中建构人物形象的理想人格。

梳理20世纪80年代文学作品的道德寻根脉络，在这里我们不得不提到"文学鲁军"这样一个值得关注的群体。自党的十一届三中全会以来，中国加快了改革的步伐，对外开放的程度不断加深。新的财富观念、思想道德观念在此激荡交汇，文化语境呈现出多元化趋势。受浓厚齐鲁文化浸染的山东作家对此尤为敏感，关于义与利的争辩与困惑在文学作品中得到较多呈现。在这一时期最有代表性的作品当数王润滋的《鲁班的子孙》。小说塑造了两代木匠在新时期面对金钱与道义冲突时不同的反应与选择，这显示出了作者极为敏锐的嗅觉，同时对时代社会不同观念的潮流进行了深入的思考与积极的探索。因

---

① 韩少功：《文学的根》，《作家》1985年第4期。

此"王润滋的确是新时期'伦理化'审美探索中的佼佼者"①。老木匠黄老亮身上的仁义道德在养子秀川看来是那么的迂腐，秀川认为付出劳动就应收取回报，这种交换性质的往来是天经地义的。在这里，我们看到了传统的、严苛的道德伦理体系受到了严峻的挑战。与此相呼应的还有李存葆、张炜、矫健、尤凤伟、李贯通、左建明等一批山东作家，显现着齐鲁文化的道义精神。从空间维度来讲，这是不同作家对同一主题的多层次、多侧面深入思考；而从时间维度来看，同一作家对同一主题的思考也是不断深入与细致的。在这里我们以张炜为例，其创作思想中的道德主义一直是他文学世界的主体支撑。从厚重磅礴的《古船》里传达出沉重的道德救赎理念到《九月寓言》个体的生命追求，表现出"现代性道德焦虑"意识，再到《柏慧》《家族》《刺猬歌》，张炜一次次亮出其道德理想主义长剑，在商业浪潮下与精神缺失进行抗争，对传统道德竭力坚守。张炜将"道德理想主义"推至一个当代思想的高峰，并使这一思想成为他小说作品最为重要的内涵和要素之一，人们在谈论当代中国文学时将不能不谈论张炜，谈论张炜时也将不能不谈论"道德理想主义"。因此，20世纪八九十年代山东作家群关于道德理想的创作是一笔不可忽视的财富，它为当代文坛对道德理想国的重构提供了宝贵的精神资源。

时至20世纪90年代，文学语境的转变并没有切断对道德理想的书写，道德标杆在市场经济新尺度下失去了曾经的影响力，道德与利益之争愈演愈烈。1992年2月，邓小平南方谈话开启了中国社会主义建设发展的一个新时期。他所提出的改革发展理念成为我国社会主义市场经济发展的重要标准和价值取向。自此，中国人民甩开膀子，以极高的热情投入到经济建设上来。在改革春风最先吹到的南方地区，经济发展水平大幅度提高，慢慢带动全中国卷入到大经济浪潮中来。

与此同时，物质经济的快速发展也大大刺激了人们内心的欲望，金钱与享乐的撩拨与诱惑使人们逐渐沦陷于失德的漩涡之中，对金钱的过度崇拜也导致了时下各种道德缺失的现象屡屡发生。个人主义、拜金主义如同发酵剂，在市场经济中使得人们内心的贪欲愈发膨胀。当金钱对道德理想的产生构成威胁、整个社会道德感的缺失逐渐上升为一种危机时，报纸期刊、电视网络等各种新

---

① 张丽军：《论齐鲁文化与山东21世纪文学的"难美"飞翔》，《小说评论》2009年第1期。

闻媒体冲到第一线及时对其做出各种报道，在现实主义文学领域对这些不良现象也不乏批判。但是新闻注重的终究是这一现象的新鲜性和刺激性，而文学带给我们的却是更强的反思性和前瞻性。因此，在世纪之交，文学意义上的对道德理想的阐释显得尤为迫切与重要。铁肩担道义，妙于著文章。山东作家赵德发在此文化语境下正式出场。他从自己的故乡沂蒙山出发，面对时代抛出的巨浪，激流勇进、迎头而上，用笔杆诠释他对文学的赤诚，一步一步匍匐修行，探寻文学的心灵化写作，建构心中的道德理想国。

一、赵德发创作简述

"写作是敞开自身的方式，是把自己交托给时间和命运的方式，随波逐流，欣喜和黯淡并存，写作把作家自身、虚构的世界和现实联系为一体。"①一直秉持"写作是一种修行"观念的赵德发正是这样一位引领我们走进其文学世界的作家。作为一名从沂蒙山区走出来的作家，赵德发先后做过小学教师、公社秘书、机关干部。正当仕途前景一片光明的时候，赵德发心底的文学情结让他放下了人人羡慕的工作，毅然来到山东大学作家班学习创作，开始真正地走上文学道路。二十多年乡村生活的浸染和土地的滋养让他的生命变得深沉而厚重，因为对这片古老的土地充满深情与挚爱，所以他决定做一个歌者，为其代言，为其歌呼，让自己全身心融入这个世界中。多样的生命形态让赵德发在洞察生活与社会时拥有独特的眼光和体会，于是笔下生花，一部部优秀的作品孕育而出，成为当代文学史上一个独一无二的存在。

1990年在《山东文学》发表的短篇小说《通腿儿》，标志着赵德发正式步入中国文坛。在三十余载的从文经历中，赵德发的文学作品经历了一个逐渐被认可与接受的典型过程。从作品最初的发表、出版，到选载、再版，再到屡获大奖，赵德发的文学创作在此过程中被不断地评论与研究，期刊专栏和专题研讨会的召开也在见证着赵德发的文学作品逐步进入文学场域。自1980年开始业余文学创作以来，赵德发至今已发表、出版各类文学作品600余万字，已经

---

① 汪晖：《无边的写作——〈我能否相信自己——余华随笔选〉序》，《当代作家评论》1999年第3期。

结集出版的文集有《赵德发短篇小说选》、《蚂蚁爪子》、《赵德发自选集》（包括《我知道你不知道》《蝙蝠之恋》《缱绻与决绝》）、《中国当代作家选集·赵德发卷》、《阴阳交割之下》、《拈花微笑》、《嫁给鬼子》、《被遗弃的小鱼》。除此之外还有长篇小说"农民三部曲"《缱绻与决绝》、《君子梦》（2002年人民文学出版社"农民三部曲"成套出版时改名为《天理暨人欲》，为使表达更简洁，下文统一使用《君子梦》一名）、《青烟或白雾》和"宗教文化姊妹篇"《双手合十》《乾道坤道》，以及长篇纪实报告文学《白老虎》。

对于赵德发来说，写作的目的不是获奖而是审美建构的修行。三十余年的创作生涯，他笔耕不辍，用勤奋和汗水来表达对文学的热爱。从最初的小小说入手，作家不断探索新的文体和主题，先后创作了简短精悍但却意味深长的短篇小说、纵横捭阖且气势磅礴的长篇小说、参透人生直抵心灵的散文，这些作品都或深或浅地表达作者的思想。由开始时的稚嫩到渐渐熟练，再一步步地走向稳健，直到后来的娴熟完善，赵德发这样一位50后作家已经稳稳扎根于中国文坛，他对道德理想的思考与书写又使其作品成为一道独特而又迷人的风景线。我们在了解其创作历程之后通读其全部作品，可以发现赵德发对道德理想的思考独特而又深刻。内心不曾间断的修行以及对整个社会的关怀让赵德发的精神世界、文学世界日益多彩、丰盈而又充实。我们以创作主题思想为区分标准，将赵德发的文学创作划分成三个梯度：关注农村、关注传统文化、关注生态和人类文明。

1. 历史语境下乡土话语的表达。从乡村走出来的赵德发以为民请命的姿态，在时间的沉淀之后、空间的转变之下，以全新的视角将历史呈现于今天。对自己所熟知的故乡的独特思考，经验写作让他如鱼得水，在描写沂蒙山区、沭河岸边的故乡的生活与生命状态时，注入了自己丰富而又充沛的情感，同时也蕴含深邃有意味的思考。主要包括早期的短篇小说和20世纪90年代的长篇小说"农民三部曲"。

2. 时代语境下传统文化的困境与突围。以"农民三部曲"的《君子梦》为转折和衔接，赵德发在阐释传统儒家伦理道德思想之后转向了对我国传统文化的追溯与思考。儒、释、道三条文化基因链"紧绞密缠"[1]，时至今日，它们遭遇何种困境以及如何突破，对传统宗教文化的优劣的思考和探讨是这一阶段文学创作的主要聚焦场域，以描写当代汉传佛教的《双手合十》和关注道教生存景观的《乾道坤道》为代表。

3. 对后工业时代人类文明的客观冷静思考。随着视野的开阔和心境的变化，作家对宇宙世界与人生命运的思考更加深化，向"外"对自然宇宙的思考，向"内"对人物心灵的审度，创作视角的聚焦呈现出一种可远可近、收放自如的状态。对生态文明的观照从自然生态上升至文化生态，使其对文化的思考不断得以深化与升华。赵德发从人类文明的整体出发，反思工业文明的得与失。在悲天悯人的终极人文关怀下，其创作思想的不断深化，把人文关怀上升到人类精神文明的高度。这一阶段以散文创作居多，如散文《突如其来人类世》、散文集《拈花微笑》等。

二、不曾间断的"修行"之路

"我一直认为，文学就是我的宗教，写作便是一种修行。我必须像一个真正的佛教徒那样，用心专一，勇猛精进，这样才能求得开悟，求得自身创作与自身生命的升华。"[2]将写作看作是一种修行的赵德发，在步入文坛之后便开始了他的修行之路。从文三十余载，赵德发用六百余万字的文学作品一步步建构其文学世界。从生存的大地到信仰的天空，赵德发始终怀着一颗宏大的心，一种深厚的救世情怀，坚守对世道人心的写作，在追寻道德理想国的道路上潜心修行。

纵观赵德发文学创作历程，不同时期的文学作品呈现出鲜明的阶段特征。在这富于变化的创作历程中，赵德发以其旺盛的艺术创作力向读者呈现了多姿多彩的文学作品。尽管其创作有阶段性特征，但我们仍然发现赵德发一以贯之的创作核心是对道德理想的思考和探索以及对道德理想国的建构，这两者成为其毕生的创作追求。同时，这一思想主题的具体形态也在不同阶段发生嬗变。

---

[1] 《赵德发传统文化题材作品研讨会发言纪要》，《日照日报》2013年9月7日。

[2] 赵德发：《写作是一种修行——赵德发访谈录》，合肥：安徽文艺出版社2014年版，第100页。

随着创作的深入，赵德发对道德理想的思考与书写变得日臻成熟，并成为其独特的创作品质。自20世纪80年代至现在，赵德发从文三十余载，我们可以将其创作历程划分为三个阶段：自发的经验写作、自觉的经验写作和自觉的经验外写作。其中，以1996年发表的小说《缱绻与决绝》为分界，前期多为自发、零散的感性写作，之后"农民三部曲"的创作标志着赵德发文学创作自觉性的加强，第三阶段则以宗教小说及散文的创作预示赵德发道德理想建构的进一步完善与充实。这三个阶段既是时间上的递进相连，也是创作思想的螺旋上升，是赵德发文学世界建构的逐步完善。在这三个阶段中，赵德发秉持对文学的热情，以敏锐的笔触和细腻的情感创作了一部又一部的优秀作品，实现了自我的突破和超越。

（一）自发的经验写作

"小说家是以个人的经验作为小说的内容的——小说就是写个人的经验"[①]，因个人经验是一个作家在创作过程中不可回避的重要因素，而个人经验又主要来源于作家自己的生活经历，所以作家创作常常从经验出发，从个人对生活的描摹、感悟出发，凭借个人的生活积累，将个人的生命体验融入文学创作。对于山东作家赵德发来说，其独特的人生经历和经验为其文学创作埋下了伏笔。

1955年出生在山东莒南县沂蒙山区一个小村庄的赵德发，从小便与农村和土地有着难以割舍的联系。赵德发在真正踏上文学之路前的生活经历成为其日后创作素材的主要来源。他曾经做过教师、秘书、机关干部，与同龄人相比有着更为多彩的生活经历，同时积累了更为丰富的生活经验。而就在他做教师期间，偶然看到的《山东文学》上的一篇作家访谈录激起了他内心的涟漪，让他突然有了当作家的念头，"他们能走这条路，我难道不行？我也试试吧"[②]，所以说，"我的文学之路，从一个念头开始。"[③]正是这个突然冒出的想法触

---

① 曹文轩：《小说门》，北京：作家出版社2010年版，第51页。
② 赵德发：《写作是一种修行——赵德发访谈录》，合肥：安徽文艺出版社2014年版，第232页。
③ 赵德发：《写作是一种修行——赵德发访谈录》，合肥：安徽文艺出版社2014年版，第231页。

碰到了他那根热爱文学的心弦，从此便与文学有了不解之缘。这一念之间做出的决定，让他开始了余生的"修行"。土地是孕育其文学梦想的温床，对文学发自肺腑的热爱让赵德发内心的文学理想由萌芽长成一棵参天大树。

赵德发的文学创作大约从1979年开始，但当时迫于生计，他并没有放弃手中的工作，只好一边上班一边进行业余创作。在此期间，他发表过一些文章，但整体来看还不算成熟。像1983年发表的小小说《童稚》（《三月》第3期），1984年的小小说《地震之后》（《三月》第3期），1985年的短篇小说《狗宝》（《山东文学》第3期）、《赶喜》（《青年作家》第7期），1986年的小小说《日落之赌》（《三月》第3期），1987年的短篇小说《无题》（《胶东文学》第1期），1988年的短篇小说《老夫老妻们的故事》（《海鸥》第1期）、《人物速写八幅》（《青年作家》第3期），每一年都会有新的作品出现，但这些作品是赵德发初涉文坛的牛刀小试，虽然其艺术成就并不高超，但向我们呈现了赵德发创作的最初状态，对其创作研究仍有极高的价值。这一时期可以看作是赵德发的练习创作阶段。赵德发从最原始的生活、生命体验出发，以文学的形式来记录生活。1988年9月，赵德发弃政从文，来到山东大学作家班潜心学习，专门从事文学创作。有了理论知识的积累和储备，赵德发对文学、生活也有了新的认识，逐渐进入创作状态。1989年发表了《好汉屯的四条汉子》和《奇女村的四位女子》等小说，在文学创作道路上开始了新的探索。1990年在《山东文学》第1期发表的短篇小说《通腿儿》，后被《小说月报》第4期转载，获《小说月报》第四届百花奖。后来该作品陆续被收入《1990年短篇小说选》《90中国小说精粹》《青年佳作》《20世纪中国小说精品赏读》《中国当代短篇小说排行榜》等十几种选集。《通腿儿》是赵德发正式进入文坛的标志，也是其文学创作道路上的一座里程碑。自此，赵德发由"练习"阶段成功步入了文学创作真正的"起步"阶段，先后陆续发表了《那个夏天》《南湖旧事》《窑哥窑妹》《偷你一片褂子》《蚂蚁爪子》《闲肉》《我知道你不知道》《窖》等近百万余字的中短篇小说，为后来长篇小说的创作奠定了坚实的基础。

在这一阶段，赵德发的文学创作虽然在艺术形式上略显生硬，但在内容上作家对家乡生活描写得亲切而又自然，在平淡朴实中流露出浓厚的真情。作家着眼于身边普普通通的小人物，以独到的眼光观察他们的悲与喜，以细致的笔触去表达他们内心深处的纠结与渴望，体现出作家对他们深切的观照与同情。1985年发表的短篇小说《赶喜》写了当地农村常见的一种文化习俗——赶喜，在物质贫乏的年代，食不果腹，衣不避寒，赶喜的人就是"要饭的"，在街头巷尾中他们的尊严随之也被"剥夺"了。小说以动人的笔触刻画了"小朱"这样一位典型的乞丐形象。作为一个行走赶喜要饭几十年的老乞丐，"小朱"大爷是一个心地善良的好人，他帮"我"安家，不好意思拒绝邻里的"约喜"，宁愿自己受委屈也不愿得罪别人，因此他还在继续"赶喜"。即使地位低下、身份卑微，但他仍然有自己做人的尊严。"虽然赶完喜和村里兄弟爷们儿一块坐席喝酒，可人家好像瞧不起咱"①，直到有一天，小朱大爷醉醺醺地回来，"'这是，第一家，没让赶喜。第一家，嗯嗯……'老汉突然哭起来了，眼泪唰唰地往被子上洒。"②这是他第一次享受到和他人平等的待遇，找回了做人的尊严。赵德发为那些受到歧视的弱势群体正名，使人们看到了他们身上同样拥有夺目的人性光辉。

在进入山东大学作家班学习之后，赵德发的小说创作有了巨大的进步，思想主题变得深刻，在潜意识里文学创作的自觉性有了最初的萌动。他仔细翻检自己的生活积累，认为创作还是应该从较为熟知的沂蒙山生活入手，当他回想起童年时记忆里那几个憔悴不堪的老太太时，突然有了诉说的欲望。他用新的眼光重新打量她们，审视这个小群体身上所散发出来的民间爱与无私的精神品质。于是，在1990年夏天，他写出了短篇小说《通腿儿》。这篇小说的发表，表现出他对生活极为细致又深刻的体悟。《通腿儿》在一次次转载、收入选集的过程中逐渐经典化了，这主要源于小说通过塑造的人物形象所传达出来的大爱无声的民间仁义精神。赵德发以悲悯的情怀观照身边的小人物，思考普通老百姓对战争的态度以及他们在战争中的命运。抛开历史教科书的影响，赵德发成为一名历史的叙述者，以现实主义创作手法表达其对默默奉献牺牲者的敬畏与关怀。关于历史和战争，他关注的是普通老百姓的命运而非对英雄的赞扬与讴歌，这就使其小说更有亲和力和可读性。取材于身边的"俗"人"俗"事，《通腿儿》以"纯朴自然的'俗'味脉脉感人，形成对作为审美授受客体的读

---

① 赵德发：《赵德发短篇小说选》，济南：山东文艺出版社1992年版，第294页。
② 赵德发：《赵德发短篇小说选》，济南：山东文艺出版社1992年版，第296页。

者的一种强烈触及。"①这种触及是读者内心深处对表现客体的接受并产生的共鸣，对小说主旨意蕴的感染。赵德发独特的视角观察到了那些容易被人忽略、被历史所遮蔽的人物与故事，因此他打开了我们了解那段历史真实面貌的一扇窗子，以另一种角度去解读历史，扩大了文学表达的阐释空间。随着学习与创作的深入，赵德发的写作虽然仍旧停留在对生活零星式的感悟中，但是，他在感悟之中却有了更深刻的思考。

1992年发表的短篇小说《闲肉》是赵德发在此创作阶段中可圈可点的一部作品。小说讲述了一个民办教师的故事，将主人公金囤这个人物形象刻画得十分生动而富有感染力，将其内心的矛盾、纠结、挣扎、失落细腻地传达出来。赵德发之所以能够如此细致入微地表现主人公沉重而又繁琐的生活负担，并且能够表现出民办教师所代表的劳心者阶层从劳力者阶层中剥离出来的艰难，是因为作家本人有着八年民办教师的切身体会，他明白作为这一特定身份的尴尬处境，也比较了解民办教师的内心世界。"他们身上混杂着泥土味儿和粉笔味儿，心里混杂着农民与知识分子的意识流。他们一只眼瞅着课堂，另一只眼瞅着田野。他们在公办教师同事面前自卑，同时又在纯庄户爷们面前得意。他们中的多数人热爱教育工作，愿意为之投入整个生命，同时又对微薄的待遇感到愤懑不平。他们似乎已经处于劳心者阶层，但又摆脱不了劳力者阶层的身份而焦虑不安。"②正是因为能够体会他们的苦与乐，所以才会写得如此深切、真挚。《闲肉》里的金囤原本是一个身强力壮的棒劳力，因为他有力气又有技术，每天可以挣10个工分，所以他可以和姑娘"亲昵地互骂""居高临下地谈论着村里的事儿""咳嗽一声，连老队长齐麻子也要掂量一下分量；收工回到村里，老娘儿们个个是笑脸相迎。"③这样的待遇让金囤很自豪，因此，"他不止一次地想过：人活到这个分儿上，也算可以啦。"④可是正当他很享受这种生活时，却突然下来指令要求他当村里的民办教师。民办教师是一种承担双重身份的定位，他们离不开土地，但又不依靠体力劳动来生存，作为农民与工人的"夹心层"，上边是油，下面是水，"民办教师呀，就在那油水

---

① 震博：《难得大俗大雅——谈赵德发的〈通腿儿〉》，《山东文学》1990年第7期。
② 赵德发：《赵德发短篇小说选》，济南：山东文艺出版社1992年版，第254页。
③ 赵德发：《闲肉》，《小说月报》1993年第2期。
④ 赵德发：《闲肉》，《小说月报》1993年第2期。

之间浮着"①。这就充分说明了民办教师作为乡村知识分子的尴尬处境。一方面他们的生存来源于知识而非土地，由劳力者变成了劳心者表面似乎已经脱离了土地；但是，他们又是没有国家编制保障的临时工，一旦学校没有了，民办教师也就失去了这一职业的意义。他们的实质还是扎根于土地，整天和农民打交道，微薄的工资不能支撑起整个家，所以，他们势必与土地有着千丝万缕的联系。《闲肉》里的金囤受到大家的讽刺与嫉妒，便一气之下不想干了，但是学生又需要老师，使他不能离开岗位。这种身份角色的进退两难使他更加渴望获得社会的认同。所以，他们就在这进退两难的困境中艰难生存。赵德发非常细腻地将这种微妙的内心情感的浮动呈现出来。在小说《小镇群儒》和《圣人行当》中，我们同样看到了这个群体的尴尬处境：身为民办教师却累死在地头上的大老郝，上班时间不去教课却在家烙煎饼的吴玉香，请假不上班而到处跑关系往上调动的秦小健，他们虽然站在教师的岗位却没有全身心地投入到教育当中，原因就是他们的生活根本得不到基本的保障。这个群体是新中国成立以后物质贫乏、教育起步阶段的一种独特的存在，到现在已经成为一个带有历史记忆的特殊称谓，赵德发的书写为我们带来了极大的自省式意义。除此之外，小说《别叫我老师》以第一人称叙述了乡村知识分子面对悲剧现实的感慨与无奈，但是，作家还是以祝福做结尾，挣脱了悲观主义的枷锁，"显示出作家对于苦难人生的另一种超越"②，具有极强的哲理意味。

　　源自对生活的零星感悟，赵德发找到了最能引起创作冲动的领域，那就是对农民与土地的描写。据统计，不包括小说《双手合十》及以后的作品，"赵德发400余万字的文学创作，约有85%的文字是写农民、农业和农村的，表现了一个农民作家对农民人生命运的疼爱有加和执着救赎"③。日积月累的生活经验是其创作的源泉，同时也使作品具有较强的艺术生命力。自1990年《通腿儿》的发表，赵德发站在了一个新的高度来审视历史、解读战争，以饱满的感情观照沂蒙山区的普通百姓，这是赵德发文学世界的最初构成部分。在这个主体中，他们每一个人都是普通的小人物，但是他们作为一个整体就是推动社会

---

① 赵德发：《闲肉》，《小说月报》1993年第2期。
② 宋伟：《赵德发小说艺术论》，硕士学位论文，山东大学，2008年。
③ 刘荣林：《土生万物由来远　地载群伦自古尊——赵德发农民小说创作述论》，《当代文坛》2007年第3期。

前进的一种不可忽视的力量。他们身上所散发的民间道义精神，隐忍与坚强、无私与奉献使他们成为赵德发文学世界里不可替代的存在。赵德发对此予以深切的关怀，其创作自觉性初露端倪。从创作伊始至1996年，赵德发在十余年的时间里书写了百余万字的作品，这些用勤奋汗水浇灌的花朵为其日后的长篇创作打好了基础，在潜移默化中促成了赵德发创作的自觉性转化。

（二）自觉的经验写作

"自觉性同自发性的关系问题具有很大的普遍意义，对这个问题应当十分详细地加以讨论。"这是列宁在《怎么办？》一文中论述俄国是否应该进行自发性的工人运动时所提出的一个议题，在这里更大程度上是关于其社会性的讨论。而在文学领域中，自发性与自觉性对作家创作意识的研究同样有着重要的意义，由"自发性"写作到"自觉性"写作的转化更是值得每一个研究者重视。"艺术作为人类高级的精神创造活动，既是人特有的自由的同时也是自觉的本质力量对象化的产品。"①同样，文学创作也是一项复杂的、艰苦的、创造性的精神劳动，是自发性与自觉性相互协调的结果。但是从总体来看，作家的写作，往往要经历一个从自发到自觉的过程。而在赵德发的创作研究中，自发性与自觉性又被赋予了新的含义，它所指的是创作主体意识自觉化的明确以及与创作对象之间关系的成熟。赵德发曾说，"要通过不断修炼，努力提高自己的境界与手艺，让自己对得起'作家'这个称谓，对得起广大读者。"②那如何实现由"自发"到"自觉"的转化呢？这才是一个关乎作家创作深度的重要问题。作家创作自觉性的转化并不是一蹴而就的，要想实现这种转化，那必须要经历"量"的积累，在经过时间的沉淀之后方能厚积薄发。

经过了第一阶段的创作之后，赵德发已经发表了百余万字的作品，开始慢慢进入了大家的文学研究视野。然而，作家本人对此并不满意。回顾将近十年的创作历程，赵德发有过这样的感叹："在山大作家班学习以及毕业后的几年里，我受八面来风的冲击，逮着啥就写啥，土法洋法都试过，到头来心中一片

---

① 饶德江、秦志希：《论文学创作的自发性与自觉性》，《武汉大学学报（社会科学版）》1990年第3期。

② 赵德发：《写作是一种修行——赵德发访谈录》，合肥：安徽文艺出版社2014年版，第33页。

茫然：这么写下去到底有多大意思？我这一生是押给文学了，那么写什么才能真正体现自己的生命价值呢？"[①]在经验写作之内，赵德发创作的作品虽然数量很多，题材也多种多样，但他本人认为并不能代表其创作追求，也不能体现其生命价值。因此，作者还在思考，什么才是他真正的写作对象，如何能够更有广度、有深度、有力度地去表现写作对象，表达其情感与理想。带着这样的疑问，作家在寻找自己的创作根脉和精魂。

"在1992年的一个秋日里我明白了。那天我回老家，与父母说了一会儿话之后，便信步走到村外一道地堰上坐了下来。我的眼前是大片土地，我祖祖辈辈赖以生存的土地。那个时刻，我看着她，她看着我，四周一片静寂。就这么久久地，久久地。我在想她几十亿年的历史，我在想几千年来人类为她所作的争斗。她顺着我的思路，显示她的真身给我看，让我在恍惚间看到浸润她全身的农民的血泪。这时我的心头翻一个热浪，眼泪夺眶而出：你是希冀着我来写你啊！"[②]是土地打开了作家内心深处情感涌动的闸门，由此他找到了能够引起其最为持久、最为深沉的创作冲动的写作对象，那就是土地和农民。我国是一个农业大国，数千年的封建社会所孕育的传统农耕文明高度发达，我们依赖土地而生存。因此，在大多数人心中都会有一种根深蒂固的土地情结。出身决定了赵德发创作选材取自农村，除此之外，作家在具备一定的理论修养和创作经验之后，对农民的观察、对农村的思考有了新的认识。因此，赵德发决定从土地与农村着手构筑其文学世界。

"乡村是20世纪中国文学的地理坐标。"[③]在中国现当代文学史上，对农村的书写并不是一个新奇的话题，农村题材的小说已经在很多名家大师的笔下有着鲜活的呈现。在幅员辽阔的中国，不同作家笔下存在的乡村是形态各异的：鲁迅启蒙旗帜下的愚昧落后、萧红笔下的粗野凌厉、丁玲笔下的动荡与变迁、沈从文笔下湘西的美好善良。清新舒畅自然的白洋淀风光、泥土气息浓重的山药蛋世界以及莫言笔下洒脱癫狂的高密东北乡都在充实着中国的乡土社

① 赵德发：《写作是一种修行——赵德发访谈录》，合肥：安徽文艺出版社2014年版，第71页。
② 赵德发：《缱绻与决绝·自序》，济南：山东文艺出版社1997年第1版，第2页。
③ 董静：《城乡之间的生命流动——孙惠芬新乡土小说论》，硕士学位论文，山东师范大学，2013年。

会。不管是批判还是颂扬，这些作家笔下的乡村总是承载着历史的记忆，打上了特定地理空间留下的烙印，同时浸润着作家对故乡那一方水土深切的关怀。作家精心构筑的文学世界大多是自己生命体验的抒情化表达，以自己独特的视角去书写乡村，由此引发整个社会的思考，促使其有内在的转变。像鲁迅以笔为武器，以犀利的语言和深刻的思想摒弃了乡村淳朴的一面，而去着重刻画其愚昧落后迫切需要革命的一面，以斗士的姿态披荆斩棘，揭示了现代文明侵袭下破除农村落后思想的迫切性和必要性，同时在时代变动中找到了农村启蒙的现实合法性。《狂人日记》《药》《阿Q正传》等小说像一碗碗烈酒一样，刺激着国人麻木的神经。而对于创作起步于20世纪90年代的赵德发来说，他眼中的农村在新的历史进程中又有何独特性呢？

自改革开放以来，中国经济发展迈出了实质性的一步。尤其到了20世纪90年代，商业大潮席卷了中国的角角落落，物质主义和消费主义成为精神追求的两大主流。市场经济如同一块发酵的面团，在物质主义观念的催化下，愈发膨胀起来。人们欢欣鼓舞、斗志昂扬地迎接工业化时代的到来。工业文明的蓬勃发展逐渐盖过了农业文明的发展势头，农业在大工业时代受到了巨大的冲击，城市的繁华与现代激发着越来越多的农村人向城市靠拢，顺从现代文明的召唤，前呼后拥地向城市迁徙，向城市寻梦。可是，当大多数人把目光都投向城市的时候，却极少有人回头观望日渐落寞的农村。在时代发展、社会转型的重要节点上，传统意义上的农民该何去何从？这是赵德发面对处于历史转折时期中国农民的出路问题而发出的疑问。当西方文明慢慢渗透到现代社会的肌理之中，悠久的民族传统文化面临着一种不可回避的冲击。当生活更多地融入这种状态时，我们也变得后知后觉。然而，作家的"嗅觉"是灵敏的，他们能敏锐地捕捉到时代社会的变化，没有简单而冲动地宣泄，而是以文学的形式加以理性地呈现与思考。这也是文学区别于其他艺术形式的独特价值与魅力。赵德发便是这样一位深深扎根于土地的作家，于当下生活中他察觉到了现代文明的发展中依旧跃动着民族文化的基因，也意识到了土地是我们血脉相连的原始出发、民族认同的最终归宿。扎根在土地之上，才会走得更稳、更远。"存在了几千年的中国传统农民，目前已经进入了终结阶段，而再过一段时间，传统意义上的农民将不复存在。"①基于此种认识，所以他萌发了一个"野心"："我要用三部长篇小说，也就是'农民三部曲'的形式，全面而深刻地表现农民在二十世纪走过的路程，写一写他们的苦难与欢欣、他们的追求与失落。"②受这份"野心"的驱使，赵德发开始了主体自觉意义上的精神建构：用系列长篇小说的形式反映农村历史巨变，梳理20世纪中国北方农民的心路历程。这是一曲对农村生活形态的挽歌，是作家植根于大地的灵魂探求，探寻其文学世界里最耀眼的闪光点。本着"为历史负责、尽力接近生活本质"的原则，赵德发对农民的关注与书写站在了更高的制高点上，剥离阶级与政党的外衣，尽情展现农民的本真生存面貌，解读历史洪流中普通农民个体命运的沉浮。通过梳理百年中国农民心路历程，赵德发第一次勾勒出其文学世界的宏伟蓝图：在土地上奔走吟啸，为中国农民立此存照。由此看出，赵德发在经验写作基础上的创作具有了自觉性的文学追求。

1996年12月，赵德发创作生涯中第一部长篇小说《缱绻与决绝》问世，这意味着他的写作进入了一个新的阶段。随后由人民文学出版社分别于1999年和2002年推出《君子梦》和《青烟或白雾》，三部长篇小说共同描述20世纪中国农村的百年历史变迁和农民命运的变化与转折，抓住农民与土地、农民与道德、农民与政治三条主线，以"农民三部曲"的形式实现了长篇小说的宏大叙事，将农民的苦难、对命运的抗争、对新生活的追求详尽地呈现出来。"从基层上看，中国社会是乡土性的。"③带有乡土性质的中国社会进行现代化的转型无疑是一个复杂又艰难的过程。农民作为整个社会最为庞大的群体，他们是影响整个社会能否顺利转型的重要一极。在中国现代发展史上，乡村曾经作为革命的策源地而备受推崇，"农村包围城市"的革命道路为中国革命战争的胜利指明了新的方向。但是，在新中国成立以后，随着革命历史语境的淡化，工业文明时代的到来，在当下的现代化运动中，农民的"声音"逐渐被淹没了，甚至成为社会大发展的"包袱"。话语权的缺失使得农民的命运在历史潮流中

① 赵德发：《写作是一种修行——赵德发访谈录》，合肥：安徽文艺出版社2014年版，第71页。

② 赵德发：《写作是一种修行——赵德发访谈录》，合肥：安徽文艺出版社2014年版，第71页。

③ 费孝通：《乡土中国》，北京：北京大学出版社2012年版，第34页。

沉浮不定。所以，赵德发在目睹这一切之后，重新审视思考农民的心路历程和精神流变。

尽管农村生活有其丰富性和复杂性，但在赵德发的文学世界里，他对农村生活的描写是一种有主题侧重的多面统一。尽管有人对此持批评态度，认为带有"主题先行""概念性太强"的痕迹。但是，笔者认为，要想表现百年中国农民的生存面貌，势必要选取几个关键词来进行定位，否则过于庞杂而无法准确把握。在"农民三部曲"中，土地、权力、道德是三部小说的关键词，这恰恰对应了社会宏观进程中经济、政治、思想三个层面的发展。将鲁南作为中国北方农村生活的缩影，赵德发历时八年精心构思这一宏大创作计划，这其中既要有灵感的催发，更要有理性的设计。整体、局部、外表、内里、色彩、质地……都要考虑得十分周到。在小说《缱绻与决绝》中，赵德发着笔记录农民对土地的爱恨情仇，在对土地的考量中展现了农民对土地的依赖与背离——一种复杂的土地情结。无论是地主还是雇农，所有人都把土地看得高于一切，无论是地主宁学祥还是贫农封大脚，他们把土地看得比生命还要重要。当宁学祥的女儿绣绣被土匪劫走时，他为保全祖祖辈辈攒下的土地而舍弃女儿，这样一种看似不可思议的选择正是作者笔下人物的一种真实写照。当绣绣随大脚在"鳖顶子"乱石岗上开荒时，因过度劳累而导致流产，夭折的孩子就埋在这块开垦的荒地里——一块真正属于自己的土地。土地对封大脚来说是一种超越生命甚至可以看作是一种类似图腾的东西。大脚父亲临死前对儿子说的那些话同样看出他们对土地是一种近乎同生共亡的情感寄托。作者着重刻画了封大脚这样一个人物，将其早年的奋斗与晚年的懈怠进行对照，揭示了不同历史时期国家政策的变化对农民产生的精神上的影响。小说《君子梦》讲述了许家三代人治理律条村、追求道德完善的悲伤故事，"千古圣人只是治心"的理念影响着一代代人，不同历史时期下总能把"治心"与现实语境联系起来，展现了农民对道德伦理的思考。作为"农民三部曲"最后出场的《青烟或白雾》，这部小说是对"民"与"官"的关系的本质化思考，借用"马上封侯"的故事隐喻中国农民思想里"官本位"的文化根蒂，通过母子两代人的从政之路，探寻一条真正属于农民、能够为农民带来切身利益的正确道路。

在这一阶段，赵德发通过三部长篇小说来塑造人物、编排情节、传达思想，从而使得其道德理想国初具雏形。从不同角度、不同层面来叙述百年中国农民的生活和命运，赵德发为其道德理想国的建构迈出了坚定又稳健的一步。

（三）自觉的经验外写作

世纪之交，随着"农民三部曲"的出版及再版，赵德发的文学创作达到了一个新的高度。但他并没有停下手中的笔，而是继续匍匐在文学创作的道路上潜心修行，为其道德理想国的建构迈出重要的一步。2003年秋天，因一次机缘巧合，赵德发接触到了一位住持法师并与他有了一番交流，萌生了一个念头：我写一写当代汉传佛教吧。创作灵感的激发，总离不开生活中的偶然性因素。这次"殊胜之缘"成为赵德发日后宗教小说的创作源头。在"农民三部曲"成书之后，赵德发对生命、社会以及自然的认识有了极大的提高，对社会现象或问题也有了独立的思考。思想上的独立让其创作更有个性，视野更加宽阔，创作的主体自觉意识不断增强。当意识到中国当代文学关于宗教的书写还处于空白地带的时候，赵德发充分发掘传统文化资源，创作了《双手合十》和《乾道坤道》两部长篇小说，对传统文化的现代性转化、当代文化建设具有较强的现实意义。

21世纪以来，赵德发的宗教文化小说处于整个社会的大背景下，其创作灵感来自于偶然的接触，同时，实现传统文化现代性转化的时代要求为其宗教文化小说创作提供了可能性因素，作家主体自觉意识的加强、创作思想的成熟以及理论修养的形成都是小说创作的内在驱动力，对宗教文化小说的创作产生了良好的促动效果。

一方面，赵德发宗教文化小说的创作是当代文化现实语境的必然要求。勒内·韦勒克的《文学理论》一书中曾提出这样的观点："处理文学与社会的关系的最常见的办法是把文学作品当作社会文献，当作社会现实的写照来研究。"[①]所以，要想使作品更具有现实意义，那么就必须深谙作品产生的社会背景。21世纪到来之后，经济的快速增长加速了物质的膨胀。据国家统计局统计，2006年我国GDP为20.94万亿元，比上年增长10.7%，增速比上年加快0.3个百分点。从2003年开始，我国经济增长率一直在10%平台上加速。2003年的增

---

① ［美］勒内·韦勒克：《文学理论》，刘象愚等译，南京：江苏教育出版社2005年版，第105页。

长率为10.0％，2004年为10.1％，2005年为10.4％。[①]从这一组数据可以看出我国经济的高速增长，社会发展呈现一片良好势头。物质水平的极大提高在一定程度上增强了人们的幸福感；但是在另一层面，这种幸福感也在渐渐被消弭。对金钱的崇拜、对物质的过度宣扬同时也在日益腐蚀着质朴的人心。2006年，南京小伙彭宇案；2008年，三鹿"毒奶粉"事件；2011年，广东佛山小悦悦事件……高频度曝光的新闻热点话题折射着当今时代社会的现状，人们似乎也在逐渐习惯这种道德的失范与情感的冷漠。当人们在追求自己所得利益分配的最大化时，却忽视了文明的脚步已经远远落后于经济的发展。"天下熙熙皆为利来，天下攘攘皆为利往。"对功与利的追求本无可厚非，但人类的发展最害怕"过度"二字。当过度追求物质时，人心就会极度膨胀，在善与恶的天平上重重地滑向恶的一端。因此，重建道德文化伦理迫在眉睫。

另一方面，深受齐鲁文化熏陶的赵德发有着极强的责任感和使命感，在创作"农民三部曲"之《君子梦》时，便有力地发掘了我国传统社会的儒家伦理道德，将其与当下的文化建设相结合，重建我们的民族文化伦理。而带有宗教意味的佛教和道教，它们与道德在社会功用方面，开始出现了极大的相似点。在宗教出现的伦理化倾向中，其主要的道德劝善功能越来越引起人们的关注和重视。像道教的"道法自然"的思想，可以致力于人与自然的和谐、与生态环境的和谐方面的研究；儒家"儒重治世"的思想，有利于人与人、人与社会和谐的研究；尤其像佛法最根本的纲领是"诸恶莫作、众善奉行、自净其意"，他们中的一些人严格守戒，努力约束欲望，完善心灵，这给面对商业社会里种种诱惑的我们提供了一份发人深思的参照。在中国两千多年的传统文化中，儒、释、道这三条线索紧绞密缠，影响深远。它们凝聚着中华民族的文化积累，彰显着文明印记。所以，赵德发决定"用长篇小说表现中华文化基因的存在形态"，探索民族文化的复兴之路。

"优秀的传统文化需要传承发扬，中华文化基因需要提纯复壮，中华民族需要一场伟大的文化复兴，以应对21世纪的际遇与挑战。"[②]这是赵德发在《传

---

① 刘铮、刘羊旸：《国家统计局：06年我国GDP20.94万亿　增长10.7％》，2007年1月25日，见http://www.cnr.cn/caijing/gncj/200701/t20070125_504385934.html。

② 赵德发：《写作是一种修行——赵德发访谈录》，合肥：安徽文艺出版社2014年版，第98页。

统文化的文学书写》一文中提出来的。所以，赵德发通过三部长篇小说《君子梦》《双手合十》《乾道坤道》来梳理民族传统文化的时代意义。小说《双手合十》的最后，慧昱以其平常禅为当代伦理文化找到了一条出路，建构起道德理想国的文化伦理主体框架。《乾道坤道》同样是通过个体"性命双修"实现对生命之道与精神之道的追寻，主人公石高静完成了时代困境下个体的突围。从"循道"到"悟道"再到"扬道"，石高静对"道"的追寻既完成了自身的超越，又是一种生命精神的弘扬。把宗教文化与世俗文化相结合，赵德发试图构建一种适应新时代的文化伦理体系。"作家要注重个人的文化建设，要自觉加强文化积累，自觉运用文化的眼光，自觉创作文化精品。"[1]正是作家的责任感和使命感强化了作家创作的自觉意识，从而有更多优秀的作品出现。

从经验之内走向经验之外，赵德发的视野更加广阔，思想更为成熟，不断充实着自己的文学世界。然而，经验之外的写作绝非易事，它需要作家的勤奋与"苦修"。赵德发为使两部宗教小说更加贴近现实，他在读完大量理论书籍之后，写下了几十万字的读书笔记，走访了祖国大量的寺院道观，走进僧人的生活乃至内心世界，获得了丰富的写作素材。"在那个（扬州高旻寺）禅堂里，我和众多僧尼一起跑香、吃茶、坐禅、参话头，尤其是在参'念佛是谁'这个话头的时候，我也像一个禅僧一样，反反复复地追问、考问着自己。在那里，我真切地体验到了禅宗文化最核心的一些内容，体验了禅僧们的内心世界。"[2]这是赵德发为创作《双手合十》所做的"功课"，只有与僧人深入地交谈，作家才会了解到他们的俗世经历、出家因缘甚至隐秘的修习体验。这些积累的第一手资料，让作家对宗教现状及未来作了深入的思考。在作品中传达出社会变革在宗教内部引起的种种律动，同时又试图通过宗教的道义理念重建社会的文化伦理。赵德发对传统文化的思考具有积极的现实意义。由农村题材写作转向宗教文化题材，由经验写作转向经验外写作，赵德发既完成了自我创作的超越，同时其道德理想国的建构也在日渐清晰。"视野向宏阔转变，主题

---

[1] 赵德发：《写作是一种修行——赵德发访谈录》，合肥：安徽文艺出版社2014年版，第228页。

[2] 赵德发：《写作是一种修行——赵德发访谈录》，合肥：安徽文艺出版社2014年版，第109页。

向深层次转变，语言向文雅转变。"①创作不断成熟的赵德发不畏惧陌生的书写领域，勇于突破自己最为擅长的农村题材的写作，显示了一位大家的锐气和胸怀，同时也是其拥有充沛旺盛生命力和创造力的重要标志。赵德发是"沿着一个君子做人、行文、立世、展望未来的精神脉象，勾勒他所要坚守的道德救赎的人文情怀和立场，以及非常开放、非常具有前瞻意义的文化反思和人性的考辨"。②扎根立足于大地，赵德发的创作逐渐向天空打开，以君子的道德情怀看天下苍生、构建心中的道德理想国。

第二节　赵德发的道德理想国

对于赵德发来说，建构文学世界里的道德理想国是他的一个宏大"工程"。三十余年的文学创作，赵德发始终坚守对伦理的书写，批判与重建伦理俨然成为其道德理想国的主旋律。《说文解字》曾这样解释"伦"字，"伦，人部，辈也。从人仑声。一曰道也。"而"伦理"一词在中国最早见于《礼记·乐记》："乐者，通伦理者也。"所谓伦理，就是指处理人与人、人与社会相互关系时应遵循的道理和准则。它不仅包含着对人与人、人与社会和人与自然之间关系处理中的行为规范，而且也蕴含着依照一定原则来规范行为的深刻道理。因此，我们对"伦理"的理解，可以从其本质"准则、规范"来入手。而英国的《韦氏大辞典》则将其概括为关于探讨好与坏以及讨论道德责任与义务的学科。从这里我们可以看出，对"伦理"二字的解释，多半与"道德"相连，伦理在更大程度上指涉道德上的准则与规范。"吾敢断言曰，伦理的觉悟，为吾人最后觉悟之最后觉悟。"③陈独秀关于伦理的论断揭示了伦理变革对整个社会结构的重要意义。中国的伦理文化真实存在于两千年的封建社会之中，并且成为标志性的特点。即使到了现代文明快速发展的今天，伦理文化仍然渗透在我们的生活之中，发挥其特有的文化与社会价值。依循现实主义创作传统，当代作家赵德发书写近百年的中国历史，在时代巨变中紧扣对伦理

---

① 赵德发：《写作是一种修行——赵德发访谈录》，合肥：安徽文艺出版社2014年版，第73页。

② 《赵德发传统文化题材作品研讨会发言纪要》，《日照日报》2013年9月7日。

③ 陈独秀：《青年杂志》1卷6号，1916年2月15日。

文化的关注。在数部长篇小说中，伦理文化已然成为贯穿小说始终的主要脉络。通过对百年伦理文化的思考与审视，赵德发坚守伦理写作立场，在对伦理文化的解构、批判与重建中表现其深切的道德关怀。

一、地域文化中的乡土伦理

"人之存在的空间和时间结构在此表现为风土和历史。时间·空间的相即不离是历史和风土密切相连的根本支柱。"[①]因此，在特定时空条件下，人们在此创造的文化也便有了独特性，我们将这种独一无二的文化称之为地域文化。地域文化是文化和区域环境相融合的产物，是特定区域源远流长、独具特色、传承至今仍发挥作用的文化传统，是生态、民俗、习惯与传统的综合显现。在中国这样一个幅员辽阔的国家，各具特色的地域文化丰富着民族文明。无论是阿来的《尘埃落定》还是迟子建的《额尔古纳河右岸》，无论是沈从文的《边城》还是贾平凹的"商州小说"，众多作家以"文化本位"的审美价值取向创作出了优秀的具有浓郁地域色彩的文学作品。作家的创作总是不自觉地与自身的生命体验相关联，在对所熟知生活的书写与呈现中，表达出更为深刻的思想与认知。

在地域文化体系下，文化的内涵丰富且复杂。它需要借助一定的外在形式来形象化表达。而民俗风情正是展示地方特色的有效表达方式。"民俗作为一种文化现象，具有明显的地域文化特色，它融汇了乡间物质生活与精神生活的全部内容。"[②]而在文学创作中，民俗常常是作家颇为青睐的表达方式。尤其在乡土文学的创作中，作家常常将独特地理风貌下的风土人情与文学思想相融合，将个人的情感与意志倾注于民俗文化的展现中，从而使其文学作品有了既生动有趣又丰富多彩的品性。在小说文本中呈现独特的民俗景观，乡土作家出身的赵德发在这方面是个不折不扣的高手。他擅长在平淡朴素的乡村生活中发掘带有地方"烙印"的民俗传统，在起伏跌宕的文字叙述中将民俗风情化作一条无形的纽带，把这片土地上的人物与故事紧紧地捆在一起。

---

① ［日］和辻哲郎：《风土》，陈力卫译，北京：商务印书馆2006年版，第11页。
② 张焕柱：《废名小说的民俗文化意蕴探究》，硕士学位论文，湖南师范大学，2010年。

在赵德发早期的文学创作中，沂蒙山是作家着墨最重的地方。在大多数人看来，沂蒙山是一个被涂抹了太多政治色彩的地理名称，"革命老区"的帽子牢牢地扣了几十年。这样一个被革命与抗争所占据、包围的红色根据地，回响着的是永远向前进的嘹亮的主旋律。而在赵德发的笔下，我们看到了沂蒙山人生活的另一面——历史罅隙中被湮没的生存状态，一种更为丰富的沂蒙山文化的流风遗韵。从沂蒙山到沭河岸，文学地理空间的审美表达有了较为清晰而又丰厚的思想底蕴。赵德发对沂蒙山文化的书写源自对沂蒙人本真性情的追寻。在短篇小说《通腿儿》中，我们领略了革命时代非革命化语境下的沂蒙地域风情。"一头一个，'通腿儿'。'通腿儿'是沂蒙山人的睡法，祖祖辈辈都是这样。兄弟睡，通腿儿；姊妹睡，通腿儿；父子睡，通腿儿；母女睡，通腿儿；祖孙睡，通腿儿；夫妻睡，也是通腿儿。夫妻做爱归做爱，事毕便各分南北或东西。不是他们不懂得缠绵，是因为脚离心脏远，怕冻，就将心脏一头放一个给对方暖脚。"①小说伊始，作者就以简洁精练的语言向我们介绍了沂蒙山人传统的睡觉方式。"通腿儿"这一风俗是因物质生活的贫乏而形成的，但他们却能够苦中作乐，在贫困的生活中寻找到生命的情趣。小说《通腿儿》虽然篇幅简短，却向读者展示了原汁原味的沂蒙风情。除贯穿小说始终的"通腿儿"这一习俗之外，新娶的媳妇"都过喜月，是不能见面的，见面不好"②，喜床必须"阴阳先生说安哪地方就安哪地方，否则会夫妻不和或子嗣不蕃"，"在大路上，用草棍划个圈，只朝西北方留个口子，把纸烧了"来打送狗屎的鬼魂，"孩子死了，要偎三夜娘怀才去投胎转世"，这些有着独特"烙印"的民俗是沂蒙山人生活的一部分。它寄寓着百姓的朴实的情感和美好的向往，成为沂蒙地域文化的一种独特性的存在。"这些细节，皆安排在故事的峰回路转之处，引人入胜不说，关键给予'俗'以深厚真实的文化和现实的涵盖力，舍去了习俗、迷信的负面效果，凸现了其中包孕着的丰富的世故人情。"③当"沂蒙"二字所象征的"革命""英雄"表层"外衣"被剥离之后，那些被宏大词汇所遮蔽的"草木之人"被赵德发重新呈现在读者面前。在细腻而又绵长的乡土情感中，赵德发寻找到了创作的精神源头。

---

① 赵德发：《赵德发短篇小说选》，济南：山东文艺出版社1992年版，第13页。
② 赵德发：《赵德发短篇小说选》，济南：山东文艺出版社1992年版，第15页。
③ 震博：《难得大俗大雅——谈赵德发的〈通腿儿〉》，《山东文学》1990年第7期。

将大"俗"与大"雅"集于一身的《通腿儿》是赵德发正式进入阅读和研究视野的代表作品，而随后的"农民三部曲"则是其创作历程中的又一个高峰。对土地的眷恋、对权力与政治的认知以及对道德的反思，这些都成为赵德发乡土地域文化的主体部分。薪火相传的民间文化在不同时代、各个层面诠释着农民的悲喜。作为"农民三部曲"开篇的《缱绻与决绝》让赵德发找到了创作的源泉和动力，在这部小说里面，作者以详尽的农民生活描写和丰富多彩的民俗呈现将农民对土地的缱绻与决绝淋漓尽致地表达出来。小说里的封大脚这个爱土如命甚至超越生命的庄户汉子是赵德发倾力塑造的一个人物形象，以他对土地的始终不渝的爱贯穿小说始终。在小说第四章中作者就穿插了一个庄户人极其重视的习俗：趸谷仓。在农历二月初二"龙抬头"的日子，庄户人家要在院子里用草灰打一个圆形的大囤，寓意来年粮食有大丰收。当大脚和绣绣在这天早上还在睡觉的时候，封二早早已起床催促大脚"趸谷仓"。大脚差点忘记这回事并问道"起这么早干啥"，这时封二"立马火了"，反问道"干啥？你说干啥？"，这种带有怒气的强烈的反应足以见得他对这个节日习俗的重视。随后封二把"趸谷仓"的重任交给大脚和绣绣两人，这意味着这个家庭的重心也转移到了大脚身上，大脚和绣绣也明白了他俩所要承担起来的责任有多重。当大脚问地主出身的绣绣是否会"趸谷仓"时，"绣绣点点头：'不会。可俺见过。'"这样大脚便知道地主家里虽然粮食满仓，但每年都不会忘记这个习俗。于是，心里对土地的热爱与敬畏又添了一分。对土地和粮食的渴望让他们把这个风俗看得意义非凡，即使每年都会郑重其事地"趸谷仓"并且嘴中还"念念有词"，但家中的老鼠依旧不断，粮食总也填不满肚子。农民的命运被牢牢拴缚在土地上。无论是贫农还是地主，祖宗遗留下来的风俗以"润物细无声"的方式浸润到每个人的心里，传达他们对土地相生相伴的依恋。

文化习俗常常是作家诗意的栖居地。对习俗的阐释美国学者本尼迪克特曾这样认为："特定的习俗、风俗和思想方式就是一种文化模式。"[①]文化模式的形成与特定的风俗、习惯、理念、思维有着不可割舍的联系。透过民俗风情，作家还可以深刻地传达特定地域文化下人们根深蒂固的思维与观念。宗

---

① ［美］露丝·本尼迪克特：《文化模式》，北京：生活·读书·新知三联书店1988年版，第5页。

族、宗法观念作为封建礼教文化的核心内容同时也是乡土地域文化传承的经脉，在此文化生态环境中形成的乡民心理往往是稳定而持久的，对道德伦理的恪守也成为一种社会文化常态。在现代文学史中，涉及伦理纲常的文学作品俯拾即是，它们或深或浅、或轻或重地反映着传统文化的"遗韵余香"。任时代如何风云变幻，古老的道德伦理的观念深深扎根于子民的心中。鲁迅笔下那些需要启蒙、需要被改造的人物群体，巴金《家》中的高氏封建大家庭，陈忠实《白鹿原》里的白氏家族等，他们受到封建礼俗的影响甚至束缚，使他们成为道德伦理的延续者。然而，赵德发笔下的《君子梦》中对道德教化的恪守达到了登峰造极的地步。律条村，一个有着严格的宗族、宗法观念的村庄，在许氏父子的带领下努力践行传统儒家伦理道德。在这个没有外姓的父子庄里，所有人都是一家人。"家庙是一个家族的历史，是一个家族的精神。一个庄户人活着的时候不管多么卑微多么窝囊，而一旦变成了这座家庙里的牌位，就神神秘秘威风凛凛。"①宗族观念深重的律条村讲究辈分、讲究尊卑，更讲究行为规范的道德与伦理。老族长曾"亲定族规八条，声称要严执家法，把本族子孙全都调教成君子"，"八不得"的族规是律条村人心向善的根本保障。由族规的处罚到族长"自戕"来教化，律条村将传统儒家道德伦理推向了极致。这就是赵德发笔下具有浓郁齐鲁文化特征的乡土道德伦理，当之无愧地成为"民间文化伦理的精神向度"②。

除此之外，《青烟或白雾》又从另一个角度向人们展示了地域文化下的农民政治观。在这部小说里，作者恰到好处地使用了童谣和传说，将戏剧般的人生命运寓于虚无缥缈的传奇故事中。民俗风情的展示不仅仅集中在生活习俗和节日习俗，同样民俗观念所表现的是一个民间精神世界。诸如崇拜、传说、故事、谚语等，它们同样是民俗文化的一个向度。"祖坟上冒青烟儿"是当地一种颇为玄妙的说法，青烟是一种略带青色的气体，传说祖先得道成仙身体会化作一阵青烟直登仙界，祖先成仙了自然会保佑子孙，因此祖坟冒青烟常被看作是吉祥的征兆，用来比喻家里有人走上仕途、做了大官。作家在小说中描写这一意象：支吕官庄祖坟上的青烟让吕中贞有了改变自己命运的决心，神奇的自

① 赵德发：《君子梦》，合肥：安徽文艺出版社2014年版，第15页。
② 张丽军：《当代中国伦理文化小说的书写者——论赵德发之于当代中国文学的独特意义》，《时代文学》2011年第9期。

然现象对朴实的农民来说是神的暗示和指引，他们坚信自己能够脱掉农民的帽子而做上高官。除此之外，雷公山顶的奇异光环似乎也有深不可测的隐喻，对做官的渴望使得人们编造出了一个又一个的迷信说法。"青烟"和"宝光"不过是朴实的农民千方百计地想让子孙后代摆脱面朝黄土背朝天的命运而臆造的精神寄托。当地广为流传的"做官一日，强起为民一世"的说法更是反映了对官本位文化的推崇。

借用民俗风情作为审美对象和地域文化的载体，作家在创作过程中触摸到了乡土中国的生存本貌和历史变迁。我们将民俗看作是"沟通民众物质生活和精神生活，反映民间社区的和集体的人群意愿，并主要通过人为载体进行世代相习和传承的生生不息的文化现象。"①在这种文化现象的背后，既是一种时间上的常态流动，又是一种地理空间上的审美表达，是时间与空间相互作用产生的结果。一幅幅生动明丽的民俗风情画，为作品增添了几分妖娆多姿的乡土气息。文学作品中描写民俗风情，是文化介入文学探索的有效途径。民俗风情的描写融入小说的故事叙述中，不仅在结构上有利于情节故事的推动和发展，甚至可以成为一篇小说的主题线索来贯穿始终，并且在一定程度上也会丰富小说的人物形象和主题意蕴。然而，民俗风情在更大程度上只是文学表达的一个窗口，它所展现的只是人们生活的常态和形式层面上的习惯。在民俗文化的背后，它所体现的是一种民间信仰，是"民众心理结构中最深层、最隐蔽，同时也是最稳定的部分，即是集体无意识的反映"。②而在赵德发的创作中，除去民俗文化的形式表层，我们看到的是他对乡土伦理文化的建构。

赵德发对乡土农民的关注是独特而又深刻的，他以"农民三部曲"系统阐释了沂蒙地域文化影响下农民对土地、权力、道德的认知与追求，把农民的生存伦理、政治伦理、文化伦理予以审美化的呈现。除去革命与政治色彩外衣的沂蒙山，其本身所具有的地域特征同样是乡土中国一种独特的存在。坚守民间文化写作立场的赵德发，在他的文学世界里，为农民呐喊，为农民歌呼，在土地上奔走吟啸，以农民为中心来书写沂蒙地域文化中的乡土伦理。"土生万物由来远，地载群伦自古尊"，土地是农民的衣食父母，农民的生存紧紧依附

---

① 仲富兰：《中国民俗文化学导论——绪论》，杭州：浙江人民出版社1998年版，第2页。
② 许佳佳：《民俗文化视阈下的刘绍棠乡土小说》，硕士学位论文，河南大学，2012年。

于土地之上。小说《缱绻与决绝》里面就恰如其分地表达了农民对土地无限眷恋的情感。小说描写了封大脚的一生,这个视土如命的庄户汉子,传承祖祖辈辈对土地的敬畏,并且以更高的热情投入土地,希望开垦一块永远走不到头的土地。如此单纯又美好的想法反映了这一代农民对土地的无限眷恋。"隔着纷纷扬扬的雪花,大脚猛然发现:这时天牛庙四周的田野里已经有了好多好多的人。他们不知是何时走出村子的。现在,这些庄稼人都披着一身白雪,散在各处或蹲或站,在向他们的土地作最后的告别最后的凭吊。"①正是因为土地才有了让农民生存的可能,所以才会有农民对土地的"一往情深"。所以,我们也就不难理解农民对实行土地集体所有制后的情绪失控,甚至地主宁愿丢掉自己的女儿也不愿用土地将其赎回的想法—— 一种近乎畸形的土地爱恋。数千年的农耕文明所形成的乡土文化使农民有着深深的土地情结,"缱绻"二字是对这种深厚感情的最佳表达。然而,赵德发的土地伦理并不仅限于此,他的眼光更为开阔和长远。在时代的巨大变迁中,农民对土地的情感并不是一成不变的。伴随生产方式的转变,农民的土地伦理也在发生变化。在老一辈人对土地的"缱绻"之后,新一代农民逐渐表现出对土地"决绝"的态度。"到了'二月二',村里的青壮年们何去何从都已明确:想走的已走,此时在中国的许多地方都已有他们的汗水与泪水洒下;愿留的已留,此时他们正像一条条土蟮般拱动着,积极地春耕备播。近几年人们不愿再费神耗力养牲口,到耕地、送粪的时候都雇拖拉机,这个季节里,几十辆'小四轮'或手扶拖拉机一齐出动,在道路上和田野里发出一片轰响。相比之下,一些喊着'喝溜'吆牛耕地的便显得格外稀罕。"②随着工业化的到来,生产力的水平不断提高,城市对人力资源的需求也在不断增加。农民一味从"土坷垃里刨食儿"已经远远不能满足生活的需求,于是大量的农民工进城,土地在某种程度上成为"包袱"而遭到了"遗弃"。乡镇企业的兴办也让农民成为按时上下班的"工人",角色的转变让农民开始了对土地的背离。新一代农民对土地的依附关系逐渐受到削弱,由"缱绻"到"决绝",赵德发用百年中国农民土地情感的变化来反映精神心灵的嬗变,以细腻的笔触、饱满的情感致力于土地伦理文化的书写,使其小说

---

① 赵德发:《缱绻与决绝》,济南:山东文艺出版社1997年版,第274页。
② 赵德发:《缱绻与决绝》,济南:山东文艺出版社1997年版,第251页。

成为观照历史与现实、农民与土地的意蕴丰富的文本。

对乡土伦理的书写，赵德发从土地这一生存层面出发，一步步上升到对政治权力、道德文化的关注。从各不相同又联系紧密的三个方面去阐释沂蒙地域文化中的乡土伦理，赵德发一直在文学道路上潜心"修行"。小说《君子梦》延续了《缱绻与决绝》的创作风格，写了三代农民追逐"君子"梦的过程。"君子"一语，广见于先秦典籍，多指"君王之子"，着重强调政治地位的崇高。而后孔子为"君子"一词赋予了道德含义，自此，"君子"一词有了德性。因此，在儒家思想占统治地位的封建社会，"君子"备受世人推崇，成为一种理想型的人格。所以在《君子梦》中，许氏父子三代人一直在践行君子的道德观念和行为，穷尽全力让律条村成为一个"君子国"。任时代与社会的动荡和变迁，对君子的理想人格的追求却从未改变。由一句"千古圣贤只是治心"的古语出发，找到百年中国农民成为君子的核心。农民对道德礼节的遵奉和恪守使得律条村人紧密联系在一起，形成一种道德占主导的伦理体系。小说以许正芝、许景行、许合心祖孙三代人对律条村的领导与治理为主线，分别讲述不同时代语境下他们对君子梦的追逐，打通了贯穿古今的道德伦理。然而，物极必反，凡事过犹不及。在将君子人格推向极致的高度时，人性中恶的一面就会显露出来，因此就有了"伪君子"的出现。古人云：天上星多月亮少，地上人多君子稀。许氏祖孙对人心的整治、让每一个人都成为君子的想法是不切实际的，所以到头来只能是一个梦。人心向善是君子人格的基本特征，对道德伦理的恪守就是一种善，然而，对"善"的弘扬与推崇并不意味着要消除"恶"的存在。善与恶统一于这个世界当中，如果没有恶的存在，善也将不复存在。因此，《君子梦》里农民的道德伦理为当今时代社会的伦理建构提供了建设性的思考。

小说《青烟或白雾》作为"农民三部曲"系列的最后一部长篇小说，延续了史诗式的创作风格，故事前后跨越数十年，以母子两代人的从政之路来贯穿始末，表达了作者对农民追求权力与政治的探索和思考，折射出农民的"官本位"意识。农民处于社会的底层，在民主法制不健全的时代，他们几乎毫无政治权利，所以，元代张养浩就曾在《山坡羊·潼关怀古》中发出了"兴，百姓苦；亡，百姓苦"的感慨。农民对"做官"的执迷恰好反映了其权力拥有的缺失。小说主人公吕中贞作为弱势群体中的一员，她的从政之路极好地反映了农村在缺乏科学指导下对权力追求的盲目性。在特定时代语境下，农民往往成为政治革命的牺牲品。小说里的吕中贞只是穆逸志政治斗争中的一枚棋子，所以在"文革"之后，她依旧是一名普普通通的村民，"做官"梦幻灭。但是赵德发并没有就此止笔，他又塑造了吕中贞儿子——白吕这样一个人物形象，在他考上公务员之后，因不满周围的贪污、腐败现象而坚决辞职，回到了最基层的村组织中来切实为农民服务，为农民谋取权益。在这里，白吕找到了农民实现政治理想的现实之道。

二、民族传统文化的现代性转化

对民族传统文化的书写是赵德发创作的一大突破。作为一个有着浓厚济世情怀的作家，责任感和使命感是赵德发保持持久的创作状态的原动力。在建构道德理想国的过程中，赵德发从对地域文化的书写上升到对传统文化的观照，积极探索、寻求一条将传统文化之精华与当今文化建设完美融合的道路。几千年的中国伦理社会，"天理"是支撑人们精神信念的支柱。具体来讲，就是以孔孟思想为核心的近乎神化了的儒家伦理纲常。"三纲五常"是儒家伦理的集中化表达，在严格的礼法教化下，每个人的内心都会受到约束，同时对维护社会秩序、规范人际关系有着重要的意义。然而在今天的社会中，精神支柱的缺失俨然成了一个普遍性的问题。人们一味地追求物质利益的最大化和本能欲望的满足，而逐渐沦为金钱的附庸。当人的内心不再有约束，道德伦理体系也就随之不复存在了。面对西方基督教文化在中国的日渐盛行，我们不得不认真思考：我们该如何重新建立起一个道德信仰体系？

赵德发是一个颇具文化情怀的作家。他认为，"文学要深刻地表现中国，写好中国人，不从传统文化出发是不行的。我们现在正致力于文化重建，在大力弘扬社会主义核心价值体系的同时，也要充分挖掘、扬弃中华传统文化，使之成为文化重建的重要材料。"①于是，在他的作品里，我们看到了充分发掘中华文化基因，将儒、释、道三条文化脉络进行细致绵长的梳理，为当代文化

---

① 赵德发：《写作是一种修行——赵德发访谈录》，合肥：安徽文艺出版社2014年版，第94页。

建设提供了积极的思考。道德理想国的建构随着时间的推移其内容也在不断丰富，在文化信仰缺失的今天，如何将民族传统文化有效利用是道德理想国的重要阐释之一。

1999年年底，《君子梦》作为赵德发第一部以道德为核心系统探讨分析儒家伦理文化的长篇小说在问世后受到了大家的重视。"君子"是我国传统道德提倡的理想型人格，与之相对的道德形象是"小人"。作为道德形象的两个极端，君子与小人联系着善与恶、义与利以及天理和人欲。一直以来，大家都在标榜君子，他们是社会的示范和楷模，指引着社会的道德方向，受到大多数人的尊敬和推崇。所以，执政者们总是千方百计地培养君子，要求人人都成为君子。朱熹提出的"存天理，灭人欲"的理念禁锢了无数人的思想，这种根除人的欲望的做法违背了人性的发展规律，产生了大量的伪君子。"千古圣贤只是治心"，利用人们对道德的感知，强调只要人心纯粹就能与他人和谐地相处，稳定的社会关系的建立和维持因此可以实现。在《君子梦》这部小说中，作者讲述了许正芝、许景行、许合心三代人努力让律条村成为一个"君子国"的故事。可是，三代人"治心"运动的失败，预示着"人人成为君子"永远只是一个梦。作者选取了三个典型的时期，将"治心"的热情推向极致，不遗余力地向人们传达对道德理想的追求。小说以君子梦的落空来警示人们，人欲是根除不掉的，既要承认并刺激人们的欲望，使社会保持活力，同时又要适度约束，避免人与人之间受到过多的伤害。既要心中有善恶、有准绳，又要依靠法律的约束和保障，整个社会才能和谐地运转。小说的最后给了一个光明的结局，这也预示着作者还坚守着对道德理想国的建构。

儒家伦理道德作为我国传统文化中的正统思想已存在了数千年，对人们的思想行为、精神风貌产生了深远长久、潜移默化的影响。除此之外，佛教文化在我国历史上同样有着重要的影响。佛教传入中国近两千年来，极大地改变了中国的文化史，也成为传统文化的重要组成部分。然而进入当代以后，汉传佛教在中西文化的冲突融汇中兴衰，在社会的急剧变革中嬗变，其形态和内涵也相应地随之变化。赵德发意识到佛教的某些内容能为今日所用，所以将其中的劝善、安心、解除烦恼等功用写进了小说《双手合十》，以文学的形式向人们阐述了"人间佛教"的主张。在《双手合十》这部小说中，作者一边在向人们介绍当代汉传佛教的发展概况，一边又在向人们传达重要的社会背景讯息。

作者没有直观地概述，而是巧妙地通过塑造人物形象来实现的。经济飞速发展带来道德滑坡甚至沦丧，出现社会价值危机、人类精神家园失落等问题。人欲无限膨胀的社会现实也让佛僧面对诱惑难以潜心修行，愈加难以维持内部的纯洁。慧昱和觉通，一个是潜心修炼的真佛僧，面对欲望和诱惑，慧昱有理想和信念的支撑才没有被"攻陷"；另一个则是贪恋酒色、追名逐利的假和尚，面对现代社会形形色色、林林总总的极乐享受，觉通将佛规抛弃而到处为非作歹，到头来只能落得一个"死于非命"的下场。除了觉通以外，还有不守戒律、贪财好色的"狮虫"——明心，他假借佛的名义来敛财谋权，并且包养情妇。当觉通所代表的群体渐趋成为当今社会的主流时，千年的文化伦理秩序被打破，面对这些淡化信仰、风气败坏、腐化堕落的僧人，慧昱在思考：如何让禅发挥它的作用并且以平常的姿态走进社会，走进民间？经过苦思冥想，他终于在佛教的困境中寻到了出路——平常禅。"平常心是道，那么禅也应该归于平常。"①慧昱认为，让禅学契合现代社会，既不能像师父休宁那样"整天抱定话头枯坐，甚至闭关不出"，这样只能让俗世之人敬而远之，不利于禅学的普及；也不能像曹三同那样"一味地掉书袋，弄玄机，矫揉造作"。所以，只有把禅归于平常，"不修自修""出入自如"，这是赵德发为传统佛教现代性转化找到的一条创新之路。赵德发所呈现的传统佛教文化的现代性转化途径"平常禅"，鲜明呈现了佛教中国化的精神路径，又是21世纪的新时代文化语境之下对佛教现代化的文化探寻。②让禅法走出庙宇，走进平常人的心中，是赵德发在大众化语境下建构的新的佛理秩序。除此之外，小说里常常提到的佛法纲领"诸恶莫作、众善奉行、自净其意"，在现实普通人的生活中同样可以得到践行。慧昱和师父的理想追求给我们带来一份发人深思的参照。约束内心的罪恶念头，在行善惩恶的劝诫下，才会一步步接近心中的道德理想国。

抛弃了传统意义上科学与宗教的水火不容，赵德发用《乾道坤道》向人们展示了道教文化理念中值得我们汲取借鉴的地方，再次阐释了中华优秀的传统文化资源及其积极作用。人心有道自有道，将天地之道存于心中，必会修炼成正果。天地之间有"道"在掌控一切，法理的存在也是不以人的意志为转移

① 赵德发：《双手合十》，合肥：安徽文艺出版社2014年版，第393页。
② 张丽军：《当代中国伦理文化小说的书写者——论赵德发之于当代中国文学的独特意义》，《时代文学》2011年第9期。

的。两千多年前老子提出的思想在今天依旧屡试不爽。与世无争，上善若水，赵德发在《乾道坤道》中用一个故事、几个人物、多个角度书写了道教文化在今天的生活景观和价值意义。采用欲扬先抑的手法，作者首先交待商业化社会中岌岌可危的道教群体以及时代语境下濒临被解构的道教文化，然后强调困境中突出重围的个体精神价值。《乾道坤道》正是展示了以石高静为代表的道教群体的精神风貌，一种将生命力展现到极致的坚韧不屈精神，一种把个体与自然完美相融的道教文化。石高静是这部小说的核心人物，作者借他的修道历程，来表达道教文化传承道路的艰难与曲折。在这一历程中，又通过描写石高静"循道""悟道""扬道"的三个阶段，来体现道士传道的任重道远。对"道"的遵循，从石高静拜师从道的那一天就已开始。虽然修行多年，但是石高静在这一阶段只是单纯地去理解、遵循道法，还是一种浅层次的修炼。在"循道"这一过程中，他一边投入到生物科学基因研究，找出身体里面让他不能长寿的"魔鬼"，一边在美国办起道场。但在师兄羽化之后，石高静受其重托重兴南宗，于是放弃国外高薪工作、优厚待遇、舒适的生活，回国之后全身心投入到修炼当中。回到国内，面对的不只是破败的琼顶山、简廖观，还有与他争权夺利的二师兄卢高极。在这一阶段中，石高静没有重兴南宗、宣扬道教的宏图伟愿，偶尔还会动凡心，陷入利益之争。他只是一个俗家居士，在应高虚交给他龙头簪子时，他没有接的愿望也没有接的能力，并坦言道"我还是在这里做个海外散人，一边从事科研，一边传道授徒吧"[1]。在这一阶段里，石高静只是沉迷于具体的修炼方法之中，忽略了对大道的体悟，所以终不能得到真道。在心灰意冷、累累若丧家之犬时，经过江道长的一番指点与开导，他才静下心来，意识到真正的修行应先从自己的内心开始，身外之物又何足挂齿，以无为之心应万物之变。于是他开始了闭关修炼。在三年闭关中，屏蔽外界的干扰，将自己完全融入大自然之中，在经历电闪雷鸣与狂风暴雨之后，看看天地湖山，心中充满敬畏与感动；心中清澈而宁静，仿佛整个身心进入了"虚极静笃"的境界。随后遭遇毒蛇，忍痛剁掉伤指，成为"九指道人"。食野果，喝泉水，睡草屋，与万物之灵相伴相生、和谐相处，从此与世无争。即使偷走《悟真篇》真迹的沈嗣洁寄回一份复印本，石高静看了之后也坦然接受，并劝

① 赵德发：《乾道坤道》，武汉：长江文艺出版社2012年版，第19页。

告祁高笃不要再去追回。经过三年的潜心悟道，石高静将生死置之度外，一心追寻生命之道与精神之道，用心去感悟生活之"道"。抗争命运是他完成修道宏愿的原动力，以"我命在我不在天"的信仰将生命延续下去，将道家精神传承下去。待到修炼成功时，他已成功跨过50岁的死亡门槛，这时方觉出生命的坚韧与刚强。由"悟道"到"扬道"，石高静完成了从个体到群体的精神之道的修炼，修道出关之后，石高静决定重建逸仙宫，真正承担起振兴南宗祖庭的重任。为重建逸仙宫筹款而四处化缘，在化缘过程中参与到铅厂污染治理事件，对乡长只顾GDP而无视村民健康受到残害的行为严厉指责，并告诫乡长关掉工厂，石高静以道教之道捍卫自然之道。除此之外，还劝诫燕红释然面对世间名利，告诫尹少卓玩游戏要适度，不要把贪欲和杀心诱发到极致，以免迷失本性。石高静的"扬道"之举，从身边人开始教导劝告，并收下五位徒弟弘扬南宗之道。等到逸仙宫落成典礼举行时，从道教学院院长手里郑重接下《悟真篇》，承担起传承南宗道统的使命与责任。"水兮至善，道兮恒存"，对生命之道与精神之道的追寻使得石高静完成了时代困境下个体的突出重围，完成了性命双修。从"循道"到"悟道"再到"扬道"，石高静对"道"的追寻既完成了自身的超越，又是一种生命精神的弘扬。他所追寻的真正的生命之道，是一种原始生命力的爆发，一种身处万事万物都无以惊扰清静之心的境界。因此有评论写道，小说书写的对象不再局限于一个国度，而是已经上升到世界的高度，"不仅仅是在给中国人立一个规矩，事实上在给整个人类立法"。①

"对于儒释道的全面阐释，不仅完成了中国当代书写在广泛性社会人生中一个向来少有人问津的空白地带，更重要的是他给人们敞开了一种宗教和现实人生这种高度缠绕、密切交集的一种可能性"②，除了现代文学史上许地山的《缀网劳蛛》以外，鲜有作家如此系统、细致地描写宗教文化。《乾道坤道》从方方面面以高、深、远的姿态为我们当今时代文化的发展提供了思考，开拓性的道教题材视角已经为我们打开了一个审视传统文化的新领域。同时，它也丰富了赵德发道德理想国的主题内容，使其更加成熟、完善。

① 《赵德发传统文化题材作品研讨会发言纪要》，《日照日报》2013年9月7日。
② 《赵德发传统文化题材作品研讨会发言纪要》，《日照日报》2013年9月7日。

三、人类后工业文明的现代性反思

在道德理想国的建构中，赵德发最初对沂蒙山文化的书写实现了其对乡土地域伦理的观照，其后对佛、道两教文化的书写实现了其对民族传统文化现代性转化的深思与探索，由地域性上升至民族性，赵德发实现了创作道路上的第一次飞跃。在宗教文化小说《乾道坤道》发表以后，赵德发曾坦言"余生再无战略"，意为在写完"农民三部曲"和"佛道姊妹篇"之后，他在这个世界上主要的事情已经做完了。三十余年的创作生涯，赵德发用勤奋向读者奉献了一部又一部的文学经典。这些沉甸甸的文字，是赵德发对这个世界的诗意表达。余生再无战略，战斗激情尚存，赵德发没有停下对这个世界的思考，依旧潜心于道德理想建构的修行。思想上的升华带来了创作的进步，在有了五百万字的作品几年之后，赵德发的创作视野更加宏阔、主题向深层次转变，语言更加趋于文雅。余生审视这个世界，赵德发跳出了民族文化的范畴，上升至对全人类的思考，开始了对后工业文明的现代性反思，同时创作也具有明显的后现代生态思想意识。纵观其创作过程，从"农民三部曲"到"佛道姊妹篇"，赵德发对生态文明的思考由自然上升至文化层面，不断提升自己的高度与境界，延伸至对整个世界人类命运的反思与前瞻，达到了新的高度。

在长篇小说《君子梦》中，赵德发的自然生态观照初露端倪。小说第二十一章写到的造纸厂污染问题可以看作是对自然环境与生态的一次深刻的反思。许合意开办的造纸厂排出大量的污水，由于没有配套的治污设备，有毒的污水严重影响了下游百姓的生活。首先，污染给人们的身体健康造成了巨大伤害。小说里塑造了一位单枪匹马与工厂污染相抗争的受害者形象——白毛青年。这位家住在沭河下游的年轻人和村里很多人一样，因为吃了近几年污染过的水，身体越来越差。"村里祖祖辈辈都吃沭河水，谁知这水越来越脏，近几年村民们肝大脾大的多，得癌病的多，许多人还开始长白头发。"[1]工业污染废水直接摧残着人们的身体健康，在工业文明催生下的不合理发展显现出了生态危机。除了对人身体健康的侵害，污水更是造成了村民的经济损失。"原来沭河水还能浇庄稼浇菜，他去年冬天花了一万多块钱建了一座塑料大棚，想种

---

[1] 赵德发：《君子梦》，合肥：安徽文艺出版社2014年版，第220页。

菜卖钱，不料浇一遍水死一茬菜，直到今年春天一无所获，上万块钱和一个冬春的工夫都打了水漂。"①在白毛青年的叙述中，我们看到了原有的和谐的自然生态系统已经被打破，失去了之前的平衡。自然是人类赖以生存的物质世界，当河水不能再浇地、不能再饮用、不能再为人们的生活与生产服务时，自然生态环境也在不断恶化。作家对这一带有明显的工业文明色彩的事件的呈现，并不是拒绝现代文明，而是就此反思现实生活中为过度追求经济利益而不惜毁掉自然的这种做法。小说里写到当记者去曝光严重的水污染时，当地政府官员所施的"障眼法"更是让人寒心，不顾百姓的安居生活，而一味地追求利润与增长，赵德发创作的自然生态反思由此上升至文化生态的思考。

"生态批评包括对自然生态和人文生态的思考，生态批评体现了一种深切的人文关怀。"②作家创作中的生态批评意识是对时代社会的深切观照。在赵德发的创作中，他对生态的关注不仅仅体现在自然生态层面，还考虑到文化生态。当文化前进的脚步跟不上经济的发展，先进的物质经济与相对迟滞的文化体系之间出现了裂痕，文化生态环境就会遭到破坏。小说《君子梦》里写到的不断疯长的莠草充分显示了时代变迁下人心欲望的膨胀。"民国三年元月自县城匡廪生处学得一法，种莠草以测世道人心。每年谷雨种下，不施水肥，任其自然生长，待小满量其苗高。低，该年人欲收敛；高，则该年人欲嚣张。田禾分良莠，人心分好歹，此法有理也。"③许正芝每年都会认真测量并记录莠草的高度，以此为标准测出世道人心。许景行认为，自从实行"大包干"之后，形势出现巨大的转变："'公'字荡然无存，'私'字得了天下。"为了能够赚到更多的钱，许多人开始变得自私自利贪婪无比。人们甚至在曾经的坟堆地里开垦种庄稼，为争一块地打得头破血流，"大包干"在让百姓吃饱饭的同时也卸下了人心上套着的笼头，人心一下子野了起来。许景行种下的莠草一年比一年高，人心的欲望也在不断膨胀。虽然人心的"疯长"让人们不满足眼前的生活，从而拼命地去创造更多的物质财富，但是，并不是每个人都能用正当的方式来获取财富。"过去老辈人讲：'君子爱财，取之有道'，如今的人

① 赵德发：《君子梦》，合肥：安徽文艺出版社2018年版，第468页。
② 宋雄华：《关注文化生态发展生态批评——"文化生态变迁与文学艺术发展"学术研讨会综述》，《江汉大学学报（人文科学版）》2003年第2期。
③ 赵德发：《君子梦》，合肥：安徽文艺出版社2014年版，第190页。

还管你什么道不道，只要能把钱财抓到手，什么手段都能使出来。"①这就意味着人们的欲望已经逐渐开始脱离道德的约束，呈现出文化心理的变异。在文化生态系统内，人情的冷漠和社会关系的扭曲使得文化失去原有的凝聚力，精神无所归依。当传统的文化体系被打破，我们需要文化生态系统的自我拯救与更新，修复、重建新的文化生态。在中篇小说《路遥何日还乡》里面，作家对民间传统文化的消亡痛心不已。刻碑人所念叨的"道远几时通达，路遥何日还乡……""生老病死苦，生老病死苦……"②是一种民间文化的传承，黄道相合暗含的是人们灵魂的皈依与轮回。老刻碑匠的死去带走的是一种文化灵魂，当小刻碑匠不再关心黄道不再讲究这些，前人遗留的民间文化也就失去了存在的根基。"道远几时通达，路遥何日还乡？"这不是简简单单的文字游戏，而是传达了祖先们的怅惘与哀愁——他们在苦苦寻找吉祥前途的时候，渴望找到他们灵魂的皈依与安放。道远路遥，乡关何处？对传统文化的离弃造成的局面在今天是如此令人痛心。

在赵德发的现阶段创作中，他所思考的层面不只是停留在自然生态与文化生态上，在某些作品中还会涉及关乎整个人类命运与文明转型的问题。自原始社会至今天，人类文明的类型在不同时期经历了不同的嬗变。进入现代社会之后，工业化和城市化进程表面上为人类带来了便利和愉悦的享受，然而人们过度追求现代化的同时，已经对大自然进行了透支。人类作为地球上的一个物种，谋求的应该是与自然的和谐相处。因此，人们在追求物质文明的同时，也开始渐渐反思工业文明的"恶果"——环境污染、生态破坏、物欲横流等一系列自然和社会问题。在经历了农业文明、工业文明的洗礼之后，人们开始了后工业文明时代的文化反思。对于我们人类来说，自然不仅是我们生存资源的供给者，还是人类诗意栖居的安顿者，也是精神灵魂的寄托者。赵德发在散文集《拈花微笑》第二辑中，表达了对历史、灾难、全球化问题的思考与感喟。

在2012年第10期的《文学界》上发表的《突如其来"人类世"》这一篇文章让我们看到了赵德发思考这个世界的高度及深度。文章里写到，荷兰大气化学家保罗·克鲁岑指出，自18世纪晚期的英国工业革命开始，人与自然的相

---

① 赵德发：《君子梦》，合肥：安徽文艺出版社2014年版，第190页。
② 赵德发：《路遥何日还乡》，《时代文学》2011年第9期。

互作用加剧，人类成为影响环境演化的重要力量。因此，他第一次提出了"人类世"这一新概念。在地球47亿年的历史上，人类从根本上改变了地球的形态学、化学和生物学，我们应该认识到这一切。《突如其来"人类世"》这篇过万字的散文引起我们反省的不是字数多、篇幅长，而是作家所表达的主旨思想的深刻。赵德发在开篇就以小故事引入话题，通篇下来讲了几个他身边的小故事、小事例，看似平常无奇，然而在每一个故事的背后总会引发作者对此的凝重思考，或是慨叹，或是担忧，在故事的串联中作者的思考也在逐渐深化。类似于一篇知识小品文，作者在文章中介绍了很多的科普知识，如"人类世""金钉子""崮"等各种名词术语，这些事例的列举在传达着作者对现代社会发展中存在的一些问题的忧虑，字里行间传达出一种"隐约的痛"，可以将其看作是对"现代性的负面结果"的一种鞭挞。像文章中提到的"搬运"工作，人类的大搬运，不只限于建筑材料，还有化石燃料、工业原料、生活用品、动物、植物。人、牲畜、车、船、飞机……大搬运的方式不断翻新；公路、铁路、港口、机场……大搬运的设施日新月异。[1]港口填海造陆，离不开石料的搬运。每日夜里，拉土、拉石头的大卡车依旧在马路上轰鸣，"它们吨位重，马力大，声音低沉有力，震得门窗玻璃瑟瑟发抖"[2]。搬运让地球有了日新月异的变化，但是也给人们带来烦恼和困扰。美国白蛾的出现是生物物种的搬运，置地公司的进驻是资本和技术的搬运，明望台村拆迁拆掉的不只是房屋，还带来了现代性文明下的人情的淡化和灵魂的游离。当人向大自然没有限度地攫取资源时，最终带来的是人与自然的分离。在文章的结尾作者畅想，若干年后人类不复存在的地球，如果有外星人对它进行考古，他们面对人类的遗迹不知会有什么样的态度。"但愿是赞叹与心仪，而不是惋惜与默哀。"这样的一组对比，透露出作者深深的忧虑。

　　《突如其来"人类世"》的观照视域是宏大的，由身边的"泥土尘埃"联想到地球亿万年的进化演变，由环境生态问题联想到人类的生存繁衍。散文立意高远，为当今社会一味追求经济的增长提供了反思。所以这篇散文在对工业文明进行反思的同时也就有了生态文学的意味。在当代文学史上，关注生态文

---

① 赵德发：《突如其来"人类世"》，《文学界》2012年第10期。
② 赵德发：《突如其来"人类世"》，《文学界》2012年第10期。

化的作品也很多，像迟子建的《额尔古纳河右岸》，她坚决地向这个几乎被市场经济大潮所淹没的社会质疑现代文明的合理性。迟子建以其特有的生态创作内涵完成了现代文明之上的诗意栖居，抒发了属于自己的生态情怀。赵德发虽然并没有旗帜鲜明地将自己的创作归类到生态文学中去，但是其作品里对工业文化的思考还是具有超越性的。虽然着眼于当下，但他对整个世界、对人类的未来的关注与思考的确令人慨叹。这正是悲天悯人情怀的真正体现。

除此之外，赵德发借助散文来表达思考同样是他道德理想国建构的一大特色。在赵德发所有题材的创作中，小说占据了主要位置。然而随着时间的积淀，赵德发逐渐由一名汪洋恣肆、运斤成风的小说写作圣手慢慢转型成一位散文大师，潜心搞起了使其敬畏的散文创作。"随着牙口慢慢变老，胃口也悄悄改变。我不知从什么时候起，读小说不再那么踊跃而沉迷，对非虚构作品的兴趣却与日俱增。尤其是见到上等的散文随笔，常常是不忍释卷，品味再三。"①从日常生活中小处着手，不断延伸拓展，深入思考，探寻感性认识中的理性之光。"打开窗户看风景"，思想的深度依然是其最大的亮点。因此，感性与理性交相辉映，其散文随笔在大开大合之中变得稳健、成熟，同时又有着深深的哲理思辨意味。在散文习作中的思考感悟，不断充实着他所建构的道德理想国，显示出他对世界及人类的深度观察和思考。

第三节 《君子梦》《双手合十》的伦理叙事与道德关怀

"中学为体，西学为用""打倒孔家店""斗私批修""批林批孔""市场经济"，这些从19世纪中后期到20世纪的主题性词语折射着近现代以来中国伦理文化变迁的思想脉络。"打倒孔家店"等词语，意味着中国知识分子与传统伦理文化的彻底决裂。1915年创办的《青年杂志》的文化批判锋芒直指孔子的精神权威和儒家伦理的价值。陈独秀把儒家学说归纳为"三纲说""礼教"，对其中不适应现代变迁的思想进行鞭挞，引起了"尊孔"和"反孔"的激烈思想纷争。从20世纪初期新旧道德论争，到20世纪90年代市场经济时代欲望高扬，再到21世纪山西"黑砖窑"事件等道德沦丧行为，中国进入了一个已

---

① 赵德发：《拈花微笑》，郑州：文心出版社2012年版，第1页。

有道德权威消逝、新道德权威没有建立的百年伦理危机时期。如何看待百年来传统伦理文化的衰落及其在民间的真实存在？如何重建21世纪中国伦理文化？赵德发的《君子梦》和《双手合十》这两部长篇小说对此做出了细致的美学呈现和深刻的文化思考，承载了他对百年中国伦理危机的独特美学观照和重建21世纪中国伦理的深厚道德关怀。

一、百年伦理危机的审美显现

"民国八年，北京、济南有一帮学生到曲阜游行，喊什么'打倒孔家店'，曲阜二师学生非但不加制止，反而同流合污，与其一同上街，真是羞煞先人。"①《君子梦》中赵德发不仅通过匡廪生的口，讲述了晚清以来尤其是20世纪初期的批判传统儒家伦理的新文化运动，而且以孔府小圣人的老师的话语揭示礼教文化的虚伪性。儒家文化的思想中心所在地孔府却发生着有悖人伦礼教的乱伦行为。《君子梦》小说文本的高明之处在于没有概念性地具体叙说新文化运动时期儒家伦理文化的危机，而是不经意间借助小说人物的言语行为自然而然地审美呈现。

传统伦理文化的危机不仅来自内部的革新冲击，而且受到外来伦理文化的侵袭。《君子梦》中通过少年许景行到临沂城的见闻，间接透露了基督教伦理文化在中国的早期传播。许景行走进布篷，一个俊俏的教会姑娘送他一本《圣经嘉言录》。回家后，这本《圣经嘉言录》被嗣父许正芝视为邪物，逼迫他扔进了猪圈。许正芝拿出一幅义和团传的揭帖，讲述"大清光绪年间，洋人纷纷来中国，给人吃迷魂药。人如果吃了就信它们的洋教，男无伦，女行奸，毁我纲常，伤害天理。你知道洋人为什么眼发蓝？全因为他们是通奸所生，来路不正所以颜色不正"②。许正芝的讲述表现了早期中国民众对基督教伦理文化带有误读性质的原始自觉抵制。

小说意味深长的是许景行对这个俊俏的临沂教会姑娘一直念念不忘。与此形成鲜明对比的是许景行的妻子玉莲却是一副十分粗糙而平常的脸，嘴巴向前

---

① 赵德发：《君子梦》，北京：人民文学出版社1999年版，第106页。
② 赵德发：《君子梦》，北京：人民文学出版社1999年版，第83页。

突出得厉害，脑壳秃光光的没生一根毛。更有意思的是，与许景行长期互相怜爱、始终没有逾矩的拥有一头瀑布般秀发的刘二妮，在老年时竟然加入了基督教，"真是三十年河东三十年河西，六十年前他还是在临沂第一次见识教会，三十年前听说临沂教堂都拆了，想不到如今教会到处有，教徒遍地是，连这个曾是共产党员、曾想献身给他的女人，也成为律条村的教徒头头了！"①百年来西方基督教伦理文化与中国伦理文化之间的侵袭与抵制一直没有停止，从念念不忘的临沂教会姑娘到漂亮的情人刘二妮，赵德发向我们形象展示了中外伦理文化的复杂历史关联。

五四新文化对传统儒家文化造成了严重冲击，动摇了其思想存在的合法性。然而，真正对民间传统儒家伦理文化形成致命一击的却是20世纪50年代的"讲科学、破迷信"活动。"许多人恍然大悟，大有上当受骗之感，说：'没有老天爷还有什么天理？咱以前办这事怕伤天理，办那事怕伤天理，日他姥姥今后不用怕啦！'"②"讲科学、破迷信"在带来科学理性的同时，也破除了传统伦理文化在民间的敬畏心理，"天理"不再成为束缚民众欲望的道德律令。由于新中国成立后多次发动"三反五反""兴无灭资""斗私批修"等伦理规范运动，大力消灭个体经济和私营经济，故而民众的欲望并没有因为"天理"的破除而导致伦理失范。

民众的欲望真正高涨起来乃至形成整体性的伦理危机，是在20世纪90年代市场经济大潮涌起之后。二儿子许合意贪心赚钱，办纸厂带来了严重的环境污染，置村民和集体利益于不顾，几经劝阻不止。不仅世俗如此，就连佛门净土也未能幸免。小说《双手合十》中，通元寺的大和尚明心"只管驱遣僧人做经忏赚钱，铜臭气弥漫于全寺"，而且还在外包养女人，败坏戒律；和尚觉通浏览黄色网站，与异性私通，私会女网友被人绑架。市场经济的欲望大潮也把佛门净土吞噬。

20世纪90年代，以莠草测人欲之高低的许景行发现莠草的高度一年比一年高。"过去老辈人讲：'君子爱财，取之有道'，如今的人还管你什么道不道，只要能让东西到自己的手，什么手段都使出来。毛主席当年提倡'毫不利

---

① 赵德发：《君子梦》，北京：人民文学出版社1999年版，第400—401页。
② 赵德发：《君子梦》，北京：人民文学出版社1999年版，第220页。

己专门利人'，现在一些人恰好倒过来，毫不利人专门利己。……人与人相互之间的真诚与信任一步一步地被破坏了，而且很难修复了……"①疯长的莠草隐喻性地表现了从晚清以来，尤其是20世纪90年代以来中国社会整体性的伦理道德危机。

二、君子梦：传统儒家伦理文化在民间的一脉余香

许正芝深受儒家仁义伦理文化濡染，在村里扶危济困，德高望重。在老族长逝世之后，许正芝被推举为族长。许正芝对过继来的儿子许景行说出了一生的遗憾与志愿："自古以来读书人苦读寒窗究竟为何？人皆道考取功名，光宗耀祖，其实这只是个末。本呢，是求得本领，实践圣贤主张。这路径圣贤早就指明了，那就是修身齐家治国平天下。……治平二字不敢想，修齐的功夫丝毫没有懈怠。……也就是说不光自己作君子，还要让众人都作君子。……族者，大家也。使一族皆善，那才是了不起的'齐家'。"②满腹经纶的许正芝从圣贤那里获得了人生的价值理念和行为方式，在年逾花甲之际继任族长让他得到了一个实践价值理念的用武之地。让全体族人都成为"君子"就是许正芝的"君子梦"。"时时体悉人情，念念持循天理"，明代大儒吕坤《呻吟语》中的两句话作为许正芝的座右铭，成为他实践圣贤之道的精神支柱。

现实生活中的匡禀生和方翰林则为许正芝的"君子梦"提供了来自同时代的精神动力。对来访的许正芝，匡禀生意气风发地说："县之有志，犹国之有史也。史者，功莫大焉：能惩恶扬善、补敝起废、厚生顺天、达道彰法、表贤著功、资治通鉴。……今世道日下，人心不古，我修县志，亦当记一县之史，正一地人心。"③匡禀生"正一地人心"的修志志愿让许正芝肃然起敬，佩服不已。沂东学界高人方翰林把"瞩望家乡故土，体味颓变世道"的字送给许正芝。许正芝父子正是在这样一种儒家伦理文化的影响下开始实践修身齐家的"君子梦"的。

相对于老族长的阳，许正芝以吕坤"收敛沉着，精明平易"的"阴"道治族。面对蝗灾后族内穷人逃荒、富人趁火打劫的事情，许正芝召开族会，阐

---

① 赵德发：《君子梦》，北京：人民文学出版社1999年版，第409—411页。
② 赵德发：《君子梦》，北京：人民文学出版社1999年版，第42页。
③ 赵德发：《君子梦》，北京：人民文学出版社1999年版，第48页。

明何为天理、人欲、君子、小人。对于小人的巧取豪夺、置族人于死地而不顾的行为，许正芝用烧得通红的烙铁烙伤自己的额头做一标记，为律条村心怀叵测的人们竖起了一道高高的戒碑。对于缺粮逃难的族人，许正芝要管家开仓借粮，不计利息；粮食借完，开钱柜借钱，直至借光。

许正芝的禁用糖瓜祭灶等"阴"道治族办法虽然震慑了一些小人的贪婪之心，但是并没有把律条村变成一个"君子国"。他的侄子就与岳母勾搭成奸。具有隐喻意味的是，许正芝的妻子患有"阴吹"怪病，喻示了许正芝"阴"道治族的内在疾病症候。

许景行首先从自己开始在灵魂深处爆发革命，讲述自己头脑里想留下自行车供自己享用的肮脏想法，收到了良好的接受效果，不仅干部们纷纷发言斗私批修，而且普通群众也开始从思想上做自我批评。青年利索讲述了自己与堂嫂偷情的事情，让斗私批修达到了高潮；但也险些出人命，利索的堂嫂为此喝卤水自杀未遂。许景行并没有从中醒悟，而是继续实践"君子梦"。许景行决心把律条村建成一个"人人无私，个个为公"的"公字村"。许景行用情人的头发在夜晚拴住各家门鼻，以此来测试人心。许景行惊人地发现，村外麦香阵阵，村里那些饥肠辘辘的男女老少，却都在自己的家里躺得老老实实、规规矩矩！许景行对儿子抗美说："自从毛主席大法指示叫斗私批修，我才明白干部到底该怎么当了。我就把全村这几百个人心掂量来掂量去，寻思着怎么样才叫它们纯一些，再纯一些……现在看来，我的心思没有白费啊。"①兴奋之下，许景行决定办"无人商店"，让它成为检验人心的最好场所，来培养"共产主义觉悟"。但是，不久这无人商店就遭遇了失败，出现了短款现象，第一个被发现的偷窃者就是许景行的女儿大梗。至此，寄托许景行"君子梦"的纯而又纯的"公字村"彻底覆灭。像他嗣父一样，许景行开始反思："天上星多月亮少，地上人多君子稀。"想让人人都当君子，在培养君子的同时也会培养伪君子！但是，许景行坚信君子是做人的方向，而且应该让君子尽可能地多起来，"既然我不管事了，既然没有权力要求别人去做君子了，可是我自己还是要去做"②。许景行决定每天早晨起来无偿打扫村中两条主大街，继续实践"君子

① 赵德发：《君子梦》，北京：人民文学出版社1999年版，第326页。
② 赵德发：《君子梦》，北京：人民文学出版社1999年版，第398页。

梦"。这恰好呼应了海外学者杜维明的观点："并不是某些集团出于其他非伦理的目的而把儒家伦理政治化的努力，而是通过个人独善其身，从而把政治道德化的儒家意图。"①

三、平常禅：传统佛教伦理文化的当代转向

与《君子梦》长达百年的时间跨度比较，《双手合十》描绘的是20世纪90年代以来当代中国佛教文化的存在状态。《双手合十》塑造了以青年和尚慧昱为核心的众多人物形象，直指当代人欲横流、伦理失范的道德乱象，思考传统佛教文化在当代中国伦理文化建构中的现代转换及其价值意义。《双手合十》通过叙述佛教徒与非佛教徒、佛教徒与佛教徒、佛教徒自我心灵内部的多种对比冲突关系，展现人世间的众生相及不同伦理文化选择。小说还以"秦老汩汩故事"、穿插佛门公案、吟诵佛教诗歌等多种美学方式钩沉当地佛教历史、梳理中国传统佛教文化、玲珑剔透地传达佛学智慧，不仅成功传播了佛教文化，而且探寻了佛教文化的现代价值和现代性转换途径。

休宁是慧昱的师傅，是一位坚守戒律的佛门高僧，也是慧昱抗击邪魔、坚定向佛之心的思想之源。休宁和尚在"文革"中被迫还俗娶妻生子，"文革"结束后又不顾劝阻回到通元寺。重新回到佛门的休宁在修行上格外用功，二十年来一直是过午不食，昼夜打坐"不倒单"。通元寺老方丈在去世之前，说法训众，要求"以戒为师，谨防狮虫"。魔王与佛陀斗法不过，说，等将来你弟子定力不够的时候，我就混入佛门，毁灭你们的佛法、戒律。那些借佛吃饭、败坏佛法的人就是狮虫。明心就是这样的狮虫。他来到通元寺作监院，取消晚课，大搞经忏活动，美其名曰"双赢"，把寺庙变成聚敛钱财之地，使和尚们一个个变成经忏客和应付僧而无心修法礼佛。休宁离开通元寺，来到芙蓉山狮子洞，以松花野果果腹修炼，回绝当地官员请他做住持的邀请，只求一个人潜心修行。

在狮虫猖獗、佛门不净的时代里，休宁坚守佛法、驱邪欲杂念，以"念

---

① 杜维明：《杜维明文集》第二卷，武汉：武汉出版社2002年版，第10页。

佛是谁"的"参话头"为唯一方式来参悟佛法，表现出执着、坚韧的精神和澄明、空灵的境界。尤其是休宁去五台山三步一叩的参拜行为更是显现了一个高僧对佛门的无比敬畏、崇拜与虔诚。但是，这种礼佛方式和修行理念也有着"自了汉"式的褊狭与局限。

慧昱既从师傅的褊狭中走出来，又保持了师傅的礼佛之志和向善之心。叠翠山佛学院的教育极大开阔了慧昱的思想视野，使他对中国佛教文化传统、精神内涵有了一种整体性认知。

小说开篇写慧昱的"寻找与逃遁"，其中"逃遁"的就是孟悔的真情。慧昱可以躲避孟悔，但却躲不了自己的欲心："事后，他时常不由自主地回忆起当时的情景，……那尘根昂扬坚挺，久久不倒。"[1]尽管慧昱努力不想孟悔、竭力灭欲心，但是有时候欲心还是有起伏。有钱能使不学无术、不受戒律的"恶魔"同学觉通毕业就可以当住持，实在让慧昱气愤不过。"有钱就有了法门，就有了神通。……既然勤奋学习虔诚修行的人还不如堕落者有前途，那我慧昱也干脆堕落掉算啦！"[2]在学院吃了辣椒酱，心里像揣了一团火的慧昱喝了酒，到尼姑庵给孟悔送字，下山在网吧打架。大和尚向犯戒的慧昱讲解抵御心魔，要从双手合十做起："双手合十是古印度的礼法，他们认为，人的右手是圣洁的，左手是不净的。把双手合在一起，就代表了人的真实面貌，代表了世界本相。"[3]大和尚进一步启示慧昱，双手合十还有一层涵义，就是明白人的可悲可怜，也就明白了修行目标和努力方向："勤修戒、定、慧，息灭贪、嗔、痴，勇猛精进，自度度人，做一个真正的佛门弟子！"[4]小说不仅真实描写了一个血气方刚的青年和尚慧昱欲念起起伏伏的修行历程，情节生动、细节真实自然，极富艺术感染力，而且还真切呈现了慧昱的豁然开悟过程。因此，当"恶魔"觉通邀请慧昱到飞云寺担任监院时，慧昱以"我不下地狱，谁下地狱"自勉，决定以身作则，以"平常禅"弘扬佛法。

---

① 赵德发：《双手合十》，南京：江苏文艺出版社2008年版，第3页。
② 赵德发：《双手合十》，南京：江苏文艺出版社2008年版，第67页。
③ 赵德发：《双手合十》，南京：江苏文艺出版社2008年版，第75—76页。
④ 赵德发：《双手合十》，南京：江苏文艺出版社2008年版，第76页。

四、如何重建 21 世纪中国伦理文化?

"吾敢断言曰,伦理的觉悟,为吾人最后觉悟之最后觉悟。"[①]陈独秀关于传统伦理文化变革的话,不仅充分阐明了伦理文化在整个社会结构中所具有的决定性地位,而且暗示了传统伦理文化进行现代性变革的迫切性和艰巨性。市场经济愈是繁荣,对整个社会进行道德规范的伦理文化需求就愈加迫切。21世纪以来,当代中国对现代性伦理文化的召唤声音更加清晰。

赵德发的长篇小说《君子梦》《双手合十》就极为准确地契合了这一重大时代思想主题,表现出作家对当代中国思想文化发展趋势的敏锐把握和来自孔孟文化之乡的沉甸甸的历史责任与文化担当。《君子梦》中的许正芝父子时时不忘"大学之道":《大学》的第一句话就是"大学之道,在明明德,在亲民,在止于至善";《易经》讲"君子以遏恶扬善,顺天休命",用一生的努力来实践儒家伦理文化,引人向善。《双手合十》里的慧昱一眼看到了庙门红墙的"诸恶莫作,众善奉行"闪闪金字,顿时开悟,决意皈依佛门,思考佛教的人间化,自度度人。可见,"善"以及"引人向善"是《君子梦》中的君子和《双手合十》里的僧尼共同的伦理指向和追寻目标,是赵德发对这两本伦理文化小说进行审美想象的思想交集点,显现出他对中国传统伦理文化的深度理解和精神探寻。

《君子梦》把近现代史上的伦理文化运动串联起来,详略不一地展现了中国伦理文化百年发展历程,如侧面转述五四时期的"打倒孔家店""四维八德"的新文化运动和"文革"时期的"破四旧""批林批孔"等批判性伦理文化运动,详细描写"斗私批修"中的"公字村"等伦理文化建设实践和20世纪90年代伦理道德乱象,为21世纪伦理文化重建提供了历史维度。为什么许正芝的"君子梦"和许景行的"公字村"先后失败了? 小说《君子梦》里的许正芝妻子的"阴吹"之病隐喻着这种传统儒家伦理文化的内在"疾病症候":以所谓的"圣贤君子"来为凡俗民众树立榜样,不仅难以培养出真正的君子,反而会产生众多伪君子。把肉体凡胎的"人"神化为高不可及的"圣贤"偶像来做众人典范,必然导致圣人与凡人、君主与奴才的专制统治和思想压迫,并为专

---

① 陈独秀:《吾人最后之觉悟》,《青年杂志》1卷6号,1916年2月15日。

制压迫提供至高无上的道德性外衣。无论是宋明时代"存天理，灭人欲"，还是当代的"斗私批修"，都是这种逾越于常人的"圣贤君子"偶像所带来的思想压迫和人的悲剧。因此，我们在21世纪重建中国伦理文化的时候，切不可不继承五四新文化运动思想遗产，在倡导传统伦理文化优秀因子的同时，警惕其"吃人"内容，避免历史悲剧的重演。

因此，重建21世纪中国伦理文化不能是传统伦理文化的修修补补，而应是具有现代性质的、适应现代生活的新质伦理文化。早在新文化运动之前，严复认为中国衰落、失败的根源就在于"民"的奴性、愚昧、不自由。《君子梦》中"公字村"的破灭和《双手合十》的一窖"残佛像"都喻示着传统文化自身内部的缺陷与不足，只有进行现代性转化才能适应现代社会语境的文化要求。"盖自秦以降，为治虽有宽苛之异，而大抵皆以奴虏待吾民。虽有原省，原省此奴虏而已矣；虽有燠咻，燠咻此奴虏而已矣。夫上既以奴虏待民，则民亦以奴虏自待。"①严复从秦朝愚民政策、奴役统治谈起，指出了中国民众长达千年的被奴役统治以及由此而带来的内化了的奴隶意识。梁启超在继承严复改造民众的命题下，提出要塑造"改良人格，增上人道"的国家公民。②当代李慎之先生力倡公民教育，说："千差距、万差距，缺乏公民意识，是中国与先进国家最大的差距。……中国现在要赶上先进国家，要实行现代化，最重要的就是要解放被专制主义所扭曲了的人性，发扬每一个人的本真人性。换言之，也就是要培养人的公民意识，使在中国大地上因循守旧生活了几千年的中国人成为有现代意识的公民、有人的觉悟的公民，成为一个一个独立的、自由的、能主动追求自己的幸福，创造物质财富与精神文明的公民。"③公民伦理文化应该是21世纪中国伦理文化的重要内核之一，也是这个有着浓郁专制文化历史色彩的中国现代化转型所迫切需求的现代性文化。

"必定要旧中之新，有历史渊源的新，才是真正的新。那种表面上五花八门，欺世骇俗，竞奇斗异的新，只是一时的时髦，并不是真正的新。"④重建21世纪中国伦理文化，传统儒家文化和佛教文化恰好是一个重要入口和导入途

---

① 严复：《严复选集》，周振甫选注，北京：人民文学出版社2004年版，第34页。
② 梁启超：《梁启超全集》第三卷，北京：北京出版社1997年版，第620页。
③ 李慎之：《战略与管理》，1999年第3期，第106—107页。
④ 贺麟：《文化和人生》，北京：商务印书馆1988年版，第6页。

径。从《君子梦》和《双手合十》中可以看出传统文化在中国民间还是很有影响的，因此，汲取传统文化中有生命力的、可以进行现代转化的部分，融汇到21世纪中国公民伦理文化的建设之中，才能重建一种得益于传统文化滋养而新生的现代性中国伦理文化。

"我们得一切重新起始，重新想，重新作，重新爱和恨，重新信仰和怀疑……"①作家沈从文以"人性小庙"的"湘西世界"，为重新建构中国伦理文化提供了独特思考。"我们有无必要、能不能在东方文化的基础上，重新建立起一个道德信仰体系？这是一个很值得探讨的大问题。"②半个多世纪后，赵德发怀着"伦理重建"的志愿以审美想象的方式绘就了一幅20世纪中国伦理变迁的思想图景，为21世纪中国伦理文化的重建提供了历史维度和文学思考。

"文学就是我的宗教，写作便是一种修行。我必须像一个真正的佛教徒那样，用心专一，勇猛精进，这样才能求得开悟，求得创作与自身生命的升华。"③对于这个普遍浮躁、人欲横流的伦理危机时代，我们有理由相信怀有慧心、定心和"伦理重建"志愿的赵德发会继续创作出沉甸甸的文学力作。

第四节　赵德发之于当代中国文学的独特意义

五四新文化运动期间，陈独秀提出伦理革命，号召"伦理的觉悟，为吾人最后觉悟之最后觉悟"。陈独秀把伦理问题提升到超越政治、经济、军事的本源性位置，认为伦理问题不解决，政治等其他问题都不可能得到彻底的解决。此后的乡村建设运动倡导者梁漱溟，同样重视伦理问题的解决，认为中国是一个"伦理本位的社会"。④因此，在这样一个没有宗教信仰的国家里，伦理作为一种软性、有效的力量起到了法律所不可替代的、至关重要的作用。自

① 沈从文：《沈从文文集》第十卷，广州：花城出版社1984年第1版，第111页。
② 曹磊、赵德发：《关于〈君子梦〉的问答》，http://blog.sina.com.cn/s/blog_53a02fac010004p8.html。
③ 霍晓蕙、刘国林：《写作是一种修行》，《齐鲁晚报》2005年1月25日。
④ 梁漱溟：《乡村建设理论》，上海：上海人民出版社2006年第1版，第24页。

古以来，中国社会就非常重视礼乐诗书的教化作用。孔子说："移风易俗，莫善于乐；安上治民，莫善于礼。"（《孝经·广要道》）针对礼崩乐坏的社会乱象，孔子编《诗经》，力图用至善至美的诗篇来达到"仁政"和人内心道德世界的完善。孔子在评价韶乐的时候，指出好的艺术作品应该是至善至美的，是美善和谐共生的。几千年来，中国文学一直有着文以载道的传统，强调以善为美、善美互现的伦理美学。五四新文化运动中陈独秀等人在引进西方民主、科学、人权等新的现代伦理道德规则的同时，大力扫除旧有的以孔子儒家文化为主体的传统文化，因此形成中国新文学反对封建伦理道德的艺术传统。这本来无可非议，但是问题在于旧的伦理道德推倒了，新的伦理道德文化没有建立起来，这样就形成了一个伦理道德文化的错乱与失范的无序状态。特别是"文革"之后，扫除封建伦理文化而建立起来的无产阶级革命文化受到了质疑；新时期中国在实现物质高度繁荣的同时也面临欲望的泛滥、精神的虚无和伦理道德的失范等问题。一个什么都不怕、什么都敢做、什么都敢破坏、没有任何敬畏感、消解崇高的实利主义时代无可避免地到来。在伦理失范、精神虚无的实利主义时代，文学何为？

　　"哪里有危险，拯救的力量就在哪里诞生。"①作为先知先觉的人类艺术家，特别是具有深厚伦理道德关怀传统的齐鲁文化哺育下的山东作家最早意识到了当代中国正在酝酿发酵的伦理道德文化危机，以生命中所具有的滚烫的使命意识、责任意识和伦理道德意识，书写了一篇篇融伦理与美学、革命理念追思与生命深邃体验于一体的文学作品，呈现了对当代中国命运、时代精神状况的热切人文关怀。张炜创作于20世纪80年代中期的文学力作《古船》展现了一个炽热的灵魂，里面的主人公夜不成寐，一遍遍在算着"红账"，寻求从经济到心灵的彻底解放和自由。在21世纪的今天，我们重新阅读这部作品依然能发现里面闪现的永不熄灭的革命伦理光辉。创作于20世纪80年代中后期的王润滋的《鲁班的子孙》则展现了萌芽状态的实利主义时代的伦理危机。小说的主人公内心受到义利之辩的精神煎熬，难道物质的富裕一定要以伦理道德的失落、精神的虚无和人际关系的冷漠为前提？！

---

① ［德］海德格尔：《人，诗意地安居》，郜元宝译，张汝伦校，上海：上海远东出版社1995年版，第137页。

在这样一种时代精神状况和地域文化氛围的影响下，成长于沂蒙山文化影响下的当代作家赵德发也开始了属于他自己的、也是齐鲁文化的乃至是中国文化的文学书写，创作出了《通腿儿》等一些精彩短篇小说、《君子梦》等"农民三部曲"和《双手合十》等一系列长篇小说，以对农民百年心路历程的精神探寻和当代中国伦理文化的审美想象而卓然独立于当代中国文坛。下文拟梳理赵德发文学创作中的精神探索过程，对其文学创作主题不断深入和转变进行文本细读式分析，揭示出赵德发艺术作品的独特性及其对当代中国文坛的独特意义与价值。

一、《通腿儿》: 沂蒙山文化、民俗和伦理的有机融合

《通腿儿》是赵德发的成名作。大约是1992年笔者正在莒县一中读高中的时候，一天班里文学爱好者就带来一本刊登赵德发《通腿儿》的文学杂志，因其中熟悉的沂蒙山民俗、人物曲折的悲剧命运和质朴无华的语言风格而在班级里引起很大的轰动，大家争相传诵。这是笔者最早接触到的赵德发的作品，也是印象极为深刻的文学阅读记忆。此后，在与一些文学爱好者和研究者的接触中，一谈起赵德发作品的接受、阅读史，很多朋友都是不约而同地说起《通腿儿》。

"那年头被窝稀罕。做被窝要称棉花截布，称棉花截布要拿票子，而穷人与票子交情甚薄，所以就一般不做被窝。"[①]赵德发以极为洗练的语言平实讲出了那个时代沂蒙山区人们的普遍生活状态，引出了故事主角狗屎和榔头之间从童年时代就结下的深厚感情。而促成这种感情的原因既来源于那个时代的贫困，也来源于沂蒙山区一种独特的民俗"通腿儿"。"'通腿儿'是沂蒙山人的睡法，祖祖辈辈都是这样。弟兄睡，通腿儿；姊妹睡，通腿儿；父子睡，通腿儿；母女睡，通腿儿；祖孙睡，通腿儿；夫妻睡，也是通腿儿。夫妻做爱归做爱，事毕便各分南北或东西。"[②]到了十八岁上，狗屎和榔头都说下了媳

---

① 赵德发：《中国当代作家选集丛书·赵德发》，北京：人民文学出版社2002年第1版，第1页。

② 赵德发：《中国当代作家选集丛书·赵德发》，北京：人民文学出版社2002年第1版，第1—2页。

妇，从小就一起通腿的二人决定往后还要好下去，屋盖在一起、一起搭牯种地。然而，娶了媳妇后，两人继续好下去的心愿遭到了媳妇的抵制。根据沂蒙山风俗，两个女人都过喜月，是不能见面的，见面不好；假如不小心见面了，谁先说话谁好。由于八路军队伍的到来，出来看热闹的两个新媳妇无意间见面了。榔头家媳妇先说话了，惹得狗屎家媳妇很不高兴。因此，两家不仅没有打成牯，而且两个媳妇交恶，见面互吐唾沫，连累得两个男人也不敢多说话，生怕媳妇不高兴。

八路军来了，狗屎媳妇参加了识字班，积极动员丈夫参军；不幸的是，狗屎参军后不久就牺牲了。当榔头媳妇来劝慰狗屎媳妇的时候，"狗屎家的一见她就直蹦：'都怪你都怪你都怪你！喜月里一见面就想俺不好！浪货，你怎不死你怎不死！'骂还不解气，就拾起一根荆条去抽，榔头家的不抬手，任她抽，并说：'是俺造的孽，是俺造的孽。'荆条嗖地下去，她脸上就是一条血痕。荆条再落下去在往上抬的时候，荆条梢儿忽然在她的左眼上停了一停。她觉得疼，就用手捂，但捂不住那红的黑的往外流。旁边的人齐声惊叫，狗屎家的也吓得扔下荆条，扑通跪倒：'嫂子，俺疯了，俺该千死！'榔头家的也跪倒说：'妹妹，俺这是活该，这是活该！'"①两个女人抱作一处，血也流泪也流。

《通腿儿》小说中沂蒙山民俗文化不仅是一种地域文化景观的呈现，还具有重要的线索作用。狗屎家的和榔头家的因为喜月的民俗禁忌而发生感情交恶，后来狗屎参军牺牲的厄运在无意之中暗合、验证了这种民俗，所以狗屎家的归罪于榔头家的，而同在这一民俗文化影响下的榔头家的，也把狗屎的牺牲归因于自身。但是，来自人性深处的善冲破了这种禁忌所带来的死亡阴影，榔头家的主动去安抚狗屎家的，在受到鞭打的时候，没有反抗而是甘愿受罚。当榔头家的眼角受伤流血的时候，同样人性深处的善让狗屎家的停止鞭打并下跪请罪。一时间两个女人泯灭过去的怨恨，重修过去两个男人曾经有过的深厚友谊；乃至于当狗屎家的因为生理欲望"油煎火燎"的时候，榔头媳妇打破伦理规则，劝说丈夫晚上到狗屎家

---

① 赵德发：《中国当代作家选集丛书·赵德发》，北京：人民文学出版社2002年第1版，第10—11页。

睡；榔头一来到狗屎家院子，就看到昔日的好兄弟狗屎正在西院里站着而战战兢兢回去了。但是，从这时起，榔头就睡不好觉了，一闭眼就出现狗屎形象，无奈跑去参军，希望从此吓走纠缠不停的狗屎魂灵。与狗屎不同的是，榔头走后，媳妇生下儿子抗战；更不同的是，榔头不仅没有在战场上牺牲，而且越战越勇，打败了鬼子和老蒋后，榔头家的不仅没有迎来丈夫，反而接到了一封离婚信。对此，狗屎家的怒火三丈，要拉榔头家的去上海拼命，然而榔头家的却说："算啦，自古以来男人混好了，哪个不是大婆小婆的，俺早就料到有这一步。"

面对丈夫的无情无义，榔头家的没有过多谴责丈夫的不道德行为，而是以传统伦理文化来为丈夫的不义行为辩解和为自己寻找心灵安慰；不同的是，当好姊妹狗屎家的面临性欲折磨的时候，榔头家的又能够冲破传统伦理文化束缚，把丈夫"借"给狗屎家的。无论是保守还是打破传统伦理文化，我们都能从榔头家的好似矛盾的伦理文化悖论中看见一颗无比善良的心灵：伦理的保守和打破都是为了一种最高的善，为别人着想，哪怕是牺牲自己。

小说结尾是很悲凉的。两个女人唯一的硕果——榔头的儿子抗战，在水塘淹死了。若干年后，当榔头带着上海生的儿子回到老家的时候，发现这两个孤苦无依的女人晚年延续了狗屎和榔头童年时期的生活方式——通腿儿。

二、农民三部曲：土地伦理、文化伦理和政治伦理的审美书写

到20世纪90年代中期，赵德发已经写作了《樱桃小嘴》《蚂蚁爪子》《窨》《闲肉》等具有沂蒙山文化特点的精彩短篇，但是赵德发没有因眼前的成功停留，而在进一步思考如何写出生命中最厚重、最坚实、最具有自我独特生命体验和艺术风格的作品。"在1992年的一个秋日里我明白了。那天我回老家，与父母说了一会儿话之后，便信步走到村外一道地堰上坐了下来。我的眼前是大片土地，我祖祖辈辈赖以生存的土地。那个时刻，我看着她，她看着我，四周一片静寂。就这么久久地，久久地。我在想她几十亿年的历史，我在想几千年来人类为她所作的争斗。她顺着我的思路，显示她的真身给我看，让我在恍惚间看到浸润她全身的农民的血泪。这时我的心头翻一个热浪，眼

泪夺眶而出：你是希冀着我来写你啊！"①从1992年开始构思《缱绻与决绝》
到2002年《青烟或白雾》的出版，赵德发历时整整10年，创作出了"农民三部
曲"，兑现了他与土地的生命契约，呈现出了百年农民心灵史，揭示出了农民
与土地、农民与精神、农民与政治关系的复杂心灵结构。

（一）《缱绻与决绝》：农民的土地伦理

"土生万物由来远，地载群伦自古尊。"《缱绻与决绝》塑造了一个一
只脚大、一只脚小的独特人物形象封大脚。他对土地有着一种独特的情怀，视
之为须臾不可分离的母亲，而这种情怀来自父亲封二的教导："打庄户的第一
条，你要好好地敬着地。庄稼百样巧，地是无价宝。田是根，地是本呀。你种
地，不管这地是你自己的，还是人家的，你都要好好待它。俗话说：地是父母
面，一天见三见。以我的意思，爹娘你也可以不敬，可你对地不能不敬。"②
正是由于土生万物、地载群伦的大地母性，土地与农民的关系是最为亲近的。
而且土地给予耕耘者的不仅仅是春华秋实，还有一种独特的伦理文化默默植入
他们的心灵世界之中。"你别看它躺在坡上整天一声不吭，可是你的心思它都
明白。你对它诚是不诚，亲是不亲，它都清清楚楚。你对它诚，对它亲，它就
会在心里记着你，到时候用收成报答你。"这就是土地给予农民的伦理文化：
一分耕耘一分收获，人要勤劳、诚恳、踏踏实实。"看着生动的大地，我觉得
它本身也是一个真理。它叫任何劳动都不落空，它让所有的劳动者都能看到果
实，它用纯正的农民暗示我们：土地最宜养育勤劳、厚道、朴实、所求有度的
人。"③苇岸曾经写过散文，阐述来源于大地的伦理学，正是由于大地的无言
教导，耕耘者获得了一种精神的启示，被大地赋予了诚实的品格；而一旦人离
开了或背弃了大地，就开始变得虚伪和空虚。

封大脚不仅继承了父亲亲近、敬畏土地的美德，而且以更高的热情投入
到土地中。他新婚不久就在"鳖顶子"开辟属于自己的土地，尽管石头众
多、土地稀薄，还是在与妻子绣绣不间断的努力下终于开出了一片环形地，
但是也付出了沉重的代价，由于拓荒劳作，未足月的儿子早产窒息而死，就

① 赵德发：《缱绻与决绝·自序》，济南：山东文艺出版社1997年第1版，第2页。
② 赵德发：《缱绻与决绝》，济南：山东文艺出版社1997年第1版，第132—133页。
③ 苇岸：《最后的浪漫主义者》，冯秋子编，广州：花城出版社2009年第1版，第39页。

埋葬在了这片土地上。因而，这片"鳌顶子"的环形地之于封大脚而言，有着非同寻常的意义和情感。1956年农业合作化运动开始，政府收回1951年发放的关于"鳌顶子"等地的土地证，这让封大脚心窝疼痛难耐，情感上难以接受。"他想起了十九年前开拓这块地时的情景……这是大脚一生中最为得意的一件作品。他早就发现过这块圆环地的妙处，即在地里走，走一天、走一年甚至永远走下去也走不到地头。大脚曾无数次想：这块地永远走不到地头好啊，在这里，我的子孙后代也这样走下去，永远走不到头，永远守住我给他们创下的这份家业！"①不仅封大脚舍不得，其他村民都舍不得。

"隔着纷纷扬扬的雪花，大脚猛然发现：这时天牛庙四周的田野里已经有了好多好多的人。他们不知是何时走出村子的。现在，这些庄稼人都披着一身白雪，散在各处或蹲或站，在向他们的土地作最后的告别最后的凭吊。"②这是一幅多么动人的景象，呈现出一颗颗纯洁、善良、对土地无比眷恋的心灵。

（二）《君子梦》：民间文化伦理的精神向度

"君子——小人。在中国长达几千年的伦理化社会里，这从来就是人的道德形象的两个极端。……这一对概念，联系着天理、人欲、善恶、义利等等，成为中国思想史的一条主线。"赵德发以其对中国传统儒家伦理文化的深刻理解，以审美想象的方式创作了长篇伦理文化小说《君子梦》，通过对律条村许正芝父子两代人的儒家伦理文化实践的描写，向我们展示了一幅20世纪中国民间的伦理文化图景。

20世纪60年代的思想运动为许景行的儒家文化实践提供了新的时代语境。许景行从吕坤的"千古圣贤只是治心"话语，联系到毛主席发起的"斗私批修"运动；从儒家文化的"君子"观念到对学习"老三篇"有了打通古今伦理文化的新见解。"学习'老三篇'——斗私批修——做毛主席说的'五个人'也就是'活雷锋'。许景行突然看清了毛主席指引的一条金光大道。"③这条"提升人心，改变社会"的金光大道，恰与许景行心中的儒家伦理文化内在理

---

① 赵德发：《缱绻与决绝》，济南：山东文艺出版社1997年第1版，第273页。
② 赵德发：《缱绻与决绝》，济南：山东文艺出版社1997年第1版，第274页。
③ 赵德发：《君子梦》，北京：人民文学出版社1999年版，第258页。

念和外在实践纹理相一致，至此，许景行在纷纭的世道中找到了一条从传统儒家伦理文化走向现代社会的"金光大道"。

为实现从灵魂深处爆发革命，许景行首先从自己开始。他借讲述自己头脑里想留下自行车供自己享用的肮脏念头，引发干部们和普通群众从思想上做自我批评。为把律条村建成一个"人人无私、个个为公"的"公字村"，许景行用情人的头发在夜晚拴住各家门鼻，以此来测试人心。他兴办"无人商店"来培养"共产主义觉悟"。但是，不久就遭遇了失败，第一个偷窃者就是许景行的女儿大梗。许景行的"君子梦""公字村"彻底覆灭。

"天上星多月亮少，地上人多君子稀。"许景行反思让人人都当君子，却"培养"出来伪君子！从宋明理学的"存天理、灭人欲"到"狠斗私字一闪念"，许景行都感到是那么荒诞，但是20世纪90年代以来莠草的疯长所喻示的欲望高涨又带来伦理的失范和生态的灾难。因此，许景行思考，在公与私之间应该划定怎样的界限？甚至在倡导大公无私、舍己为人理念的同时应该有着怎样的限度？在性善论和性恶论之间，人性到底是怎样的？或许善恶并存才是人性的本相，否则何以佛教认为善恶都在一念之间呢。许景行的伦理思考和教化实践呈现了民间伦理文化的精神探索。

（三）《青烟或白雾》：两代农民对政治伦理的思考

"大槐树，槐树槐，槐树底下搭戏台……"，《青烟或白雾》引用这个童谣揭示"人生如戏，戏如人生"的中国人生存理念。尽管人人都知道人生是一场戏，但是都拼命要为自己搭建一个最大、最好的舞台，来好好表演一番。故事发生的空间——支吕官庄一直有这样一个冒青烟的传说，村民们一直有着一个望子成龙的青烟梦。小说中的主人公吕中贞可谓命运多舛，父亲早早当了烈士，自己婚姻屡遭挫折：寻个有残疾的上门女婿还因穷困被拒绝，并受到"要饭的磕倒了，穷屌着了地"的戏谑，好不容易说定去填房又因无意泄密而反目成仇。世道弄人，"四清"工作组组长穆逸志决定让出身贫农的吕中贞来当大队长。在吕中贞犹豫之际，她的母亲说："这一回是工作队看中了你，你怕个啥？再说，咱就是不够当官的料，也要当给全村人看看，叫大伙都知道，咱寡妇娘儿俩也有出头露脸的这一天！叫老老少少都明白，俺闺女不是一个平常丫头，不是一钱不值的孬货！"①在这种官本位和女性意识之下，吕中贞决定当这个大队长，勇当"铁姑娘"，到县里、地区宣讲，"文革"时期渐渐登上更高的政治舞台，成为平州地区的政治风云人物。"文革"结束后，回到村里重新成为一个普通村民。经历了一番幻境的吕中贞意识到，自己不过是穆逸志政治阴谋中的一枚棋子而已；穆逸志对她从来就没有所谓的爱情。正是在这场幻境般的游历中，吕中贞弄明白了父亲留在母亲那里的一块圆木板上所刻画内容的含义：马上封侯。这种对功名的渴望、官大于民的意识使父亲远离家门，也使吕中贞迷狂，一度失去自我，编织一个个谎言。

吕中贞与穆逸志所生的儿子白吕所走的政治道路与她恰好相反。白吕考取了公务员，这一度让吕中贞欣喜不已，觉得又是"冒青烟"了。经历了现代教育的白吕来到镇上做公务员，接手的第一个活就是为书记郭子兴替考MPA。在几次替考过程中，白吕渐渐了解到一些政治真相：既有胡作非为的镇书记，也有不收钱只接受美色贿赂的县委书记，更有普遍性的政治伦理问题，"不跑不行呀，不送不行呀，上边没人不行呀，上边有人可根子不硬也不行呀！……"②当被要求劝说任小凤为县委书记"献身"的时候，白吕感到周身的每一个细胞都充胀着愤怒与耻辱，决定揭发这些官员们的不法行为，辞去公务员工作，沉淀到最基层农村中去，从最基层的民主选举开始争取个人与村民群体的权益。

相较于吕中贞的政治盲从、官本位崇拜而言，白吕有着较为清醒的现代政治意识，认为公务员不是为领导个人服务的。从最初的思想抵制到坚决辞职、举报贪官，再到反对清官庙所呈现的封建清官意识、参加村里水库承包竞标和村基层政治选举，白吕开始了一系列具有现代公民意识和包孕现代政治伦理的政治实践，昭示了新一代农民现代政治伦理的觉醒和古老乡土中国向民主社会的现代化转型。"赵德发的这两部小说中的寓意又基本上是与他的伦理性思考相吻合的，表现出典型的伦理现实主义特征。"③

---

① 赵德发：《青烟或白雾》，北京：人民文学出版社2002年版，第145页。
② 赵德发：《青烟或白雾》，北京：人民文学出版社2002年版，第345页。
③ 贺绍俊：《伦理现实主义的魅力——细读赵德发的一种方式》，《当代作家评论》2000年第3期。

三、《双手合十》：传统佛教伦理文化的当代阐释

如果说《通腿儿》是朴素的沂蒙山文化艺术结晶，"农民三部曲"是从沂蒙山文化出发，呈现出大气、深沉、丰厚的齐鲁文化精神特征，那么创作于2003年的长篇小说《双手合十》则展现了赵德发对当代中国伦理文化的更深层关注和更为宽阔宏大的文化视野，展现了他从伦理文化重构的角度来思考21世纪中国伦理文化重构的文化历史资源和可能的多元精神途径。至此，赵德发已经从沂蒙山文化中走出来，不仅有着深厚的齐鲁文化所承载的伦理文化担当，而且转向中国传统文化，乃至是东方历史文化中可转化的、具有现代性的历史文化资源。从这个意义上说，赵德发不仅是沂蒙山文化、齐鲁文化，而且是中国传统文化、东方历史文化的审美书写者和思考者。

"慧昱从韩国广佛寺访学看到佛教现代化、全球化迹象之后，结合当代中国伦理危机和佛门内部的伦理乱象，以一种全球性现代佛学视野对中国佛教伦理文化的进行思考，产生了转化传统佛教文化、普度众生的思想自觉。"[①]他在回国后的报告会上说："进入21世纪，人类的物质生活水平普遍提高，但精神问题也在迅速凸现，人欲横流、道德沦丧等社会弊病引起了人们对文化的普遍反省。……佛教资深年久，库藏丰富，具有很大的心理治疗、心理安慰和心理开发功能，很可能会在人类文化的重建中扮演重要角色。中国汉传佛教必须应时契机，调整改革，尽快完成现代化进程，以此来与当今世界的发展和变革相契合。"[②]沿着这一思路，慧昱继续思考如何从师傅抱定话头闭关枯坐中走出来，让禅学契合现代社会。最后，慧昱从"滔滔不持戒，兀兀不坐禅。酽茶三两碗，已在镢头边"的禅诗中悟出"平常禅"，从而达到佛我统一，心平行直，不修而修，出入自由。

赵德发所呈现的传统佛教文化的现代性转化途径"平常禅"，既鲜明体现了佛教中国化的精神路径，又是21世纪新的时代文化语境之下对佛教现代化的文化探寻。佛教传到中国以来，经历了一个中国化的过程，产生了众多佛教派别，其中"明心见性""佛性本有、直指人心、人人皆可成佛"的禅宗在中国

① 张丽军：《重建21世纪中国伦理的文学思考——论赵德发〈君子梦〉〈双手合十〉的伦理叙事与道德关怀》，《小说评论》2009年第2期。
② 赵德发：《双手合十》，南京：江苏文艺出版社2008年版，第113页。

有着广泛的影响。正是从佛教中国化过程中获得精神启示，赵德发在大众文化兴起的文化语境中，探寻到了佛教中国化、当代化的精神途径，使佛教从狭隘的佛门寺院中走出来，成为佛门中人和在家居士都可修炼的、获得心灵安宁和内在伦理秩序的新伦理文化。"如英国学者苏马赫（E.F.Sohumacher）在《美丽小世界》中的说法就很值得注意。他认为现代西方所谓发达国家其实充满了弊病：专业化和大型化生产导致经济效率降低、环境污染、资源枯竭，人成了机器的仆人。反省这些弊病，他提出佛教经济学来相对照。正如现代人的生活方式有其现代经济学一样，佛教的生活方式也可以有佛教经济学。"[①]

另外，赵德发关于中国道教文化的长篇小说《乾道坤道》已经出版。至此，儒家文化、佛教文化、道教文化这三大中国传统文化，赵德发都已经用文学艺术的方式呈现出他对当代中国伦理文化重建的审美思考，体现出中国当代作家对时代精神状况的强烈现实关注、崇高美学意识和文化使命担当。

"在现代社会中，针对每一个道德评判均能找到其他同样说得通、可供选择的道德评判立场。另一方面，当代小说创作的规模以及自身特点决定了传统的伦理准则无法提供对这些特殊之处的解决办法，当代小说艺术独立性的建构使得伦理批评陷入困境。……中国当代小说叙事自觉成为了抵挡传统伦理批评的挡箭牌。"[②]伦理文化如何与审美书写有机融合在一起，一直是20世纪中国文学的一个难题，也是许多作家有意或无意回避的问题。赵德发不仅没有回避，而且从地域文化和传统历史文化中汲取哲理智慧；不仅呈现当代中国伦理文化失范的乱象，展现其根源，而且以一种有益的、建设性的方式提出重建21世纪伦理文化的可能的现代性精神途径，为当代中国伦理文化小说的审美书写做出了极为宝贵的、开拓性的精神探索。"文学说到底是一种精神事务，它要求写作者必须心存信念，目光高远。它除了写生活的事象、欲望的沉浮之外，还要倾听灵魂在这个时代被磨碾之后所发出的痛楚的声音。因此，需要在今天的写作中，重申一种健全、有力量的心灵维度，重申善和希望是需要我们付

---

① 龚鹏程：《现代文明的反省与伦理重建》，《浙江大学学报（人文社会科学版）》2010年第2期。

② 杨红旗：《伦理批评的一种可能性——论小说评论中的"叙事伦理"话语》，《当代文坛》2006年第5期。

出代价来寻找和守护的。"①从《通腿儿》超越传统伦理的人性之善、《君子梦》中的人格自我完善，到《双手合十》中的"诸恶莫作，诸善奉行"的伦理文化审美书写，这是赵德发之于当代中国文坛的独特价值与意义。

任何一种开创性的审美文化书写，都不可能是完美的。不可否认的是，赵德发的伦理文化小说的创作也存在一些审美局限，如过于重视故事性，人物形象内心世界展现得不够丰富，淋漓尽致、汪洋恣肆的心理描写较为缺乏，人物形象过多、影响主角形象塑造等，在一定程度上影响阅读的流畅与审美的快感。这些局限也从另一个方面凸显了伦理文化小说创作的艰难和不易，显现出赵德发在这一题材领域开创性的审美价值和思想价值。

第五节　扎根沂蒙大地的乡土语言与文化伦理

赵德发的乡土小说集中体现了地方文化传统、民间生活习俗和乡土社会的地域性特征，带有淳朴的泥土气息、深沉的土地情怀和凝重的文化忧思，并且在语言的背后隐含着强大的文化驱动力。在以"农民三部曲"为代表的乡土小说中，传统文明与现代意识激烈碰撞的时代背景下，赵德发以农民的身份深入农村的日常生活与乡土文化之中，通过生活化、口语化的乡土语言，诉说着不断走向衰落的乡村传统文化和逐渐瓦解的乡间文化伦理，表现出知识分子的人文关怀和现实反思。这些作品既包含了新时期以来乡土文学中传承的危机意识，又触及处于现代资本经济冲击下农民的精神动荡和人性异变，具有人道主义倾向和强烈的现实批判色彩。

文学是语言的艺术。而现代语言学和文艺学的研究成果告诉我们，语言不仅仅是表现内容的工具和形式，语言本身就是内容，或者说，语言生成着、缔造着文学作品的风格和内容。②作为颇具代表性的山东作家，赵德发的小说创作得益于作家本人浑厚的儒家文化积淀和独特的个人经历。他的乡土小说通过鲜明的语言特色和深刻的文化意蕴，将沂蒙山一带乡土农村的传统文化表现得淋漓尽致。他的语言带有浓重的泥土气息和文化张力，给人一种无形的压迫

---

① 谢有顺：《重申灵魂叙事》，《小说评论》2007年第1期。
② 逢增玉：《东北作家创作中的情义民风、乡土语言与文本特征》，《东北师大学报（哲学社会科学版）》1995年第5期。

感，推动着读者思维的逻辑和理性的感知彳亍前行。齐鲁大地上浓郁的传统文化氛围和作家自身的农民身份，促使他站在农民的立场，以一个扎根于华北大地的农民形象，操着纯正的农民口音，向我们诉说数十年来生活在这片古老大地上的农民所经历的苦难生活和现实挑战，因此赵德发的乡土语言之中带有明显的个人生活体验和淳朴的乡土人情。以《缱绻与决绝》、《天理暨人欲》（即《君子梦》）、《青烟或白雾》为代表的"农民三部曲"，直观地体现了他乡土语言的特点，并且以一种满含文化力量的表达方式，将横跨数十年、历经多个历史时期的乡土变革清晰地展示出来，同时也把蕴含在土地之中的文化气息，延伸到了生活的方方面面。语言之中渗透着乡间传统文化蕴含的内在蓄力，营造出乡土意识中由内而外形成的精神约束氛围。深植于土地的农民情节，使得赵德发在文学创作上更加透彻地看清了代代生于兹长于兹的农民命运。土地对赵德发而言是心灵的归属，根植于农村的生活经历决定了他的乡土创作方向，而对乡村传统文化逐渐凋敝和现实生活沉重的忧虑，则形成了他饱含文化温情的创作风格。对土地的追求与热爱，是中国农民由来已久的特殊情感，在赵德发的小说里农民对于土地的情感表现得更为强烈。

一、沂蒙乡间生活的泥土气息

土地作为生命之源和民族之根，在中国千百年来农耕文明的历史进程中始终占据着绝对地位，但农民真正以主体身份走上社会的舞台被历史所关注，则是五四新文化运动之时。20世纪中国现当代文学最大的功绩便在于对农民以"人"的身份给予关注，将一代代默默生存又无声逝去的底层人民大众引领到文学的正面。乡土文学的兴盛，促使人们更多地将悲悯的目光转移到贫穷、落后的乡土社会。而乡土作品中对农民的书写，不同的历史时期也有着不同的视角和态度。在中国现当代文学史中，乡土文学由肇始至今，经历了近百年的发展演变，不断衍生出新的文化内涵和生命意蕴。但是自乡土文学诞生之日起，包括鲁迅、沈从文等在内的乡土作家几乎无一例外地站在知识分子的立场，以一种高高在上的独立于乡土民间的姿态俯视落后衰败的农村社会，共同表达出对处于社会底层的农民群体或直接且强烈或隐晦而温和的关注和批判，却很少有人真正走进作为"人"而存在的农民的精神世界和灵魂深处，将农民视为独立存在的个体进行分析，替顶着"农民"这一身份的底层群体发言。赵德发不同于其他乡土作家的地方就在于，他是以真实的农民的身份，站在饱受苦难的农民立场上来审视、反思乡村生活所面临的现实问题。

文学的创作是作者对客观世界的主观表现或再现，或多或少总会带有一些主观意识和情感因素，而个人情感色彩在作品中最直观的展示便是通过叙述语言和人物之间的话语来呈现。文学语言是文学创作中极为重要的构成因素，通常被看作是一个作家的创作特色和文学风格的代表，小说语言是作家的精神家园，是他人格的一部分，语言即风格。[①]鲁迅的乡土小说体现的是一种极为凌厉且颇具悲剧色彩的基调，沈从文的语言则带有对美的追求和对以往美好的乡土生活的眷恋，赵树理的文学作品中最多的是对农村生活口语化、生活化的直观表现。赵德发的文学创作同样有其自身的语言风格，平静沉稳的叙述语调、带有浓厚传统文化色彩的叙述语言以及充满泥土味和烟火气的日常表达方式，都被标榜为赵德发独具魅力的乡土写作特征。

赵德发的个人经历对于他的文学创作有着十分重要的影响，农民的出身让他在乡土小说的创作上得心应手，真正的农民思维范式对于他理解、刻画农民形象，分析农民心理，有很大的帮助。而他本身所具有的农民意识——尤其是中国农民对土地执着的情感——被不断赋予到作品中的人物身上，表现出的是一个个极为自然且真实的农民形象。在《缱绻与决绝》中我们能够发现，赵德发对于乡土生活的解析，是从农村、农民的内部出发，深入到人物之间的内在情感联系，找出了土地与农民互相依赖、互为依托的关系。土地，是农民安身立命之根本，更是生灵万物之载体。[②]这种认知在农民意识中是一种根的存在，是农民的意识之根、文化之根、生命之根。

在现实主义创作手法之下，赵德发主要对数十年历史发展中乡土农村发生的权力的更迭、精神的演变、文化的衰退和人性的异化等多个层面进行深入挖掘，通过对人物心理活动细腻地捕捉，对不同时代现实生活真实客观地反映，精准地把握住农民的心理变化特征，清晰地呈现出世代生长于土地上的农民群体逐渐变化的情感波动和精神转变。《震惊》对沂蒙地区夏夜里

---

① 肖莉：《"写小说就是写语言"：汪曾祺小说语言观阐释》，《福建论坛（人文社会科学版）》2007年第4期。

② 赵德发、王晓梦：《世心与史心的守望——赵德发访谈录》，《百家评论》2013年第5期。

男人之间"攀夜"这一具有地域性活动的描绘，极具地域色彩和乡村生活气息；《青烟或白雾》通过对乡村日常生活的叙述，借助特殊时代农村及县城所发生的一系列变动，写出乡村生活中人们对权力的欲望之争；《蚂蚁爪子》里当地人将汉字形象地称为"蚂蚁爪子"，木墩祖孙三代农民对象征知识的"蚂蚁爪子"执着地追求，却没有为他们带来理想中的生活；《樱桃小嘴》中最具讽刺意义的是，小奈长着一张樱桃小嘴却吃不饱饭，反而跟女儿争奶吃，导致女儿被活活饿死，作者在这里颠覆了人们传统意识中对母亲伟大无私的认知，直接书写沂蒙乡村农民真实的生活状况，以平静的语调把农民所面临的生活苦难和命运悲剧真实地记录下来。农民的现实生活是赵德发乡土书写的直接切入点，因为沂蒙乡村生活既蕴含着独特的地方民风民俗，又像地方方言一样，浸润了深厚的文化历史，与乡村、大地、泥土之间不可分割，已经成为沂蒙山人们的乡土记忆和乡土文化的重要组成部分。在某种意义上，乡村生活的审美意义甚至比乡土风景更为重要，因为乡土生活更富有生命气息，地域的色彩也更内在和全面。①

在乡村生活中，方言口语最为丰富多样，也最能体现乡土小说的审美魅力。这里需要特别指出的是，方言口语不是简单的人物语言实录，而应该是将它们融入生活叙述之中。②《缱绻与决绝》一开始便写道："许多年来，天牛庙及周围几个村的人们一直传说：宁家的家运是用女人偷来的。"③所以为了打破辈辈不发长子的"诅咒"，宁学祥对于土地和家财，有一种极端扭曲的心态。文章在表现他在女儿和土地两者之间难以取舍的矛盾心理时写道："宁学祥低下头去，咬着牙哆嗦着眼皮想了片刻，然后朝桌子上一扑，将双拳擂的桌子山响，大声哭道：'不管啦不管啦！豁上这个闺女不要啦！'"④赵德发以其对细节的敏感和高超的语言驾驭能力，准确地捕捉到宁学祥极为矛盾的心理斗争过程，只寥寥数语便将宁学祥的肢体动作、心理活动、语言宣泄等多方面的瞬时变化精准地呈现出来，刻画出一个宁愿牺牲自己的女儿也不愿失去土地的泯灭了人性的旧时地主形象，写出宁学祥对土地近乎变态的占有欲，亲情在

① 贺仲明：《论近年来乡土小说审美品格的嬗变》，《文学评论》2014年第3期。
② 贺仲明：《论近年来乡土小说审美品格的嬗变》，《文学评论》2014年第3期。
③ 赵德发：《缱绻与决绝》，安徽：安徽文艺出版社2018年版，第3页。
④ 赵德发：《缱绻与决绝》，安徽：安徽文艺出版社2018年版，第12—13页。

土地面前也只能退居其次。赵德发在充满乡土气息的叙述语言中融入诗意的表达，将作品的美学价值和现实功用完美地结合在一起。例如《缱绻与决绝》对季节中农作时令的叙述，便选择了用委婉且极具象征意义的表达方式而规避了传统现实主义中直接叙述的方法："这个世界上树木花草最是豁达，人间再大的苦难也妨碍不了它们的生长节律与热情，天牛庙围墙内外的血腥味还没有散尽，洋槐花就铺天盖地地开了。……山里的花讯给庄稼人的从来不是审美呼唤，而是一种农事的提醒。满山洋槐花要表达的语言是：种花生的时候到了。"①自然环境的描写与民间耕作经验相结合，让读者在获得审美感受的同时自然而然地获得对乡间农事时令的认识，体现出超越传统现实主义的叙述方式，兼具艺术上的审美体验和语言形式上的释义性功能。

土地意识在中国农民心中不可撼动的地位来自于祖祖辈辈心口相传的叮嘱。农民对于土地强烈的占有欲并不仅仅是源自生活的窘迫和对生存物质的渴求，更是从父辈那里一代一代地固化了这种古老的思想意识。封大脚便代表了传统农民的形象，他拥有最普遍的农民性格，勤劳、朴实、坚韧、忠厚，对于土地表现出来的不舍和执着是出于内心的真实情感，父亲封二临死之前传授给他的种地经验更是加深了封大脚对土地疯狂追求的执念："打庄户的第一条，你要好好敬着地。庄稼百样巧，地是无价宝。田是根，地是本呀。你种地，不管这地是你自己的，还是人家的，你都要好好待它……地是父母面，一天见三见。以我的意思，爹娘你也可以不敬，可你对地不能不敬……你别看它躺在坡上整天一声不吭，可是你的心思它都明白。你对它诚是不诚，亲是不亲，它都清清楚楚。你对它诚，对它亲，它就会在心里记着你，到时候用收成报答你。"②源自生活的口语化表达融入了叙述之中，通过封二之口将农民对土地发自内心的情感依赖诉说出来，对土地拟人化的想象和处理，不仅贴合农民的思维和语言范式，同时充满诗意的表达和朴素的生活哲学色彩。所以作品最后当封运品拿出一张厄瓜多尔的地契时，封大脚十分激动地大声说道："真好哇真好哇！运品你这件事可办到爷爷的心窝里啦！在这世上，你就是有金山银山，也不如有一块地好！"③这种传统的土地意识仍然在无形之中传递着。然

① 赵德发：《缱绻与决绝》，安徽：安徽文艺出版社2018年版，第94页。
② 赵德发：《缱绻与决绝》，安徽：安徽文艺出版社2018年版，第129页。
③ 赵德发：《缱绻与决绝》，安徽：安徽文艺出版社2018年版，第531页。

而，许多人不理解土地归公前后封大脚性格的变化，认为这种极端的性格转变打破了现实主义创作原则，是人物形象塑造上低劣的失误，影响了作品的美学价值。此观点不仅在认知上囿于概念化的"主义"思维，就文本本身而言也同样存在理解的偏差和局限。关于封大脚性格的极端转变，需要注意的是，这一现象是发生在"环形地"的所有权发生变化之后，而不是其他土地。环形地对封大脚而言，其内在的精神依赖明显重于外在形式的依恋。尽管环形地并不肥沃，但它的成功开掘象征着封大脚在实际意义上战胜了自己的父亲，而且地里不仅洒满了封大脚和绣绣的血和汗，更埋葬着两人的第一个孩子。所以环形地对封大脚而言，有着精神支柱般的意义，而这根支柱一旦被抽走，封大脚就如同无根的漂泊者，心灵再无归宿。所以他才一次次地不顾家人反对执意要重新拥有环形地的所有权，哪怕只是一部分。这种心理活动变化的极致呈现正是赵德发的高明所在，以封大脚难以为人察觉的精神空虚导致的性格极端转变，将中国农民传统意识中对土地的极度依赖和眷恋表现得淋漓尽致，更说明了土地对农民而言早已超越外在形式的意义，深入到精神层面成为人们精神的支柱和心灵的皈依。在这一方面，赵德发的乡土创作超出了单一作品中的农民意识，上升到代表整个农民群体的宏观视野。

在中国农村社会的历史进程中，土地总是和血分不开，这不仅表明了土地对于农民的重要意义，更意味着农民和土地之间难以斩断的情感纠葛。《缱绻与决绝》中的环形地和《君子梦》中的社林，无不体现着农民与土地血肉般的联系。在"农民三部曲"中，赵德发以穿透性的历史思辨捕捉到一个渊源深厚的历史事实：人类社会诞生之初，土地就渗透人类献祭的鲜血，也沉淀了农民对土地的深沉情感。[①]在众多的乡土书写作品中，我们在莫言那里能够看到带着原始野性的民族精魂和人性本初的暴力与野蛮，彰显了胶东大地上民族的血性和刚毅。莫言笔下的土地，在承载生命的悲凉与苦难之间，带有隐隐的嗜血特性。张炜的乡土倾向则有一种"家本位"体系下的悲悯情怀，带有知识分子的关切和忧思。而赵德发笔下的乡土农村，更多的是体现中国千百年来最为核心的农民意识在苦难生活中不断变化的状态，农民是在"民本位"的意识之中不断延续着的生命群体，与土地形成一种难以分割的、互相依存的关系，土地

① 张懿红：《"农民三部曲"：作为思想重构的历史叙述》，《小说评论》2009年第3期。

是农民之所以成为农民的根本。作为书写乡土农村的经典文学创作，"农民三部曲"所含有的真切的农民意识和乡土气息，体现为对土地虔诚的敬仰，这种深沉的土地情怀尤其以《缱绻与决绝》最为突出。《缱绻与决绝》高屋建瓴地透视中国现代化历程中至关重要的土地变迁，同时又能切身体会传统农民的恋土情结和创伤记忆，对土地革命的历史（广义上的）进行创造性的改写，无论在社会批判还是文化批判的层面都是意蕴深广的。①深入农民历史内部的独特视野，是赵德发乡土创作能够获得如此成就的决定性因素。对此，张炜曾评价说：就写农村而言，他的根扎得更深，更了解农村、农民和土地，在表达上更有经验。②赵德发自己也表示：我与土地血肉相连，我与乡亲们休戚与共。因而，我走上文学创作之路时，必然会从乡村出发，写乡村生活。这是乡村生活对我最大的影响，也是土地对我慷慨的馈赠。③

二、语言背后的沂蒙文化与儒家文化的当代转化

文化的本质是人类发展的历史，而文化在人类社会中最常见的呈现方式便是语言。特定的历史背景和社会关系下所产生的固定语言模式，往往具有指代产生它的时代和社会系统的特殊功能。在乡土文学的创作之中，乡土农村的文化特征无一例外地体现在作品的语言之中。20世纪80年代中期的寻根文学在新时期掀起一场声势浩大的乡土文学的创作热潮，以农村为主要传承范围的传统文化成为作家们共同关注的重点，王安忆《小鲍庄》、韩少功《爸爸爸》、莫言《红高粱家族》、贾平凹"商州系列"等一系列作品的创作再次将目光投向传统乡土农村的日常生活，农民的心理变化和精神状态再度回到文学视野之中。直到20世纪90年代，文学处于市场经济大潮影响之下，这种对农村农民的关注依然是文学创作的一大主题，而《通腿儿》《缱绻与决绝》等作品的发表，使赵德发以充满现实主义人文关怀的姿态走进了文学史。

赵德发早期的短篇小说大多是对沂蒙山农民历史和现实状况的关注，深

① 张懿红：《"农民三部曲"：作为思想重构的历史叙述》，《小说评论》2009年第3期。
② 张学军等：《警钟为何长鸣——关于赵德发长篇小说〈人类世〉的研讨》，《百家评论》2016年第6期。
③ 赵德发等：《世心与史心的守望——赵德发访谈录》，《百家评论》2013年第5期。

入当地民风民俗，在日常生活中提炼出的沂蒙人的生存哲学。《通腿儿》是赵德发走上文坛的成名之作，书写的是沂蒙地区文化、民俗和传统伦理观念的融合，"通腿儿"这一颇具民间与地域色彩的睡眠方式，被赋予了象征性的寓意，它既是安静、祥和的乡村生活的象征，又是温暖、关爱的人伦情谊的象征，也是一个代表温馨、和谐的童年和故乡回忆的意象。①作品使用平和的语言和美而感伤的故事，将沂蒙地区农民悲剧性命运塑造得既包含着沉重、苦涩的受难意味，也带有淡淡的人性温馨，让读者在悲伤之余能够感受到一丝温暖的关怀。民俗文化的融入不仅是作为小说的文化内涵，在结构上同样是极为重要的隐形线索。通过椰头家的和狗屎家的两个女人悲剧性的命运遭遇，将当地的民风民俗和民间思想呈现出来，写出农民悲剧性的生活中苦难的底色，同时充满温情的人文关怀在艰辛的生活中提供心灵的依偎和精神的感动。自《通腿儿》之后，"通腿儿"这一属于农民的睡眠方式，就成为赵德发专事续写农民生活的独家叙述方式，贯穿了之后他所有创作。②

《君子梦》这部小说是赵德发针对传统儒家文化进行探索和反思的大胆尝试，它集中展示了乡土社会所传承下来的传统文化的存在形式，以强烈的儒家济世情怀，结合民间意识中的道德权力倾向，在律条村对民间伦理、传统文化、农民意识等诸多带有明显乡土特点的抽象意义，进行公开的考问和思辨。让我们认识到乡村生活不只为我们提供了生活的经验，更给予我们人格品性的滋养。以许景行为代表的三代村长对律条村人漫长而艰辛的"治心史"是小说的核心所在。许正芝是一个为教条所负累的传统知识分子，他身上具有传统文人所固有的"修齐治平"的远大理想，又充满着愚昧顽固的迂腐思想。明朝吕坤所著的《呻吟语》是他律己正身的宝典，并将"时时体悉人情，念念持循天理"作为自己的座右铭。他时时处处都会大段大段地背诵书中的文字，来教导感化别人。根据"谷中之恶为莠，人中之恶亦为莠，固有'良莠不齐'之谓。因而，以莠草测人欲之高是有道理的"③这句话，赵德发为许正芝和许景行两代人设置了以莠草测试人心这种荒诞却充满了象征意味的活动，一方面显示其

---

① 王士强、张清华：《民间大地上的行走与歌哭》，《南方文坛》2007年第1期。
② 王者凌也、施战军：《有一种中国式叙事叫"通腿儿"——赵德发论》，《小说评论》2009年第3期。
③ 赵德发：《君子梦》，安徽：安徽文艺出版社2018年版，第121页。

愚昧落后的思想，另一方面通过结尾处的呼应表达出对现实中人性的批判和反思。最能体现许正芝性格特点的是他不断以自戕的方式去惩戒自己而不是处罚犯错的人。而到最后他费尽心力所建立的秩序，不过是证明了自己的孱弱、愚昧与落后。可以说封建统治几千年治心的历史就是民众自戕、自残、受虐的历史，这种受虐以及必然伴生的施虐成为一种思维的定势和伦理的约束，它已成为一种集体无意识而存在于民族记忆和现实生活之中，随着历史的演进而有着不同的表现形式。①许正芝身上种种荒唐的行为和愚昧的认知所呈现的只是一个迂腐未开化的封建知识分子最后的挣扎，其意义和价值早已与君子无关。

　　而许景行对于许正芝精神的继承同样表现在对律条村人"君子"德行的培养。在"文革"时期，他"领悟"到了"斗私批修"的内在意义，"学习'老三篇'——斗私批修——做毛主席说的'五个人'也就是'活雷锋'。许景行突然看清了毛主席指引的一条金光大道。"②所以他要律条村人人都"斗私批修"："一天不学老三篇，私字就要往外钻；两天不学老三篇，私心杂念堆成山；三天不学老三篇，革命路上就危险。今后咱就得天天学，天天检查，狠斗私字一闪晃。"③赵德发巧妙地把握住时代的特征，借助"文革"的时代背景和特殊社会环境，使得许景行这种极端形式主义的格式化"君子养成计划"的实施在一定程度上成为可能。他在村里开办无人商店，考验大家的自觉性；在夜里偷偷用头发测试人心；为拯救对岸村庄免受洪灾，不顾全体村民反对而炸开防洪堤以及后期效仿嗣父许正芝以莠草测人欲，这些行为可视为他对和谐社会的追求，对人性之善的绝对信赖和对君子之道的执着认同。但这种极端的方式完全忽视了个体存在的特殊性和独立性，以一种普遍的观念将所有人的行为和意识进行格式化的同一，脱离了现实生活，带有强烈的理想主义色彩。而且在"斗私批修"过程中许景行偷偷隐藏着自己与刘二妮的真实感情，用来测试人心的头发其实是"情人"刘二妮送的定情之物，无人商店第一个被抓到偷钱的竟然是自己女儿大梗……一切都在表明这种极端的形式主义行为，注定走向失败。儒家的济世情怀是中国传统文化中延续至今的根植于文人士子观念之中的责任意识，而对君子的追求更是自我约束的最初动力。然而，许景行对君子

① 王士强、张清华：《民间大地上的行走与歌哭》，《南方文坛》2007年第1期。
② 赵德发：《君子梦》，安徽：安徽文艺出版社2018年版，第256页。
③ 赵德发：《君子梦》，安徽：安徽文艺出版社2018年版，第269页。

德行的执念只是理想中完美的社会状态，几乎完全脱离了现实生活，是不可能实现的"君子梦"。所以他对自我和他人进行的灵与肉的考验，均以失败收场，直到最后他自己也宣告放弃。这里有一个值得注意的地方，即家庙。作为中国历史中家族文化得以传承的重要存在方式，家庙不仅是家族历史的凝聚，也是中国乡土民间传统文化的代表："家庙是一个家族的历史，一个家族的精神。一个庄户人活着的时候不管多么卑微多么窝囊，而一旦变成了这座家庙里的牌位，就变得神神秘秘威风凛凛。这么多的山一样的牌位立在那儿，更让人感到了无上的可敬可畏。"①寥寥数语，便直指中国传统家族文化意识中的核心，说出了传统家文化体制的本质。真实存在的人与极具象征意义的高高在上的牌位之间的巨大差距，千百年来从未变过。而现在家庙的地位在经济社会的冲击下却发生了变化，从许正芝时期惩戒族人的圣地，到许景行时期律条村基层组织的办公处所，再到许合心时期家庙面临被摧毁的命运，这一过程无不代表着乡土社会中传统文化从逐渐式微到即将瓦解的发展过程。道德秩序的失衡和文化伦理的失序，是乡土社会所面临的最主要的内在问题。

齐鲁大地上深厚的文化底蕴和传统农耕文明下衍生出的当代沂蒙文化，为赵德发的文学创作提供了生生不息的艺术源泉，浸润了他的文学内涵和语言气质。《君子梦》通过书写三代人"君子梦"的破裂，产生对传统核心文化在当下的追问，并且由律条村里所展示的文化现象，上升到了民族文化层面，折射出流传至今的中华民族传统文化的整体概况。许景行三代人的"治心史"，实质上是个人意识的"治人史"，通过外在的统一行为规范来约束别人，将自我认知中所谓的"君子"行为强行施加到别人身上，以道德绑架式的形式逼迫他人被动地接受，忽略了君子内在的精神气度，具有严重的形式主义色彩。而君子的标准究竟如何，也是作者所追问的。此外，乡权作为乡土文化极具代表性的权力机制，也是赵德发关注和书写的重点，《青烟或白雾》中对乡权在农村社会的转变和人物命运的起伏中所产生的重大影响进行了深入剖析。吕中贞作为女性在追求权力的过程中反被无形的权力所支配一生的悲剧命运是对"官本位"思想的极致展现。《震惊》中乡权的特殊性、私密性是通过人们渴望权力为我所用的特殊心理来书写，所有人都成为罪恶的参与者和帮凶。"文革"时

---

① 赵德发：《君子梦》，安徽：安徽文艺出版社2018年版，第8页。

期权力体制的紊乱导致乡村传统伦理秩序的失序，以及20世纪90年代市场经济背景下的基层权力失衡、腐败，都是对特定时代下沂蒙文化与儒家文化不断变化的显性呈现，是知识分子的人文关怀，更是赵德发以农民的身份对乡土社会中存在的问题的书写和关注。

三、沂蒙人无土时代的精神虚妄

五四伊始，乡土便是中国现代文学中极为重要的文学母题，乡土文学的创作在近百年文学史不断发展演变的过程中，始终保持着其内在的文化脉络和存在意义。然而，不同时期的乡土创作所关注的现实角度必然会有所差别。五四时期的乡土文学主要以启蒙的姿态对以农民群体为代表的传统中国人国民性的揭露；抗战时期的解放区文学对乡村生活的书写，是一种极为写实的现实歌颂；20世纪80年代"寻根"口号之下的乡土小说，重在重新审视中华传统文化之根；而20世纪90年代市场经济背景下的乡土创作，则普遍将文学的触角伸向农民在传统意识形态被解构下的精神虚妄。

在现代经济的冲击下，农村和农民艰难地进行着被动转化，市场经济的迅速扩张在人们精神世界形成的巨大推力，倒逼着传统乡村社会意识形态的解构，使农村形成一种"城非城，农非农"的新型乡村状态。人们在行为、语言上主动地向城市靠拢，但思想意识里仍然带有难以抹去的农民思维。赵德发通过叙述几代农民在历史进程中的人生经历和精神变化，对现代经济社会里农民的精神意识、人性感知逐渐被物质诱惑所腐蚀的异化过程表现出强烈的危机感和现实关注。以土地为根本的传统思维定式在新一代农民身上不再具有精神统摄力。在此背景下，农民的生存、身份、挤压和不公正等主要关联现实生活层面，也更与农民们的生活息息相关，但很少有作家们将创作重点定位于此，很少创作直面乡村现实矛盾和冲突的作品。[①]在这方面梁鸿的《中国在梁庄》以一位远离乡村的知识分子返乡的视角深入到当下农村生活内部和农民精神深处，站在农村的立场对现代农村、农民所面临的生活困境和亟待解决的严重矛盾做出直观的剖析和揭露，把当下农民精神的无所依托和日趋严重的心理异变

---

① 贺仲明：《论近年来乡土小说审美品格的嬗变》，《文学评论》2014年第3期。

等现实问题纳入到自己的文学视野之中。而早在梁鸿之前，赵德发便在"农民三部曲"中对现代经济冲击下的乡土社会所存在的一系列问题进行了深入的剖析和探究，对物质、金钱至上的现代经济体制给人们造成的精神空虚和人性异化发出深重的担忧。

农民土地意识的弱化是造成经济社会里农民精神虚妄的重要原因。《缱绻与决绝》中天牛庙在现代经济的冲击下建立的"非农产业长廊"是典型的初期城镇化现象，虽然在某方面呈现出类似于城市的经济模式，但本质仍是农村社会结构和乡土阶级属性。这一阶段是现代化进程中农村问题大量产生的肇始时期，也最能够代表前现代化背景下农村和农民在现代经济模式与传统农业结构冲突下的尴尬处境。在这一时期，农民尽管后知后觉但仍然自觉地加入到对金钱和物质的疯狂追逐中，大量的农民开始脱离土地走进城市，传统的农业生产方式在根本上受到了巨大的冲击，而汹涌而来的金钱至上的世界观更是颠覆了农民传统的意识观念。土地已经不再是作为精神支柱般的存在，土地在农民心目中的地位——尤其是新一代农民——史无前例地成为阻碍甚至是累赘。对于金钱的追逐和对城市生活的向往，使得生长于土地的农民群体面临着与现代城市社会不相称的身份落差。在理想与现实的错位中，无数新一代农民成为城市里无根的漂泊者，在物质生活不能保障的同时，他们的精神同样无可归依。此外，国际天牛节的举办将大量土地以极低廉的价格从农民手中征收转而高价出售，又打击了葆有传统意识的老一代农民。这时候，土地不再归属于农民，而农民也不再以土地为主，农民与土地之间主动地逃脱和被动地剥离所引起的乡土社会结构的剧烈变动，也是导致农民处于精神无根状态的重要原因。与此同时，羊丫以开饭店为名组织女性卖淫、县政府买卖城市户口、封运品工厂的幕后运作等颠覆农民传统意识的现象不断出现，从根本上瓦解了传统农耕文明的生活方式，将土地置于社会经济的对立面。老一代农民传统精神意识的消减和新一代农民的精神世界的虚无，是赵德发重点关注的现实问题，显示出他对沂蒙地区农民的未来的迷茫和担忧、对沂蒙乡村所面临的现实问题的关切和焦虑。这种忧虑已经不仅是对沂蒙地区农村农民的关切，而且上升到了整个社会和时代的层面。

在中国传统社会中，权力系统对农民的影响历来都是单向的。在现代社会，经济的诱惑更是直接导致了乡土社会中权力秩序的失衡，精神的迷乱与现实的急躁使得权力阶层同样深陷物质与金钱的泥沼。失去民间意识中无形的道德约束力和固有的精神警惕，以权谋私、权钱交易的现象便迅速滋生。而乡权秩序的紊乱所产生的后果，必然由广大的农民群体来承受。《青烟或白雾》中以郭子兴为代表的地方权力机构对权力的滥用表面上是在为人民奔忙，但本质上是为了满足自己的私欲和增加政绩以求得更高的权力和地位；白吕在实名举报郭子兴后回乡创业，却在即将收获的时候遭到了报复性的破坏，导致前功尽弃；甚至在地方选举中支明铎以合法的方式票选得胜，却仍旧摆脱不了暗箱操作。种种事件均表明经济利益驱动下乡权集体的腐败现实。精神世界的浮躁已经越过基层农民群体而在权力阶层中蔓延开来。白吕这一形象是作者在对现实社会失望而又无奈的同时，留下的一缕微弱的希望之光，虽然他的未来也同样面临着许多的困难与挑战，但值得庆幸的是这缕光正逐渐变得明亮。无论是起诉政府、公安局，组织村民更新传统种植方式，还是积极参与村委会选举等一系列大胆的尝试，他都在无形中将现代公民意识传播给身边的人，逐渐改变人们传统观念中的局限性。尽管他的这些尝试大都以失败而告终，但毕竟带领着农民向着觉醒迈出了可贵的一步。[1]《震惊》虽然不曾涉及经济社会对人们现实生活和精神世界造成的异变，但同样写出因乡权秩序失衡而产生的种种精神乱象。人们对于权力职位下的私人特权无不鄙夷仇恨，但同时又不断渴望着权力能为自己所用。在这种极为矛盾的情绪之下，加之伴随地震而来的惊恐和惶惑，人们紧绷的精神早已濒临崩溃的边缘。也正是在这种精神错乱的状态之下，池明霞在被人强奸后自杀，"我"姐姐也终于将压抑的情绪爆发出来，将书记池长耐推下山崖。在现实生活中，精神的信仰和坚守是人们保持自我良知的重要条件，一旦精神无所归依，理性便失去作用。

　　经济社会冲击下的乡土社会中传统伦理道德失范是《君子梦》关注的重点，而精神的克制是伦理意识的本质。沂蒙地区的传统伦理文化是乡村社会的精神准则，它对人们的行为和意识具有无形的约束。农民的精神世界历来不被重视，而精神世界相对于物质生活也的确退居其次。但伦理道德作为精神统治对人们的约束，在乡土社会的关系网中是十分重要的存在，也是农村关系结构

---

① 史建国：《乡村民间的启蒙挽歌——评赵德发〈青烟或白雾〉》，《文艺争鸣》2011年第2期。

中十分关键的部分。但是在强大的经济浪潮中，人与人之间无形中存在的精神支柱轰然倒塌，取而代之的是如同鸦片似的物质欲求。许合心领导下的律条村早已不再是之前的样子，精神的空虚和物质的诱惑使得人们眼中只有金钱再无其他。许合意的造纸厂带来的严重污染危及全村人甚至是下游村庄的人们的健康，然而在金钱和欲望的驱使下，许合心和地方部门明知其中的问题所在却听之任之，不加干涉。而许合意为了维护自身的利益，不仅与权力阶层勾结，而且以暴力的形式对抗上级的实地调查，直到最后在用炸药炸自来水厂的水源时被石头砸死。而更甚者在面对死亡时也会将之与金钱挂钩："个别老人甚至羡慕地说，这老嬷嬷虽说是叫儿子气死的，但丧事办得这么风光也算值啦！"[1]这不仅体现在新一代年轻农民身上，上一代传统农民的思想观念同样受到了极大的影响，人们对金钱的渴望和追求早已失去了理性和良知，在逐渐沉沦的人性中滋生出的恶的本性吞噬了理性的认知和道德的反思，此时的乡村文化秩序已呈现出摇摇欲坠之势，传统农民的精神意识早已掩埋于金钱和物质之下。现代社会中，在金钱与伦理道德的天平上，人们总是毫不犹豫地选择了前者；而在淳朴的乡情亲情与伦理道德的天平上，人们又总是毫不犹豫地选择了后者。人们就是在这样的悖论与怪圈中完成利益和意识形态的选择。[2]促使人们做出这种选择的背后，是一直以来支撑他们勤恳劳作的精神源泉的枯竭，而物欲横流的现代社会更是加速了人们精神世界与传统意识的脱轨。

不难发现，赵德发的文学语言带有强烈的文化自觉意识，他对沂蒙地区农村、农民的人道主义关怀，上升到了精神层面。土地对于农民而言，不仅仅是生存的根本，更是精神栖息的神圣之所。他的乡土作品关注不断衰败的沂蒙地区乡土文明和农民日渐虚无的精神世界，并发出沉重的知识分子人文追思：当农民失去了赖以生存的土地，失去了世世代代流传下来的精神高地后，他们还剩下什么？"农民三部曲"不是站在外部静观乡邻的生死悲欢，也不是高高在上地悲悯时代苦难和土地沧桑，作家既冷静考察已经远去并且尘封了的乡村历史，又热切关注正在眼前不断沧海桑田变化着的乡村现实，饱含情感解剖历史

---

① 赵德发：《君子梦》，安徽：安徽文艺出版社2018年版，第476页。
② 丁帆：《"城市异乡者"的梦想与现实——关于文明冲突中乡土描写的转型》，《文学评论》2005年第4期。

文化，描摹社会生活。^①而在文学的社会功用方面，赵德发选择了鲁迅式的写作方式，只将现实中所出现的亟待解决的问题真实地揭露出来，对于如何去解决、以什么样的方式去解决，从不给出答案，他像鲁迅先生一样，指出病症，却从不开出药方。当然，我们也不能要求他对现实中存在的问题一一给出解决的方法，因为要求一位善于发现问题者自己去解决所发现的问题，这本身就是荒谬可笑的。同样，对于一位作家而言，"你不能要求对苦难的叙述者去消除苦难本身，他做不到，事实上'悲剧'的意义也许从来就不是意味着对命运本身的拯救，古典悲剧的美学与精神内涵同样也不包括这些，它们只包含了怜悯、恐惧、净化和崇高的意义，而这些意义产生的基础在于'命运是无可改变的'"^②。发现问题、揭露问题在很大程度上比解决问题更有意义，而对当下乡土社会中所存在的种种不良现象的揭露，正是许多乡土作家共同的创作主题和价值追求。这不仅是问题意识和创作需求使然，更是作家们对承载着自我精神之地的乡村的回望和忧虑，是精神上的关切和归属。而新时期以来，精神的归属已经成为一批乡土小说作家自觉追求的主题目标。^③

在20世纪90年代以来的乡土小说中，很少见到平静客观的乡村叙事，作家们多带着比较激烈的情绪，叙述往往充斥着骚动和不安的色彩。^④在赵德发的作品中同样存在这样的问题。"农民三部曲"在涉及对现代经济社会的书写中，不仅在宏观层面上表现为强烈的现实批判态度，在叙述语言里同样带有明显的个人情感色彩。不同时期人物语言风格的变化能够凸显一个作家对于语言文字的运用能力，是其语言艺术的直观表现。但"农民三部曲"中，不同时期语言风格的变化已经演变为整体叙述语言的变化，尤其是针对经济社会下的现实问题的书写，充满了强烈的个人情感色彩。通过阅读能够明显感觉到作者在语言运用上的吃力和难以把控的主观意识，个人情感几乎主导了后半部分的情感基调。这种个人化的情感投入不仅表现在对故事情节的设计和人物性格的转化上，在叙述语言的运用方面同样有着明显的展现。文章后半部分涉及现代经

① 张艳梅：《赵德发"农民三部曲"的文化伦理思想》，《当代文坛》2012年第1期。
② 张清华：《"底层生存写作"与我们时代的写作伦理》，《文艺争鸣》2005年第3期。
③ 丁帆：《"城市异乡者"的梦想与现实——关于文明冲突中乡土描写的转型》，《文学评论》2005年第4期。
④ 贺仲明：《论近年来乡土小说审美品格的嬗变》，《文学评论》2014年第3期。

济社会的书写中，对环境背景的描写明显减少，诗意的语言几乎销声匿迹，取而代之的是对社会现实和人性充满消极倾向的叙述，带有悲观的人生哲学的意味："人心，是这世上最奇怪的东西，它个头那么小那么小，可它的胃口却那么大那么大，能装得下天，装得下地！人肚子有吃饱的时候，可它却没有吃饱的时候。"①语言风格的变化就作品本身而言对于整体审美效果造成了一定程度的影响，也是作者在创作过程中对自身情感迸发时把握力度的欠缺，就文本本身而言其艺术价值受到了影响。但这也是赵德发文学创作过程中不断成长的痕迹，就作家本身而言，具有特殊的意义和价值。

文学语言是一种具象化的情感表达工具，它本身带有对读者强烈的主观引导作用，具有对文学世界的构建能力。对作品语言特点的分析往往能够使人们直观地进入作家的文学世界，了解其文学创作的风格和思维范式，帮助我们更为精准地理解作品内部蕴含的深层哲理和潜在意义。赵德发的文学作品所具有的独特文化内涵，是在源远博大的齐鲁文化孕育下生长而成，他的文学之根深深地扎在山东这片古老大地的文化沃土中，因而使得他的文学语言充满了浓浓的泥土味道和生活气息，在语言的背后隐含着强大的文化蓄力。赵德发的文学创作，无论是前期主要书写沂蒙山区地域风俗文化的短篇小说，还是以"农民三部曲"为代表的长篇乡土小说，都表现出乡土生活的异变、乡村生活中道德约束力的急剧淡化和"无土时代"农民逐渐显露出的精神危机。随着经济的发展，落后的农业文明与尚不先进的工业文明冲突不断，乡土社会中对传统文化的摒弃和遗忘使得原始的乡村生活逐渐衰落。而仍在土地上劳作的人们，正为几千年来中国农民真正解决了吃饭穿衣问题而沾沾自喜，可是他们直起腰来探头看看，突然发现城市的高楼已经让他们无论怎样翘首也看不到顶儿了。而在许多许多的时候，他们被晾在一边，无权参与城里的讨论，无处表达他们的声音。土地上的人陷入了历史上从未有过的困惑。但是走出土地是他们共同的意愿，甚至老一代农民也在鼓动儿孙们到城里"出息"去。可是儿孙们去了，经常是带着心灵与肉体的累累创伤回来，带着瘪瘪的口袋回来。②农民开始产生强烈的孤独感和隔离感，对城市处在一种失望却尚未绝望的境地，怀有希望和

---

① 赵德发：《君子梦》，安徽：安徽文艺出版社2018年版，第322页。
② 赵德发：《青烟或白雾》，北京：人民文学出版社2004年版，第514页。

向往，却又满含着忧虑和恐惧。这种强烈的现实忧虑是赵德发乡土小说中表现最为显著的内在主旨，体现了他对于乡土社会在现代经济时代处于困境中的人文关怀，也是他作为一个农民作家，对当下中国庞大的农民群体整体命运的关注和担忧。而其中的现实意义和文化内涵，更代表了赵德发的乡土创作在当前社会中的社会价值和文学史意义。

第二章　苗长水文学创作与沂蒙精神

第一节　苗长水小说创作流变探寻

在当代中国文坛，"文学鲁军"的异军突起是一个不可小觑的文学现象。在20世纪80年代，山东文坛诞生了像莫言、张炜、赵德发、刘玉堂、尤凤伟等一批颇具人文情怀的优秀作家。他们凭借扎实稳健的叙事功底、沉实厚重的历史意识、磅礴大气的道德理想，创造了山东文坛乃至中国当代文坛繁荣昌盛的景观。苗长水作为其中具有代表性和独特创作个性的作家之一，在20世纪80年代中后期《冬天与夏天的区别》获奖以后进入文学场域，引起评论家的广泛关注。苗长水虽然出生在沂蒙山区，有着沂蒙血脉和根源，但却是在城市长大，所以他是以走出去又走回来的视角来书写脑海中的沂蒙记忆，更具观赏性价值。沂蒙文化的浸润和童年记忆的滋养让他的生命充满了爱的力量，他用细腻绵密的情思和舒缓平静的笔调建构着精神灵魂的栖居地，吟诵着沂蒙山一方水土下的人性人情美，创作了许多轰动一时、享誉全国的佳作，成为"文学鲁军"的一名骁将。20世纪90年代的苗长水面临文学创作困境时变得迟疑了、拘谨了，陷入了沉寂孤独状态。好在强烈的诉说欲望和浓郁的创作热情促使他走出了前方的迷障，寻求到新的文学支点，实现了自我蜕变。进入21世纪，军人身份的苗长水凭借自己真实的部队生活体验和深厚的民族意识，进一步开拓叙述视野，目光切换到时代感和生活气息浓郁的现实主义军旅小说这一审美视域，创作了多部反映部队生活现状的现实军旅小说，为当代军事文学提供了一种新的创作范式。其对当下和平年代民族精神的探寻、民族主义的自我认同、现代化军队的传承和建设、英雄主义的追念回忆，具有重要的时代价值和文学意义。

笔者认为，对作家本身创作历程的关注和书写，也就是在探寻和把握其精神流变的过程。我们可以从作家的创作嬗变过程出发，感知其精神成长变化的艰难历程，从他对文学源源不断的满腔热忱中体味作品鲜活的生命力，进而触摸文本中日新月异的时代脉搏。苗长水近三十年的文学创作历程，实际上是中华民族精魂的追溯和构建过程。作为浩瀚繁盛文坛中的个案标本，苗长水的文学作品呈现了其个体精神成长的外在化表象，同时也为我们考察研究时代发展、社会历史演变提供了重要尺度。从早期的创作探索到沂蒙山系列小说的诗意化叙事，再到深沉凝重的现实军旅题材，我们能明显感受到苗长水在社会急剧转型的大背景下所背负的强烈使命感和忧患意识，体味到作者坚定的人文主义情愫和追问、反思革命历史的精神诉求。他主动背负起铸造民族灵魂的重担，以深厚的笔力探寻历史长河中的民族精魂，创作出了许多优秀的文学作品，凭借标新立异的创作风格成为当代中国文坛独一无二的存在。据此，笔者意图通过对苗长水创作脉络的梳理和整合，勾画出作家创作理想和审美特征的嬗变风貌，从宏观上把握认知其主题思想，审视判断其在整个中国文学版图中的独特价值和现实意义。

到目前为止，就笔者掌握的资料来看，国内关于苗长水文学创作的研究资料主要包括博士、硕士论文，期刊，报纸等一系列评论文章，同时在著作方面也有涉及。苗长水是一个不断挑战自己的作家，在他的沂蒙山题材小说普遍受到文坛认可之时，他没有安于现状、墨守成规，而是经过一段时间的思想沉淀后，把创作视角和目光转向了军人自身，开始军旅小说的创作。或许由于苗长水创作类型的多元化，评论界多是对苗长水某一时期创作题材的作品发表评论（包括对单个文本的解读），抑或是在专门研究21世纪军旅文学或者沂蒙山文学时，简单涉及苗长水的创作，以其作品论证自己的观点，但从整体上讨论研究其创作论的作品屈指可数，几乎是空缺的，这就容易导致"盲人摸象"的不完全解读。总体来看，苗长水的21世纪现实军旅小说是处于被低估的文学地位的。仅有一篇孙彤的《凤回共作婆娑舞——苗长水作品通论》（《山东文学》2012年第8期），通过对军旅作家苗长水创作历程的简单梳理，探究其每个时期的创作心理和审美风格，宏观把握其作品风格，不足的是并未涉及苗长水创作转型原因和文本内部的细致分析。鉴于苗长水创作风格的差别，纵观所有资料，研究成果主要集中在沂蒙山题材和21世纪军旅题材两个方向，并从以下四个向度进行研究：

（一）以沂蒙地域文化的角度为出发点

作为沂蒙山题材小说的成功范例，苗长水在其新沂蒙文学中所叙述的故事背景、战争语境自然立足于沂蒙山这一红色记忆源远流长的地区。李建英的《乌托邦理想的超越与反思》（山东师范大学，2003年博士论文）从革命的角度研究20世纪沂蒙文学和沂蒙文化，对整个20世纪的沂蒙文学的发展演变进行了纵向梳理。其中苗长水作为新时期沂蒙作家的代表，其创作在对革命战争进行反思的同时，更加注重挖掘沂蒙文化中所体现的民族精神。陈立华的《沂蒙革命文化及其发展研究》（山东大学，2008年硕士论文）将苗长水的沂蒙题材置于沂蒙这一区域文化中，在探讨沂蒙文化的起源和发展历程、表现形式、传播发展的同时，从人性之美的递进这一层面分析了苗长水小说的主题意蕴。此外，王万森的《从文学视角观察沂蒙文化》（《山东师范大学学报》，2005年第5期）从文化视角观察和审视沂蒙文化，文学解读向沂蒙老区文化精神覆盖，深入到民族文化、审美心理建构的层面，从而隐喻民族精神的指向，而苗长水在沂蒙精神的彰显这一层面上为地域鲜明的沂蒙文学立言发声。周志雄的《在沂蒙文化的星空下——论当代沂蒙作家的小说创作》（《山东师范大学学报》，2005年第5期）立足于沂蒙山区这一文化场域之中，以深情的笔调对情系沂蒙的作家的叙事风格展开论述，并从文化悖论的角度证实沂蒙地域文化的双重作用。

（二）从对传统革命历史题材创化的角度入手

苗长水沂蒙山系列小说中的素材与20世纪五六十年代革命历史小说颇为相似，对当代读者来说已失却吸引力。但那个年代的作品具有直接的现实性特征，政治化痕迹太重，大多形象结构的设置渗透"为政治服务"的要求，而苗长水立足于新时期以来的文化语境中，回顾英雄史诗性的战争文学，将其宏大叙事细腻化人性化，寻求与当代社会的精神联结。雷达的《传统的创化——从苗长水的创作探讨一个理论问题》从如何重新认识文学传统和创造性转化传统的问题入手，以苗长水的沂蒙山题材为例，阐释了创造性处理传统题材得益于从老故事的叙述中挖掘民族灵魂的新质。罗岗的《文化·审美·创新——革命历史题材文学创作的文化背景问题》（《文学评论》，1991年第5期）通过对新时期以来革命历史题材小说的考察，在历史话语场中探究文化失范下的创新策略——闪避、转换和再现，而苗长水的作品之所以被称为奇迹，正是在对已遭破坏的原有秩序的弥补和再现中实现了新的创造。此外，张丽军的《民族精神纪念碑的文学书写尝试——重读苗长水的中篇小说〈非凡的大姨〉》（《时代文学（下半月）》，2010年第7期）以单个文本的细致解读为切入点，分析《非凡的大姨》对以往红色革命英雄叙事纪念碑模式的突破，在心灵意义上重构中华民族精神。总体上来说，这些研究没有对苗长水做全方位的解读，总有些许不足和遗漏，但它们总结出苗长水作品中独异于其他小说的内核——民族灵魂的凸显，其他研究皆是在此基础上才有了进一步的新发现。

（三）从文化、伦理道德层面挖掘

这方面研究主要研究苗长水沂蒙小说中的伦理文化、道德关怀。例如蔡桂林的《浑黄中的一片绿地——苗长水论》（《芒种》，1992年第11期）阐释了苗长水小说中的深层文化底蕴，赋予作品以传统文化精华和现代审美理念，在写出民族性格和心理深度的同时，为当代人加深对自我的理解提供了一种独特视角。再如张均的《论苗长水和他的老区小说》（《当代作家评论》，1995年第5期）以比较论的方法，凸显苗长水作品中人物形象身上那种博大宽厚、仁爱道义、默默牺牲的传统美德，流动的历史现实、民族的精魂都凝结在小说的传统文化情结之中。黄国柱的《平淡的战争——苗长水小说的文化视点和美学风格》（《时代文学》，1989年第6期）透过普通人的平凡人生状态，以平淡的审美方式捕捉苗长水作品中的人文主义情愫。死亡永恒、历史轮回、人生缺憾等把平凡生活点缀得斑斓夺目，把琐碎的人生烘托得富有人情味。此外，朱向前在《冬夜的怀念与祝福》（《时代文学（上半月）》，2011年第5期）一文中，以谈话风的形式对苗长水作品中历史苦难之下人性之美和伤痕累累的历史镜像给予了高度评价，书写了对伦理价值的独特思考。

（四）从新沂蒙文学的美学风格角度入手

这些研究着重分析苗长水沂蒙小说中的人物形象、意境环境、对美感的呈现和审美艺术的追求等，比如叶鹏的《深情地营造美的世界——论苗长水的小说创作》（《小说评论》，1991年第5期）和周志雄的《人性之美与抒情派文学——重读苗长水的小说》（《山东文学》，2005年第11期），两篇文章都从优美的意境画面、平实而不平淡的语言、感性叙述基调等多个艺术层面探讨了苗长水作品中的美学特质。韩瑞亭的《一派清音出沂蒙——苗长水近作印象》（《躁动与蝉蜕》，解放军文艺出版社1994年版）深入分析多元发展格局下苗长水小说吸引读者原因的同时，详细分析了其小说中对美好事物的独特感受力所体现出来的探美取向和主情特征。李波的《侠骨柔情的诗意表述——军旅作家苗长水中篇小说论》（《山东文学》，2004年第10期）立足于叙事学，解析了苗长水小说中独特的留白叙事策略以及秉承人文精神诉求的诗化意境。这些研究资料侧重于对文本审美风格的理解和探讨，但一般仅是从语言等单向维度考察，因此缺乏一种综合整体性的考量，关于沂蒙山革命历史题材艺术美的研究仍在进一步的深入之中。

综上，苗长水的作品无论是沂蒙山系列还是21世纪军旅小说，都具有独树一帜的风采，而目前评论界对其军旅小说的关注度明显不够，对苗长水整体创作的研究评论更是出现空白现象，这样的研究现状值得我们深思。因此，笔者认为，苗长水算是中国文坛被低估的作家之一，对其作品的研究还有较大的挖掘空间。归纳整理所有综合研究和单篇论述，笔者认为在前人研究成果的基础上，要想获取新的研究思路，就必须突破现有研究范式和理论阐释的框架束缚。据此，笔者认为：（1）苗长水自1988年发表中篇小说《冬天与夏天的区别》以来，引起文坛的广泛关注，之后又写了《非凡的大姨》《染坊之子》等一系列中篇小说，由于语言清新、叙述流畅，受到众多评论家的赞誉。当大家一致认可他的"沂蒙山"文学创作路向时，苗长水却搁笔十余年，寻求新的蜕变，尔后他将目光转向军人群体，创作了一系列贴近当代军营现实生活的长篇小说。前人对苗长水的评价研究多集中在温情细腻的沂蒙山文学，而对于他早期的创作实践和成长中的军旅作品关注则明显不够，不能囊括苗长水的全部创作，更缺乏对他创作转型原因的探讨。因此，笔者选择从苗长水的创作源头切入，通过梳理各时期风格的创作背景、主题意蕴，分析其创作转向的原因，尤其增加对21世纪以来现实军旅小说的关注和研究，进而探究民族精神建构过程中的审美嬗变，整体把握苗长水的创作实绩，从而揭示其创作深层的隐秘，力求能够为现有的苗长水研究做一个补充和完善。（2）评论家大都只关注到苗长水沂蒙山系列小说和现实军旅小说中的主题内涵和思想深度，鲜有论者的关注视角聚焦在苗长水创作中的叙事技巧、人物形象和语言风格等艺术特质层面，即使有，也只是浅尝辄止地简单涉及。对于小说文本来说，主题思想、叙事艺术、人物形象是不可分割的构成要素。因此，笔者试图设专门章节来研究苗长水创作中的艺术特色，诸如沂蒙山系列小说和现实军旅小说之间叙事风格的审美嬗变、负载民族灵魂的人物形象，以及生活化、散文化的语言艺术，力求为当下苗长水艺术特色方面的研究添枝加叶，在前人研究基础上有所创新和突破。（3）作为一名出色的军旅作家，苗长水为当代中国文学的发展作出了突出的贡献。无论是温情脉脉、深情款款的沂蒙山题材还是铁骨铮铮、意气风发的军旅小说，他都能以一种独特的叙述视角和安然若素的文学态度更新人们对战争的思考和认知，追忆老一辈革命精神，发掘传统民族精神在当今社会的价值和意义，因此苗长水的创作从侧面折射的是文学与民族精神、文学与地域文化、文学与人性、文学与时代等重大精神命题。梳理苗长水多样化的作品风格，探究作者转型的创作心理和创作内因，我们能深深地体会到作品中的人文关怀、哲学反思、现实旨归意蕴。这样一个不断尝试、不断创新、不断蜕化的作家，其小说在温润读者心灵的同时，更为当代中国文学的发展提供新的方向和创作范式，拓展了文本的审美视域，为当代中国文学的发展增色不少。因此，总结归纳苗长水创作风格的流变，从整体上审视文本中处处彰显的民族精神底蕴，这一文学创作论层面上的研究对当代中国文学的发展与壮大具有极大的意义。

针对苗长水创作研究中的薄弱现状，下文以苗长水及其作品为整体研究对象，打破创作分期限制，从苗长水创作流变出发，通过梳理各时期风格的创作背景、主题意蕴，分析其创作转向的原因，进而探究民族精神建构过程中的审美嬗变，从时代语境下考量苗长水小说的独特性，阐述其对沂蒙文化的传承弘扬，整体把握苗长水的创作实绩的同时，在感悟民族精神氤氲的文化氛围中辩证思考其对当代中国文学的独特价值与意义。

一、苗长水早期小说题材探索

在市场经济和商品化大潮的冲击下，"革命""战争"等词汇充满了远古色彩和戏谑意味。而当代军旅作家苗长水的文字却让我们追溯到照亮人类灵魂的文本召唤能量，轻嗅到生命个体善良质朴、柔软细腻的心灵芬芳，感受到中华民族温厚强劲、坚忍执着的力量之美，为日渐式微的文学精神和空虚消弭的人类灵魂提供了明亮的情感指向和思想坐标。在长达三十余载的漫漫文学征途中，苗长水也曾淹没在新思潮的狂飙突进运动中，也曾因被忽视和遗忘而长久落寞，却依然执着于以诗意浪漫、温情细腻的笔调挖掘战争岁月和军营生活的无限韵味，用细致入微的眼光勘探着被遮蔽的生命存在，谱写着一个个自强不息、鲜活真实的生命记忆，记录着个体情感的心灵秘史和灵魂力量，取得了令人振奋的成就。

纵观苗长水的小说创作历程，不同时期的文学作品显现出特质鲜明的阶段特征。从早期的创作探索到不温不火地吟唱"沂蒙山小调"，再到后来21世纪凝重冷静的现实军旅题材小说，其每一次创作类型的嬗变都意味着作者自我的挑战和突破，对现实文学的深度体察和思索，是苗长水文学世界的逐步建构和完善。作者笔耕不辍，以非凡的创造力和再现力为读者呈现了多姿多彩的艺术作品，经过岁月的洗礼后，凝练出一种深邃悠远的灵魂透析力。尽管前期以沂蒙山为背景的传统革命历史题材小说和后期直面当代军事改革现实的军旅题材小说，在艺术风格和主题意蕴方面有一定的差别，但是两者在民族精神的探寻建构和弘扬方面是一脉相承的。苗长水将战争岁月里的人性人情美与和平军营中的铮铮铁骨、刚正不阿一同揽入诗意笔囊中，并将其视为毕生的创作追求。

艺术来源于生活，文学则是生活镜像的写照。曹文轩曾说："小说家是以个人的经验作为小说的内容的——小说就是写个人的经验。"[1]一部优秀文学作品的产生离不开创作主体在日常生活经历中的所闻所感所想，而作家的个人经验又与家庭环境的浸染、童年旧事的回忆息息相关。"童年记忆是一个人在心理发展过程中不可逾越的开端，对一个人气质禀赋、思维方式的形成和发展起着至关重要的作用"[2]，所以作家往往取精用宏，从个人经验出发，通过回忆想象、分解加工将童年记忆和生命体验整合在自己的心灵中，使之成为创作渊薮和动力源泉，同时无形中决定了作家创作的思维模式、写作路向和关注视

---

① 曹文轩：《小说门》，北京：人民文学出版社2009年版，第51页。
② 童庆炳、程正民：《文艺心理学教程》，北京：高等教育出版社2001年版，第92页。

点。就山东作家苗长水而言，其独特的生命体验和人生阅历为其今后的文学创作奠定了坚实的基础。

祖籍山东沂南的苗长水于1953年出生在一个文学之家，父亲是20世纪40年代革命老区有名的"孩子诗人"苗得雨先生，母亲也是文化人，书香门第的家庭环境为其营造了良好的创作因子和文化氛围，使他具有得天独厚的优势。与大家料想的不同，苗长水在访谈中坦言，自己选择文学道路本身与父亲关系不大，两人在创作观点和思想上反而有不少争论和矛盾。父亲平时对自己管教并不多，尤其是18岁入伍成为一名普通的炮兵后，当时苗老先生正在五七干校进行劳动改造，无暇顾及家庭，姊妹几人几乎都是由母亲一人抚养长大。父亲从未刻意要求自己从事文学事业，最多只是激励自己随意写点东西来慰藉心灵。由此可见，除了家庭环境的浸染，苗长水本身对文学是怀有饱满的热忱和激情的。不过在将小说确立为自己的创作方向以后，他曾多次与父母进行文学上的交流、切磋，这样的经历让其受益匪浅。1973年，苗长水被调到陆军201师报道组，成为宣传队的一名创作员，每日有更多的机会和时间进入图书馆，可以无拘无束地畅游于书海之中，感受浓郁的文学气息，培养了良好的阅读习惯。那个年代红色革命文化盛极一时，红色经典文学对苗长水来说是必不可少的。除此以外，苗长水还接触到了人道主义色彩浓厚的苏联文学、以法国梅里美的《嘉尔曼》《高龙巴》为代表的西方文学，其兼具现实主义和浪漫主义的创作手法、冷静而又感性的文风对苗长水影响很大。同时《牛虻》中爱国志士身上那种狂热激昂的革命英雄主义精神、《静静的顿河》中那种宏大战争背景和社会动荡下沧桑而厚重的历史意蕴也是苗长水迅速摸索到创作风格的原因之一。1984年考入解放军艺术学院文学系的苗长水，结识了当时小有名气的李存葆、莫言等人。当时北大一些拉美文学研究者，将拉美魔幻主义、西方文艺理论等一下子介绍到中国来，而苗长水也得以处在文学发展前沿，涌入中国先锋潮流中，这为其今后的写作夯实了文艺理论基础。

虽然是在城市长大的孩子，但苗长水宝贵的童年时光却是在沂蒙山区度过，这种成长环境不同于刘玉堂、赵德发等土生土长的沂蒙老百姓，苗长水对沂蒙老家的书写更有一番与众不同的切入视角和文学笔触。沂蒙山馈赠给作者一个温馨明朗的孩提时代，儿时的他耳边聆听着祖母讲述各种活灵活现的民间故事，感受着来自沂蒙农村生活中的风土人情和淳朴天性，这些都让作者贴近生命的原始本真状态，开启心灵之窗，精神上获得一种诗意纯美的安全感和幸福感。充斥在脑海中的沂蒙山生活记忆与作者的创作有着千丝万缕的联系，成为作者温情叙事、灵魂栖息的精神家园，奠定了作者温暖恬淡的情感基调。此外，沂蒙山作为红色革命老区，积淀着深厚的红色文化传统和红色革命激情，甚至迄今为止依然葆有完好的沂蒙精神特质，历久弥新。家喻户晓的《沂蒙山小调》《沂蒙颂》唤醒了沂蒙人民的革命热情，谱写了沂蒙人民忠信笃敬的文化品格和刚强坚定的生命立场，红色革命精神风靡一时，传遍大江南北。红嫂精神、革命支前故事、孟良崮战役等红色经典文化，对苗长水来说又是那么的亲切熟悉。经历炮火洗礼以后的战争文化，显露出为祖国牺牲一切的革命信仰，彰显着生死相依、全民一家亲的人间真情。苗长水从这些耳熟能详的民间故事、战争史实、民歌民谣中汲取创作的源泉，点燃心中的激情之火，主观上萌发了为家乡英雄、平民百姓谱写颂诗的创作心理。作为沂蒙山人的后代，他情动于中而形于声，以饱满的热忱发出肺腑之言："人走在为他制造过血肉、家族以及永远不能忘记的童年歌谣和故事的地方，那种感觉，是和走在任何别的地方都不一样的……所以说当我去年到家乡的土地上时，心里总在不由自主地强烈地感觉到那种历史的亲切之感。……我们感觉自己已经向前走了很远，走过了一个漫长的乃至伟大的历史进程，而对于它来说，却几乎是没有留下多少鲜明痕迹的短暂一瞬。"[1]可见，作者对自己的沂蒙童年旧事是难以忘怀的，与使其魂牵梦绕的沂蒙文化更是水乳交融、难舍难分。那饱满温润的童年记忆、振奋人心的红色经典，不仅是苗长水文学创作的灵感源泉和精神宝库，更是其笔耕不辍的创作动力。沂蒙山这一方水土充满了人性人情美，始终葆有奋斗不息的鲜活力，令热情洋溢的苗长水驻足于此，用质朴自然的笔调、温情脉脉的叙述表达自己对沂蒙故土的爱恋和敬仰之情。

苗长水的文学创作约从1982年起步。他将自我抛掷在日常现实生活的再现和冥想中，在生活中修炼艺术的同时，先后在《山东文学》《解放军文艺报》等刊物上发表了《间奏曲》《有一条这样的河》等现代都市生活题材小说。目光犀利、勤奋踏实的苗长水，创作思想紧随时代步伐，于不动声色中关注到了新时期经济发展后所带来的城乡精神隔阂问题、年龄代际带来的

---

① 苗长水：《心灵的种子》，济南：明天出版社1998年版，第3页。

生活方式差异问题。《间奏曲》中老张和小张是办公室中一对典型的同事，气质秉性、生活态度、处事原则迥异的两个人在相处的过程中自然少不了矛盾，而冲突终于在某天毫无预兆的境况下爆发。小张本来只是想通过开窗户表达一下自己对老张的嫌弃和不满，没想到却令体弱多病的老张发烧住院，引发肾炎。此刻小张回想起老张平时对自己的照顾以及充满关爱之情的絮叨，内心十分自责，后悔故意为之的"报复"行为。最后两人互相让步，感悟和倾听彼此的心灵世界，耐心地融入对方的生活场域，从他人立场出发设身处地思考，化解了困扰已久的因不和而产生的窒息感，和睦愉悦地工作在一起。而《有一条这样的河》则将故事背景设置在绿色军营中，写出了农村女子对城市生活的憧憬和渴望，对文化知识、精神理想的需求和向往。恬淡自然的记叙中我们为农村的贫瘠落后而遗憾、为小吴和未婚妻的浓情爱意而感动，更为人人心中那份永不停息的进取心、亘古不灭的生命力、满怀希冀的天性所震撼。苗长水之所以选择零散的现代都市生活题材进行创作，是因为他在进入解放军艺术学校之前，读的书籍比较混杂，其中受契诃夫影响比较大。作者模仿契诃夫的笔法，垂青于短篇现实小说的写作，试图通过言简意赅的语言和结构紧凑的故事情节，展现日常生活中小人物的真实境遇。虽然在创作初期下了很多苦功夫，但作品质量并不理想。

这里值得一提的是1986年中篇小说《季节桥》的发表。"一九八六年的中国文坛，其实正是喧嚣与躁动的所在。然而，长水却在这一年躲进了一个宁静致远的秋天，就在这个秋天里，他从一座人迹罕至的'季节桥'沉稳地上路了。"①朱向前在《长长的流水》中曾断然预言：长水要"来了"。可见，《季节桥》作为苗长水的创作分水岭，确实有其别致而独到之处。小说渐趋从生活化写作中脱离出来，开始触及沂蒙山题材领域，但细读文本会发现《季节桥》仅仅具备沂蒙山的外壳，作为先锋潮流之下微动的涟漪不同于其之后的传统沂蒙山小说。故事发生在沂河附近的柳家曲，讲述了一对自由恋爱的男女为追求轰轰烈烈的爱情、实现自我价值，敢于冲破传统禁忌，以离家出走的形式抗议大家的敌对态度，最终走上革命道路的故事。小说中采妮和胡儿的私奔并没有被捆绑在道德机制的绞刑架上，反而受到农村小伙、姑娘的追捧，充满了

---

① 朱向前：《冬夜的怀念与祝福》，《时代文学（上半月）》2011年第5期。

浪漫神秘色彩。在歌颂了新时期农村的新面貌和革命战争带来的伦理价值观的嬗变之时，不动声色地道出战争年代因失之交臂带来的永恒人生缺憾，充满无尽的感伤情调。小说在内容上并没有什么新意和独到之处，题材无非是延续了五四时期的反传统观，批判道德旧习。然而在艺术形式上，作者主观上开始自觉性地试验新方法、尝试新花样。他以夸张变形的方式将平凡的故事和人物的命运处理得亦真亦幻。比如祖父的怪诞死亡，"祖父就把那叫子呼进，买了些给胡儿吃。胡儿一伸手把案上一只老瓶弄下来碎了，急忙看祖父，他已经死了，却揽着他一动没动"①，寥寥几笔写尽祖父的生命，那么突然又是那么自然。小说采用多种对话形式、分割组合故事情节、颠倒时空顺序等表现技巧，扑朔迷离的组装叙事结构，有意从多角度营造一种虚幻的错位撕裂感。文本中有母亲思念儿子、采妮追忆胡儿的内在自我对话，还有作为看客的村民之间的外在口语对话，更有母亲和采妮直面却无言诉说的灵魂交流，多种对话形式的糅合增加了小说的魔幻性。传统文化立场的执意坚守和文学现代性的体验追寻构成苗长水创作的内在悖论性，使他的精神思考一度陷入窘迫之境。新潮的艺术形式和朴实自然的故事内容本身并不在一个节奏之上，失调的创作状态往往是华而不实的，在一定程度上容易造成小说叙事文本断裂而空白，给读者留有一种错乱和拼凑之感。苗长水意识到这些问题后，改变了自己的创作思路，没有再走《季节桥》的路子，于潜移默化中转变自我风格。

上述作品大都是苗长水早期创作的牛刀小试，虽然在艺术形式上稍有不足，不过作者在叙述过程中对人物情感体察细致入微，尤其是男女情愫的把玩十分到位。尽管不是很成熟，没有形成规模气象，读起来亦有一种戛然而止、怅然若失之感，但却向我们展现了苗长水最真实的创作面貌和写作状态。另外，"文学从来就是互补，就是群峰并峙，谁也不压迫谁，谁也无法替代谁。而这些文学高峰，都是用不同文学方式构成。没有任何人能否定方式，因为它是探索美的手段。"②前期的创作积累和摸索实践更是为其今后的沂蒙山小说创作埋下伏笔，对我们从整体上研究其创作历程具有很高的价值，对其进行文学梳理也是有必要的。

---

① 苗长水：《季节桥》，《解放军文艺》1986年第8期。
② 叶鹏：《深情地营造美的世界——论苗长水的小说创作》，《小说评论》1991年第2期。

二、传统的沂蒙山系列小说

　　经过前期的创作实践，苗长水开始慢慢闯入大家的文学视野。20世纪80年代中期，受西方现代主义和后现代主义影响而产生的先锋思潮席卷中国文坛。它崇尚怀疑与否定的内在流动性，力图打破传统叙事规范，主张文体自觉，将言语狂欢、虚构变形奉为行文圭臬。此时的中国文坛姹紫嫣红，琳琅满目，众多文学思潮齐头并进。文学的共鸣状态开始消解，取而代之的是"乱花渐欲迷人眼"的多元异质化存在。经过《季节桥》的文学尝试，苗长水避开喧嚣与躁动，在传统和新潮的徘徊之间实现了精神突围，两相权衡之后选择探寻那片饱含红色革命激情和传统文化底蕴的革命老区——沂蒙山故土，延续其未竟的文学理想，极力挖掘沂蒙山人在过去战争岁月里的真善美本性以及凝聚着个人情感力量的东方民族精魂，终于在走马观灯、万象更迭的文学思潮中找到了适合自己的文学领域和创作风格，从超脱漫游走向理性回归。

　　1988年，苗长水在《解放军文艺报》上发表中篇小说《冬天与夏天的区别》，一股清新飘逸之风弥漫文坛。随后，在压抑已久而催生的创作激情的引导下，《染坊之子》《非凡的大姨》《水杉树》《犁越芳塚》等以战争年代的沂蒙山区为背景的作品相继问世，受到文学界人士的深切关注和一致好评，这也意味着苗长水在新时期小说多元共生的文化格局中，终于找到了属于自己的那张邮票。苗长水在沂蒙山这块浑黄的土地之上，极力捕捉战争岁月里个体生命的温热心灵，执意探寻普通民众身上的东方民族气韵，为当时浮华疲软的文坛带来一股鲜爽气息。雷达曾高度称赞其作品："他的创作是当前文学中的一个奇迹，一个几乎不可能出现的奇迹。"[①]在21世纪的今天，我们重新审视研究苗长水的创作成就，不禁会质疑作者当时为何避开人人追捧的先锋浪潮，重新回归到陈旧凝固的沂蒙山革命历史题材？评论家们又是缘何纷纷欣赏苗长水的沂蒙山系列小说？因此探究苗长水叙事姿态转化的文化成因、挖掘其沂蒙山系列小说的新质是研究把握苗长水创作的一个重要环节。

---

① 雷达：《传统的创化——从苗长水的创作探讨一个理论问题》，《文学评论》1990年第2期。

（一）创作转型的文化成因

首先，齐鲁地域文化的独特精神内涵与苗长水创作风格的形成具有密不可分的联系。"无论是生活方式还是社会结构，都有浓厚的乡土情结。传统文学的地域性受制于中国文化的风土人情，受制于中国的自然民风和人情世故。中国文学的'入乡随俗'创造了它的地域文化世界。"①严家炎在《齐鲁文化与山东新文学》一书的总序中也提道：对于20世纪中国文学来说，区域文化的影响有时隐蔽有时显然，在一定程度上更是影响了创作主体的审美趣味、思维方式和艺术作品的主题思想、艺术手法。②书中指出齐鲁文化不仅具有崇德尚仁的传统美德和"士志于道"的人文品格，同时固有的文化守成主义、民间英雄主义、道德理想主义等独特人文风貌对山东新文学的创作也影响深远。它们既是齐鲁地域文化的本质特征，又内化为民族传统文化的精神根底。

齐鲁文化较其他地域文化在心理定势上具有显著的维模特征，表现在文化倾向上就是对道德理想、英雄使命等传统人文精神的坚守和继承。齐鲁文人以深沉的忧患意识和坚韧的道德良知，审视这块苍茫辽阔土地之上的血泪和灵魂，宣扬着人文主义的理想光辉，激扬着革命英雄以无私奉献的精神武器抵抗绝望虚无、悲观宿命的摧残。李泽厚曾言："仁学中的人道精神，理想人格对文艺内容也有很好的影响。"③新时期山东作家也意识到人文精神的重要性，因此他们中很少有先锋派的追随者，不盲目跟风，不随波逐流，自觉抵抗时尚文学的诱惑。他们的文学作品中花哨词汇、新异思想、形式创新并不多见，关注更多的是民本主义、道德理性、忧患意识等具有永恒价值的人文精神层面。在一次次坚守或离去的考辨中，山东代表作家张炜曾作出这样的回应："他们永远飘不起来，心中永远沉甸甸的。因为黄河的沙土从高原上漫流过来，一路上沉淀着，她的儿女心灵上接受了她的馈赠。"④显然张炜主张在物欲横流的年代，坚定自己内心的文化操守，迈着沉重的步伐，高举齐鲁人文精神大纛，追寻艺术所赋予人类生活的精神归属感。而沂蒙山区作为齐鲁大地上有着深厚

① 靳明全：《区域文化与文学》，北京：中国社会科学出版社2003年版，第167页。
② 魏建、贾振勇：《齐鲁文化与山东新文学·序言》，湖南：湖南教育出版社1995年版，第3页。
③ 李泽厚：《中国古代思想史论》，北京：人民出版社1986年版，第38页。
④ 张炜：《散文与随笔》，济南：山东文艺出版社1993年版，第178页。

文化传统积淀的地方，这里流淌着齐鲁文化精神的血脉，滋养着一代代山东作家的创作成长过程。苗长水作为20世纪80年代"文学鲁军"的中坚力量，自然深受齐鲁人文精神的浸染，葆有山东作家群创作思想的文化通性。作者与先锋浪潮擦肩而过后，穿越革命历史的硝烟战火，重新回归到传统革命历史题材中的人性人情、民族精魂等审美视域。他以积极入世的理想主义和人文主义精神，深入人类灵魂的隐蔽处，唤起读者对真善美、奉献觉醒等沂蒙精神的憧憬，在反思民族历史的同时注入现代意识，这在一定程度上是齐鲁文化精神的熏陶使然。总之，沂蒙地域文化和传统齐鲁人文精神于潜移默化中滋养着苗长水的创作过程，让干瘪枯燥的文字变得有血有肉，在历史长河中源远流长。

此外，纵观一位作家创作转型的文化成因，作家创作的当下现实语境和历史环境亦是权衡考量的重要维度。苏珊·朗格说过："对小说家来说，他探索了一个虚幻的过去，一个他自己创造的过去，他所设想的真理，在那个被创造出来的历史中有着自己的根据。"①苗长水沂蒙山系列小说大都是对20世纪40年代革命旧事的现代叙写，在他"创造出来的历史"中，淡化了硝烟弥漫的战争画面，从粗粝沉重的历史现实抵达纤细柔软的个体心灵，去除了红色文学中僵化的革命英雄叙事模式，深入挖掘被正史文学所遮蔽的生命个体的真情实感。其革命历史题材的独特叙述视角和审美思维与20世纪80年代改革开放宽松的思想文化背景、新历史主义思潮兴起的历史语境密不可分。相较于传统历史小说尽可能还原历史真相的原则，新历史小说则更接近民间史实立场，通过重新书写家族史、心灵史来重构历史面貌，探寻多元化的历史真相，还原历史语境中被遮蔽的具体生命存在。小说家将文学之舟驶入历史海洋中的人性之域，形而上地探索深层意义的审美空间，更加重视人文精神尺度和民族精神力量。以新历史主义小说的代表作家莫言为例，他驰骋在远离主流意识形态束缚的高密东北乡，坚持民间写作立场，从民间奇闻逸事和乡间野史传说中汲取资源，选取被正史排斥在外的土匪流氓、草莽英雄等艺术群像，构建了一个乱象丛生的野史世界，以此来反思历史、审视人性，彰显人物身上的本能欲望和生命体征。与莫言不同，苗长水则是以一种平和温情的笔调呈现历史状态的现实，触

---

① ［美］苏珊·朗格：《情感与形式》，刘大基、傅志强译，北京：中国社会科学出版社1986年版，第336页。

摸人物灵魂深处被主流意识形态遮蔽的细腻情愫，发掘比历史和革命更加恒久长存的人性魅力，不动声色中强化命运、人性、情感的力量，抛却革命历史小说中僵化的政治主题，升华到民族文化性格层次，将冰冷的革命历史描写得温暖如春，呈现了历史与现实、主观心灵和客观世界的完美熨帖。两人的创作方式虽截然不同，却都是对被忽视的革命历史书写的激活和重新发掘，彰显了新历史主义的时代价值。由此可见，新历史主义文学潮流的蓬勃开展，在一定程度上为苗长水的创作转型提供了肥沃土壤。

（二）苗长水沂蒙山小说的特质

沂蒙山作为一个饱经革命和战争洗礼的红色革命根据地，在20世纪中国新文学中往往是一个被主流意识形态浸染、被政治文化粉饰的地方。提到沂蒙山，人们会不自觉地联想到抗战、反扫荡、土改、支前、革命烈士等政治色彩浓厚的词汇，一股硝烟烽火肆意弥漫的气息扑面而来，让人产生沂蒙文学等同于革命文学的错觉，甚至会反感于小说中宏大历史叙事和僵化的政治服务意识。《文学理论》中曾有一句话对笔者启发很大："我们要寻找的是莎士比亚的独到之处，即莎士比亚之所以成为莎士比亚的东西，这明显是个性和价值的问题。"[1]苗长水的沂蒙山系列小说故事取材、时代背景、角色类型同20世纪四五十年代的传统革命历史小说颇为相似，却能令众多评论家投眸赞赏，笔者认为，必然有其独到之处。作者冲破革命文学僵化模式的束缚，深入人物灵魂深处，挖掘被遮蔽的个体生命的新奇精神底蕴，在对革命历史题材的重新叙写中实现创造性转化。苗长水在对民族精魂的探寻和追溯中，结束了徘徊游弋于文坛的飘零状态，扬厉了主体精神的再造能力，实现了自身创作的突破和超越。

这种超越首先体现在作家对革命母题的另类解读上，淡化了对战争本身的思考，凸显了冰冷的革命历史中永恒不灭的民族灵魂。革命战争给沂蒙山根据地留下了浑厚的历史印记，如火如荼的革命热情激发了沂蒙人沉睡已久的精神魂灵，成为20世纪沂蒙文学的重要母题之一。诚如苗长水自己所言："抗日战争和解放战争对沂蒙山人的影响很大，它使沂蒙山人见到了外面的世界，改变

---

① ［美］韦勒克、［美］沃伦：《文学理论（修订版）》，刘象愚等译，南京：江苏教育出版社2005年版，第6页。

了很多人的命运，战争对沂蒙山人实际上是一次解放。"①革命改变了沂蒙人民的精神风貌，激发并确认了个人主体力量的自觉性，深深地影响了那一代作家的创作心理。为了再现革命战争的真实场景，追忆回味艰苦奋斗、无私奉献的崇高革命信仰，20世纪四五十年代一批沂蒙作家在以革命战争文化为核心的社会意识形态话语统摄下，创作了《黎明的河边》《霓虹灯下的哨兵》《高山下的花环》等大量红色革命历史小说。在这些作品中，作者铺排和渲染宏大的战争历史场景，热情讴歌伟大的革命英雄主义，赞扬革命军队和沂蒙人民的鱼水深情，不过人物形象只是无我地为集体而存在，高大全的个性不仅使作品本身失真，更令我们深深感受到浓厚的政治气息，读解到政治性凌驾于文学性之上的时代色彩。服从于"为政治服务"要求之下的红色文学，大都停留在政治化层面，其固化僵硬的叙述模式偏离了读者的审美趣味，限制了人物的行为动作，真情实感的残缺更是难葆其当代价值。随着时代的变迁，作品很容易淹没在历史长河中，失去传颂的可能。别林斯基曾说："这些现象不会在死神遇见他们的地方停滞不前，却会在社会意识中继续发展。"②

20世纪80年代的苗长水重新立足于沂蒙山革命历史土壤，寻找革命历史与当下时代相契合的精神节点，为我们描绘了去除革命政治色彩外衣的沂蒙山新视域。作者超前意识到革命精神的根基不仅仅在于英雄烈士，更不能忽视人民百姓的绵薄之力。因此，他从人性维度回溯沂蒙历史的河道，触摸沂蒙百姓的魂灵，从构建宏大战争场景的外视角转化为在心灵上重塑民族灵魂的内视角，实现革命历史题材的创化。苗长水回避假大空的政治叙事，站在时代的边缘深入人物灵魂内部，极力挖掘艰难处境下普通民众身上的生命韧性和人性之美，捕捉个体生命隐蔽的私人化情感，使传统的革命主题小说焕发生机。《冬天与夏天的区别》通过李山这个人物形象，讴歌了军民鱼水之情，呈现了战争状态下的人情之美。李山这个庄稼汉"任何人只要一看见他脸上那种善良的神气，就会立刻觉得他会像自己的某一位亲人，就会感到他可以相信、依赖、忠实"③，完美展现了山区劳动人民身上那种善良宽厚、老

① 王万森等：《沂蒙文化与现代沂蒙文学》，济南：齐鲁书社2006年版，第243页。
② ［苏］米·赫拉普钦科：《作家的创作个性和文学的发展》，上海：上海人民出版社1977年版，第262页。
③ 苗长水：《犁越芳塚》，见苗长水：《犁越芳塚》，北京：作家出版社1991年版，第7页。

实本分的性格。他无偿照料何青、代养团长的孩子、饲养八路军的骡子，三次难度极大又得而复失的任务令他尝尽了人生缺憾的痛苦，而他不卑不亢、任劳任怨。李山的无私奉献、古道热肠践行着中华民族的传统美德，给我们留下了无尽的回味。《非凡的大姨》里面支前队长李兰芳隐秘在革命风雨中的个人私事，更是不落俗套地展现了革命历史状态下的人心之软。李兰芳和20世纪四五十年代革命历史小说中的女英雄本来并无差别，有着看守尸体、孤身勇斗野狼、用肉身做架桥支前的相似革命经历，但是在苗长水笔下，主人公坚硬的外表下多了一份儿女柔情。李兰芳苦苦寻觅把自己的名字刻遍孟良崮的失联军人，因对方音讯渺茫而失声痛哭，悄无声息中产生了一种不可名状的缠绵情愫。"这是她长大成人后第一次有了这种缠缠绵绵的情感，总是排除不掉"①，作者通过对李兰芳革命过程中的爱情向往和朦胧期待的描写，打破了革命历史小说英雄叙事的"纪念碑性模式"②，为之注入柔软真实的个人化情感记忆，展现了自己对民族灵魂的竭力追寻和探索。

这种超越性还体现在作者还原革命历史本真面貌的策略途径上。同样是新时期书写沂蒙文化、反思民间历史的山东作家刘玉堂，在复原沂蒙乡村记忆的方式上，有着自己的独特风格。被誉为"沂蒙灵手"的刘玉堂擅长从琐碎的生活小事件角度切入到重大的政治历史事件中，捕捉人们在历史罅隙中湮灭的生活形态，以诙谐幽默的笔调构建民间话语系统，借助民间精英文化的张力功能，消解弱化主流政治话语。作者在宣扬民间智慧的同时，强有力地批判了历史现实的荒诞，从人性角度讽刺了人民对政治运动的盲目激情，富有悲剧性意味。而苗长水反思历史的视角与之迥然不同，其小说尽量避开政治运动、政策变动对人们日常生活的干扰，主要从天灾人祸下的苦难境遇和平淡无奇的日常生活两个维度来审视革命岁月中沂蒙百姓的生存现状，"致力于展示真善美的东西在生存逆境与生活厄运挤压下的生命韧度和恒久不变的人生魅力"③。当刘玉堂将小说生活化之时，苗长水却致力于革命历史和生活现实的纯化，使情感更加醇郁浑厚。在灾难和创伤面前，最能体现

① 苗长水：《非凡的大姨》，《时代文学》1989年第1期。
② 张丽军：《民族精神纪念碑的文学书写尝试——重读苗长水中篇小说〈非凡的大姨〉》，《时代文学（下半月）》2010年第7期。
③ 韩瑞亭：《一派清音出沂蒙》，《文学评论家》1989年版，第279页。

沂蒙百姓坚忍不屈、宠辱不惊的民族性格和生存意志的作品当属《染坊之子》。小说故事情节在土匪抢劫家破人亡、蝗灾侵袭饿殍遍野、瘟疫肆虐人心惶惶这三个猝不及防的生存困境中铺排展开，作者却从中寻觅到了隐秘的人性之光，淡如烟霭的凄凉笔调被性灵之美缓缓冲散，构造了"晴空新雪"的绝美画面。除了忍辱负重的润儿，赵氏母子亦展现了逆境中坚毅决绝的民族魂灵。赵林的母亲在饥荒年代放下尊严，靠乞讨维持供养一家人的生活，并以母爱的关怀抚慰润儿心灵上的创痛，助其走出低谷。而赵林作为家中唯一的男丁，寻遍解救瘟疫的药方而未果，却始终没有放弃希望，终于"在尽遭蝗虫洗劫的如春天一般火红的山野间"①发现了一派深深的浓绿，在生存绝境中绽放希望之光。这里，作者有意淡化革命历史给个体生命带来的无限伤痛，在肆意飞扬的文学想象中，探秘历史幽微深处的种种可能性。《犁越芳塚》是作者扩展小说生活内核、塑造不同人物形象的创作尝试。它通过描写素盈、刘西武、老鲍家、刘成等人物跌宕起伏的命运，再现了曲折离奇的漫长革命史，印证了作者对革命战争的本质理解：人性的淳朴永远比革命战争更为恒久。小说开篇写历史罪人刘成怀着赎罪心理从台湾返回故土，等待乡民的审判和惩罚。苗长水采用历史和现实重叠交叉的叙述视角，把刘成在大陆的四十多年记忆以流动的日常生活形式娓娓道来。作品中虽然不加掩饰地呈现了"左"倾思想、党内盲目跟风、土改复查、还乡团运动等政治历史下的鲜血和人肉祭品，却并非生硬地为政治而写作，这些政治运动仅仅是作为人物的生活背景而出现。作者淡化了历史悸痛中的个体创伤，在历史轮回的递进中揭示了战争遮蔽下的复杂人性冲突，旁移假大空的政治化书写模式，讴歌历史大道旁的每一个民族灵魂。小说中写道：当村民耕犁经过素盈的墓塚时，往往自觉地把犁高举起来，避开这个温柔善良而又坚忍顽强的女子的坟头，以示敬意。可见，时间的流逝可能让我们淡忘战争带来的创伤痕迹，但凌驾于战争历史之上的美好人性是永葆青春的。在苗长水的创作中，除去革命历史的形式表层，我们看到的是他对普通人精神世界的挖掘和沂蒙精神的彰显，而这一切又是通过在生存逆境和平凡生活两个向度中审视叩问革命历史而实现的。

---

① 苗长水：《犁越芳塚》，见苗长水：《犁越芳塚》，北京：作家出版社1991年版，第253页。

此外，苗长水沂蒙山题材小说的超越性还体现在其文本对道德伦理的哲理化反思上。道德理想主义和民本主义的人道精神是齐鲁传统文化的现代传承，是新时期山东作家共有的精神特质。秉承这一创作理想的苗长水，以审美的反思和深邃的灵魂透析力诉说着自己对道德伦理价值的深刻感悟。他是一个颇具人文情怀的作家，自觉地将深沉的道德意识灌注到沂蒙山这块革命硬料中，糅合到普通民众的个体情感中，积极探寻一条将传统道德伦理与当代文化建设融合的道路。苗长水笔下的道德伦理并不是一种玄虚的概念，而是通过品味咂摸和精微体察普通人物复杂微妙的情感世界并以此介入道德精神维度，进而考量传统道德伦理的普世价值和时代意义。比如《冬天与夏天的区别》中李山和何青朝夕相处过程中所培养的朦胧情愫，既是革命洪流中的阶级感情，又是生理本能中的自然情欲，源于友谊又超越友谊，不是爱情又胜似爱情。还有《绝代织女》中惧怕婚姻的叶儿和壮实英朗的小木匠之间有着不经言传的默契，互诉衷肠却始终没有步入婚姻的殿堂。作者心思细腻，认真拿捏感情的丰富内涵，以图将友情和爱情的模糊界限呈现在读者面前。此外，苗长水总是以宽广的历史胸襟，拭去笼罩在人们心头的道德伦理的青烟，掸去负荷在人类肩头的世俗眼光的尘埃。《非凡的大姨》中李兰芳本是一个封建伦理禁欲下的旧式女子，对革命之外的爱情总是一副羞涩忸怩的姿态，最后大胆直率地突破伦理束缚和内心的矛盾冲突，遵从本心的自然欲望，勇敢地追寻自由浪漫的爱情。苗长水笔下人物身上这种暧昧抑或已经迸发的情感质素，已经超越了传统道德伦理界限，折射出人类灵魂的多重面貌，扬厉了个体生命的精神活力，让我们于战争之外看到了不一样的情感世界。当然，道德理性和仁爱精神的张扬是齐鲁文人共有的书写姿态和价值取向，而这些道德伦理观是否具有当代性和现实感，才是需要我们关注研究的重点。笔者认为，所谓当代性，实际上是一种时代精神的彰显。只要能在文学艺术中寻找到与当今时代的精神联结，其中温润心灵的情感能量被当今审美心理所容纳，为社会经济的发展和民族灵魂的重铸提供精神指向，就可以从历史古墓中重返青春。《犁越芳塚》中素盈的坚忍形象给我们留下了深刻印象，是"富贵不能淫，贫贱不能移，威武不能屈"的人格化身。在极端化的生存困境中，她以沉默冷静、坚忍寡欲来面对命运的百般折磨，用鲜血和泪水坚持走完了人生道路，赢得了乡亲的尊重。素盈这类人物形象在中国文学史上并不少见，比如莫言笔下的上官鲁氏、张炜笔下的隋抱朴等，他们身上共同体现了一种不卑不亢的民族气节和亘古不息的顽强生命力，在陶冶当代人情操的同时，以沉默寡言的坚忍主义、苦难面前的自强不息为物欲横流、意志消弭的当今社会注入了一剂强心针，具有与时代对话的精神价值。

从上述作品中不难看出，苗长水深深地扎根于沂蒙山文学土壤中，以饱满的热忱和细腻的温情沉浸在对故土的深深眷恋之中，体察入微地捕捉着普通生命个体身上那种毫无矫饰的纯美之情。那浪漫内敛的抒情笔调如月光下的溪水缓缓地漫过平原，熨帖着我们的心灵，彰显着熠熠生辉的沂蒙精神。苗长水擅长以一种平静舒缓的笔调和浓烈醇厚的人道主义情怀来审视战争灾难，发掘艰难处境下坚韧不屈的个体生命力量，自觉避开了革命战争小说追求英雄史诗模式的语流惯性，独辟蹊径，为当代文坛带来了一股清流。或许正是这种脑海中挥之不去的人道意识，使苗长水顿悟自己所写的这些沂蒙作品，只是凭借温润人心的内在供人把玩咀嚼，似乎并未给贫苦的家乡百姓带来任何实质变化。回眸处于水深火热之中的亲人们，作者不免深感自责而落落惆怅，陷入沉默不语的创作状态。当苗长水获得读者的喜爱、文坛的认可之时，却受到自己的质疑和否定，离开了自己熟稔的沂蒙山精神家园。

第二节　苗长水：寻找属于沂蒙大地的别样审美特质的语言

一个作家的艺术作品要想吸引读者的眼光，除了要具有穿透力的思想内核，还要有凝聚审美匠心的独特艺术风格，毕竟"对很多作家来说，能够贯穿其一生写作的只能是语言的方式和叙述的风格，在不同的题材和不同的人物场景里反复出现，有时是散漫的……"①面对已有的沂蒙山文学，苗长水不断寻求超越与创新，秉承一种苦行僧的精神执着于历史长河中民族灵魂的探寻，寻找一种属于沂蒙大地的、能够从历史中走来又能指向未来的艺术语言，透过文本折射自己对人生的理解、对人性的剖析，而在不断表达和践行自己创作理念的过程中，显露出其别具一格的艺术特质。这些艺术特质是苗长水审美理念内蕴的外观呈现，是从文本中所显现的艺术之美的别样魅力。

---

① 余华：《内心之死》，上海：上海文艺出版社2004年版，第74页。

一、"沂蒙山小调"式的叙事新维度与新意境

作为20世纪90年代反思革命战争历史的军事小说，苗长水的沂蒙山题材独辟蹊径，避开了残酷壮烈的正面战场描写，以一种清澈明净、浪漫淡雅的诗意化抒情笔调，穿越粗粝绵密的历史悸痛，深入细腻纤柔的人性深处，发掘隐秘在战争背景之下的善良本性，营造了一种"晴空新雪"的新维度与新意境。作者透过随性的言语、简单的故事情节，缓缓敞开沉重历史一隅的诗意人情、腥风血雨后的平凡人生。学者吴晓东认为诗化小说具有"语言的诗化与结构的散文化，小说艺术思维的意念化与抽象化，以及意象性抒情，象征性意境营造等诸种形式特征"①，而笔者认为苗长水的诗化叙事风格主要是通过故事情节的淡化、情景交融的意境、诗意化的语言来实现的，具有一种浓郁、舒缓、自然的沂蒙山小调抒情意味。这里重点从情节和意境两个方面论述，语言则单独详谈。

在沂蒙山系列小说中，苗长水有意淡化曲折离奇的故事情节，回避艺术的崇高悲剧美，很少出现惊心动魄的战争冲突、刀光剑影的历史实景，多是以细腻的笔触描绘情致缠绵的生活氛围，探索幽微的内心世界和恬淡的生命气质。他的小说不是通过情节结构的因果逻辑来组织编排文本，而是选择人物情感世界的万千思绪进行倾诉式言说，具有浓郁的抒情色调。这样的叙述方式虽然减弱了现实主义的战斗精神，但却在一定程度上强化了文学的审美价值，也体现了苗长水在战争历史题材中的别样审美特质。比如《冬天与夏天的区别》故事发生在形势十分严峻的孟良崮战役时期，然而作者对战争的描写却是微乎其微，只用开篇的国民党报纸一笔带过，整体呈现湍急的叙事节奏。尽管李山是在危险的环境中做着民伕的工作，但读者可以明显觉察到主人公同战争环境的疏离。当故事进行到李山照顾何青、抚养新生儿等画面时，叙事速度变得舒缓温婉，娓娓道来。尤其是李山对四季交替的敏锐直觉，夹杂着他对何青的深深思念，其中说不清道不明的暧昧情愫从革命事业中渐渐浮露出来。作者在舒缓的叙事笔调中注入了饱满真切的思想感情，这些情感又通过微妙感人的生活场

---

① 吴晓东：《现代"诗化小说"探索》，《文学评论》1997年第1期。

景和主人公此起彼伏的心潮波动释放出来，诠释了诗化叙事的含蓄美。同样在
《非凡的大姨》中前半部分关于战争的叙事是跳跃性的，当文本离开斗争漩涡
深入到李兰芳内心深处的情感世界时，节奏瞬间放慢下来，凸显人物的日常情
味和性灵之美。这里作者将叙事视点从急剧变动的革命战争之下的短时空转移
到人物复杂情感世界的长时空，长短转换间弱化了战争的残酷，平添了自己对
沂蒙人民的尊重和厚爱。在革命战争的背景下，我们看到了个体生命蓬勃向上
的生命力，看到了潜移默化中滋长的友谊以外的情愫，见证了穿越沉重历史而
永恒存在的民族精魂。由此可见，苗长水的沂蒙山小说浸润着自己对生命的体
认感悟，他有意通过省略、空白、间隔的叙事策略，掌控小说的叙事节奏，将
浓重的笔墨倾泻在战争风云以外的精神领域，展现平凡人物身上隐秘的人性力
量。苗长水把沛然浓烈的情感质素稀释在文本中，动人却不造作，真挚但不凝
重，使全文在一张一弛之间有一种从容不迫的豁达气度。小说虽然没有曲折离
奇的故事情节，但其舒缓平淡的语调充满了含蓄淡然的情感，让人在诗意温馨
的乡村生活中欣赏人情之美。

　　此外，沂蒙山小说的诗化叙事风格还体现在对自然景物的诗意化书写和对
自然意象的用心经营上，以清新浅淡的画笔，为读者营造了一种空灵蕴藉、清
澈澄明的意境。所谓"清水出芙蓉，天然去雕饰"，苗长水的小说不见浓墨重
彩的点缀装饰，也没有天马行空的离奇想象，寥寥数语便刻绘出弥漫着诗情画
意的浪漫景致。诚如成仿吾所言："虚伪的美化与一切的夸张，是必然地残害
艺术的生命的。没有'纯洁真情'的作品终是没有生命的木偶。"[1]而苗长水
则认为："所谓艺术原本就是很生活而不是很形式的，不应该受到任何形式过
程的制约。"[2]他极力寻求主观情感的客观对应物，把自己对生活的澎湃热情
倾注在客观事物上，以简白素净的调子讴歌沉重历史下的人性之美，营造一种
晴朗明快、美而不浮的意境。他并不满足于传统叙事技巧通过绚烂多姿的色彩
描绘来反衬人物的心境，而更多的是用生命体验长久浸泡后的清淡笔墨，绘制
朴实自然的美好画面，谱写一曲曲远离时代风化的心灵颂歌。这里我们列举两
处描写进行细致解读：

① 成仿吾：《补白》，《创造》季刊第3号，1922年7月，转自章风云：《孙犁艺术风格
　　论》，硕士学位论文，安徽师范大学，2005年。
② 苗长水：《心灵的种子》，济南：明天出版社1998年版，第24页。

　　那种蓝色确实有如深邃湛寂的蓝天，那样澄澈那样富有蕴含……
表姐穿了这样一身崭新的阴丹士林蓝印花布衣裳，走在那洁白的雪地
中，在赵林的眼里，有鲜花也比不上的美丽。(《染坊之子》)①

　　它虽然在肥沃的麦地中，却一派荒芜，没有麦苗生长在上面，
只有春天里旺盛的七七菜，狗尾巴草，苦苦菜和开了黄花的麦蒿。
但细细看来，它确实如一块块娇小而美丽的天工地就的草毯……她
那睡去或者没有睡去的魂灵，就在这块土地之下跳动着……(《犁越
芳塚》)②

　　片段一是清晨润儿出场时的场景。对于人物形象的刻画，作者没有运用
华丽的辞藻，唯有深邃澄明的蓝色布料和通透纯洁的白雪，两种单一的色调结
合在一起却产生了冲撞视觉神经的审美效果，幻化出一种"蓝若晴空，白似新
雪"的明朗意境，悠远空阔又纯美澄澈，而身着素净蓝印花布的润儿在作者的
诗意化描写中散发着耀眼的光亮神采。小说寄寓了作者对饱受苦难摧残仍乐观
面世、顽强拼搏的润儿的浓浓敬意，简单的蓝白色调由于情感的滋养仿佛是神
祇的创造，比鱼龙戏水、凤穿莲花的铺排更具永恒的价值。片段二则是关于素
盈坟墓的描写。苗长水以形象的比喻将凝重深沉的墓塚转换成凝聚着匠心神韵
的天然草毯，卑微弱小的七七菜、狗尾巴草等在一片荒芜中熠熠生辉，彰显了
蓬勃的生机和顽强的生命欲望。这些形象弱化了周围场域的苦涩质感，平添了
一种肃然起敬的情愫。作者将民族之根负载在素盈这种命如草芥的普通民众身
上，颂扬了她们所共有的艰难处境下的隐忍执着的气质。这种崇高的精神力量
超越了时间和历史的变更永世长存，所焕发的人性烛光永不熄灭。晴空白雪的
意境和狗尾巴草等意象，构成了作者诗意化叙事的基本要素，虽色调清淡且意
象微不足道，但我们能感觉到作者话语表述上的热力，整体上点染了一种情景
交融、浑圆晶润的审美境界。

---

① 苗长水：《染坊之子》，见苗长水：《染坊之子》，北京：华艺出版社1993年版，第245页。
② 苗长水：《犁越芳塚》，见苗长水：《犁越芳塚》，北京：作家出版社1991年版，第198页。

二、负载民族灵魂的沂蒙女性英雄

在文坛有这样一句老话："小说的成败，是以人物为准，不仗着事实。世事万千，都转眼即逝，一时新颖，不久即归陈腐，只有人物足垂不朽。"①可见，独特的艺术形象之于文艺创作的重要性，它"不仅反映一定生活本质和社会面貌，而且体现作家的感情愿望和风格特点"②。苗长水在三十多年的创作历程中，一直探寻着中华民族精魂所在，自觉承担着书写民族精神的重担，而这一切又是通过其不同时期文学作品中寄寓着自己独特审美理想的人物形象实现的。作者以强烈的人道主义情怀和反思考辨意识，塑造了千姿百态的芸芸众生相，在展望个体命运和构建民族未来蓝图时，丰富了中国文学史绮丽多姿的人物画廊。

苗长水沂蒙山系列小说是革命时代历史风貌的一处独异景观，其中相生相随的人物形象，大都是土生土长的沂蒙山老百姓。他们或许没有丰厚的文化知识、较高的理论修养，但是大都保留了勇敢坚毅、淳朴善良的天然本性和毁家纾难、苌弘碧血的无私精神。他们跟圣人贤士的温文尔雅不搭边，不会吟风弄月；更不是推举新思潮、叱咤文坛的先锋激进人士，不过是沂蒙大地上平易近人、和蔼可掬的普通平民。他们虽然平凡普通，但却拥有高贵圣洁的灵魂，在繁杂琐屑的日常生活中无私奉献，在生死攸关之时又能大义凛然。作者将他们置身于革命激流勇进之中，呈现他们因历史变动所点燃的生命自觉性。意气风发的他们往往怀着正义良知，冲进血雨腥风、战火硝烟中，用人性固有的善良本质引领我们走出邪恶、丑陋、阴暗的创伤记忆。他们的鲜活生命力，不仅于黑暗中照亮了历史堆积物的表层世界，也刺破人性堡垒展现了心灵的柔软细腻。他们身上那种耐苦均平、勇敢坚韧、无私奉献的精神气质，为沂蒙文学带来人性光芒。

有论者曾称，"苗长水的小说给人一种推之不去的印象：女性气质"③，就连苗长水本人也曾在访谈中坦言笔下的女性形象一般比男性形象出彩许多，

---

① 胡青：《老舍论创作》，上海：上海文艺出版社1980年版，第83页。
② 童庆炳：《文学理论教程》，上海：高等教育出版社1998年版，第253页。
③ 张均：《论苗长水和他的老区小说》，《当代作家评论》1995年第5期。

这可能与自己的个性气质和创作追求有关，"女性更能表现文学的人道主义的本质，更能抓住一些人性的东西"①。在作者看来，女性作为男性的对立面，自古以来就是谜一样的存在，而女性描写正是许多作家切入文学的重要手段，"一颗灿灿女性之星消逝在瞬间里，往往会给历史的心头留下深深的伤痕"②。细读小说文本后，萦绕在我们脑海中挥之不散的是一个个命运有别、形态各异而品质相似的女性形象，比如润儿、素盈、传秋、李兰芳等，就连只念付出、不求回报的庄稼汉李山也在无形中披上了仪静体闲、娇羞文雅的女性化特征。而《非凡的大姨》中把李大姨的名字刻满了孟良崮土地的副营长于德林在小说中也只是故事展开的线索，之后便音讯全无，在女性视域面前处于一种缺席或不在场的状态。可以说，女性情结在苗长水的作品中是随处可见的，而男性话语霸权的退场，更流露出作者隐秘的女性崇拜意识。这里需要厘清的是，此处的女性不单是一种性别概念，更多的是一种民族化身、精神隐喻。

其实，在苗长水之前，荷花淀派作家孙犁就已经将战争岁月里成长中的女性推举到崇拜地位。孙犁认为："女人比男人更乐观，而人生的悲欢离合总是与她们相关，所以常常以崇拜的心情写她们。"③这也是其小说的独特标识。不过其笔下的女性形象大都是20世纪40年代解放区普通百姓，在那个"工农兵是时代的主人""文艺创作为政治服务"的时代背景下，这些形象显然是主流意识形态的政治产物，是抗战时期英雄叙事模式下的人物代表。比如隐藏在芦苇荡丛中伏击日寇的妇女们、《荷花淀》中的水生嫂等。在兵荒马乱的战争年代，革命大丈夫一般奋斗在抗战前线，独守空房的女人们毫无怨言地主动承担起耕作农事等重担，有时候还会照料受伤的革命战士，更有时会配合革命军队行动，直接参与抗战任务。孙犁以细腻的眼光，紧紧抓住女性本身阴柔之中的刚烈泼辣个性，突出"小女子们"在尖锐的矛盾冲突中为了实现民族解放事业而舍个人为集体的高尚心灵。而苗长水在塑造女性形象这一艺术界面上，有着自己独特的感知方式和观照视角。他甩脱了政治功利的羁绊，不再框束于政治体制的人物感情，独辟蹊径，从革命历史的表层现象转移到复杂人性的深层场域，深入挖掘人物在苦难境遇中的心灵世界，以现代意识烛照沂蒙大地上的白

---

① 王万森等：《沂蒙文化与现代沂蒙文学》，济南：齐鲁书社2006年版，第247页。
② 苗长水：《一个奥秘无穷的小谜语》，《妇女学苑》1990年第2期。
③ 孙犁：《孙犁文集（理论卷）》，西安：陕西师范大学出版社2003年版，第6页。

丁俗客，从独特的美学视角对人物形象进行整体性地审视和体察。从这些人物形象身上，我们仿佛看到一个日渐崛起、再度青春的民族的未来。《染坊之子》中润儿的坎坷遭遇激活了每一个读者的恻隐之心，那种沉痛的生命体验令人扼腕叹息，而她对暴力梦魇的宽容态度更是令人敬佩。本该拥有欢快明亮、幸福生活的花季少女，却接二连三地遭遇灾祸和不幸。匪乱、蝗灾、瘟疫没有击垮弱小的她，反而磨砺了她的心志，加速了她的成长步伐。作者刻意避开血腥场面，精心雕琢了她到汪崖洗澡的三次细节，在诗意的氛围中完美地诠释了人物的蜕变历程。尤其是她受辱后的第二次沐浴画面，润儿身体上的污垢在潭水中得到彻底的净化，那些痛苦的创痕被彻底抚平，对生命的敬畏之感油然而生。重获新生的润儿将自己的全部热情投射在染坊事业上："那专注在染布工具上的纯洁神情，好像是照在她心灵上的阳光。阳光中有一个蓝色的世界，这世界吸收着她的全部心灵。"①润儿坚忍倔强的个性、纯洁美好的性灵温暖了我们的心田，张扬了生命灵魂的朝气，她的成长、蜕变更是中华民族生命力顽强不息的青春写照。《犁越芳塚》中地主媳妇素盈在土改中受尽折磨，尽管心灵隐秘处在不绝如缕地哭泣，但是久经创伤的她参透了命运的真谛：是命运将我们推到了人生的另一面，我们不能逆天而行。所以，她选择平静坦然地接受命运安排，以不变应万变。素盈的隐忍度日、任劳任怨经受了历史风雨的沉淀考验，更是中华民族倔强魂灵的缩影。

当然，苗长水不只刻画了女性温婉美好、乐天知命的一面，也展现了女性泼辣直爽的另一面。《犁越芳塚》中老鲍家的和金茂峰他娘藐视道德权威、冲破伦理束缚、狂野叛逆的个性特征在苗长水诗意平淡的文风中并不多见。金茂峰他娘，这个连名字都没有的女性形象集中体现了人性的复杂性。她心狠手辣，嫉恶如仇，由于嫉妒素盈的美貌在土改复查时用令人发指的刑罚折磨她，几近丧心病狂的程度。正是由于她刁蛮凶悍、毫无顾忌、敢作敢为的性格，才被上级官员赏识，成为村里最早的妇救会主任。在那个思想保守的年代，她挑战权威，无视流言蜚语和世俗偏见，大胆追求享受性爱生活，满足自我的原始生命欲求。不管怎样的放浪形骸、不修边幅，她始终意志坚定地忠于革命信仰，抵制诱惑，守口如瓶，是一个真正的革命英雄形象。富农老鲍家的也是一

---

① 苗长水：《染坊之子》，见苗长水：《染坊之子》，北京：华艺出版社1993年版，第222页。

个性格刚烈的女性形象，当看到同村的姐妹被人侮辱时，她以勇敢无畏的魄力扛起了所有的灾难和悲痛，用自己的身躯庇护她们并因此付出不能生育的惨重代价，这种豪侠义气、忍辱负重的精神是当今社会主义精神文明建设的文化根基之一。苗长水以当代意识和美学理念审视人物的多重性格，丰富了当代文学的人物画廊。

畅游在苗长水给我们构建的人物画廊中，一个个鲜活的面孔令人过目难忘。"沂蒙山小调"中那些淳朴善良的女性形象，在岁月的流逝中，最终融汇在民族精魂之流中，彰显了中华民族的宏伟气魄，更让我们看到民族未来锦绣前程的希望之光，在历史长河中熠熠生辉。

三、"沂蒙山味道"的俗白语言艺术

"每一件文学作品首先是一个声音的系列，从这个声音的系列再生出意义声音的层面引起了人们的注意，构成了作品审美效果不可分割的一个部分。"[1]可见，语言是构成文学作品的要素之一，是思维的外壳。阿根廷作家博尔赫斯曾说过，一个作家应当有自己独特的话语方式，而笔者认为，苗长水雅致俗白的语言艺术为当代文坛提供了一种清新自然之风。如果说探美和主情是苗长水的创作理想和追求，那么平实而不平淡的语言则是其实现这一审美诉求的得力工具。当大家沉浸在先锋浮浪世风的话语狂欢中不能自拔时，苗长水以细腻绵柔、抒情浪漫的语调哼唱自己的沂蒙山小调；当商业化大潮席卷整个文坛时，苗长水以明朗豪迈、生活化的语言重新思考和平年代军旅小说的时代价值，其别具一格的话风营造了浓郁的诗情画意之意境，一时之间广为传颂。因此，研究苗长水作品的艺术特色，不得不细心品味一下他的语言魅力。

（一）生活化的语言

语言是文学作品的灵魂，它来源于作家的生活。在作家孙犁看来："语言问题，是创作的一个中心问题。因为作为文学，语言是它的基本要素。但它

---

① ［美］韦勒克、［美］沃伦：《文学理论》，刘象愚等译，南京：江苏教育出版社2005年版，第175页。

并非单纯是一种资料，它与生活、认识密切相关。"①也就是说：生活是语言的源泉，是其永葆生机的重要保障。长期的沂蒙山生活经验为苗长水的文学创作提供了丰富的文学素材，同时作者对鲁南地区的方言俚语、民俗小调也异常熟悉。因此在对沂蒙革命老区的图景展现中，苗长水自觉或无意识地将鲁南地区生活化、大众化的口语和民俗谚语融汇到小说的创作过程中，让读者进入了一个熟稔的、有鲁南韵味的、颇具生活质感的文学世界。"面皮子""秫秸""梳个头""炝蹶子""草鸡""燎壶茶""踢腾""萝卜缨子"等充满泥土气息的沂蒙方言扑面而来，让我们在亲切熟悉的语境下感受到作者浓厚的故土情怀。剥离语言的形式外衣，文本内核显露的是苗长水对沂蒙大地的情感旨归和沂蒙风情的认同怀恋。这些近乎失传的、被岁月消磨的方言俚语的运用，不仅为鲁南地区地域特色的外现和诠释增添了鲜亮光彩，拓宽了苗长水小说的审美视域空间，同时在贴近沂蒙百姓生活方式的文化氛围中，感受品咂沂蒙文化的当代价值和独特魅力。

不仅如此，这些具有鲜明地域文化色彩的、浪漫朴实的民歌民俗加载到小说文本中，在一定程度上丰富了人物形象的性格特征和主题意蕴阐释的多重可能性。《冬天与夏天的区别》中写到瓦罐周年庆生的时候，传秋给瓦罐和新生儿做红兜兜。"小男孩满一周岁穿囤子，有蹾子之意，小女孩一周岁要穿兜兜，兜兜要用大红布做，红布黑嘴，绣彩色五毒，有避邪说，中间是三条腿的蟾，上是长虫，下是壁虎，左是蝎子，右是蚰蜒"②，这一民俗的介绍和描写，实际只是作者自我表达的一个窗口，它所呈现的是沂蒙普通老百姓的现实生活的真实情态，除去民俗文化的形式表层，是苗长水对淳朴自然乡间生活的向往。同时，借做兜兜这件小事，悄无声息中浮现传秋泉涌般温厚慈祥的母爱，凸显了一个善良美丽、和蔼可亲的伟大母亲形象。再如李山抱着何青唱的《打遭儿》："桑木子枝，柳木子芯，喊秋喀嚓小二十……鞭打群牛四下里开，五谷杂粮都下来……"③这首歌谣气势豪放、节拍潇洒，抑扬顿挫间令人

① 孙犁：《孙犁文集》（第四卷），天津百花文艺出版社1982年版，第489页。
② 苗长水：《冬天与夏天的区别》，见苗长水：《犁越芳塚》，北京：作家出版社1991年版，第39页。
③ 苗长水：《冬天与夏天的区别》，见苗长水：《犁越芳塚》，北京：作家出版社1991年版，第29页。

回味无穷。"喀嚓"一词用拟声的形式，形神兼具、声情并茂，生动形象地写出沂蒙地区独特的口语化风格。"鞭打群牛"这一动静结合的词汇和"五谷杂粮"这一生活化的语词，配上简短的句式，使语言化繁为简的同时，令文本增添了几分随意俏皮的色彩。民歌民谣的吟唱是人物情感镜像的折射，是人物性格底色和文化背景的具象呈现。且看《犁越芳塚》中一生沉默寡言的月德唱的《放羊歌》："三月里来羊跑青，漫山没岭跑得山，一天跑了五十里，放羊的累得害腿疼！四月里来热熬熬，放羊的受罪谁知道，跳了一天没吃饭，到了晚上暗宿了！"①月德将这些粗犷豪放而又间杂生命苦楚的沂蒙小调用嘶哑低沉的嗓音唱出来，叫人听了撕心裂肺、哀转久绝。这些小调蕴含了月德的生命印记，是他充满创伤记忆、历经烈火焚烧、千锤百炼人生体验的真实写照，是苦难岁月、历史变迁的悲情传颂。而素盈年轻时哼唱的风筝歌《小踏青》："三月里来是清明，姑嫂二人去踏青，捎带着放风筝。出了大门往南走，拐弯抹角向正东，观一观是哪风……"②清新飘逸、舒缓明亮，以通俗贴切的语言为我们描绘了一幅春日纸鸢放飞图，这样惬意妩媚的风光更是与活泼开朗的素盈相映成趣，交织辉映。历史是无法被遮蔽的，它止步于岁月，匿迹在韶华，遁形于爱恨间，此时素盈的天真浪漫与在其后来在土改中历尽沧桑、受尽折磨形成鲜明对比，历史在时光隧道中静静地沉淀攒聚，不变的唯有那份处事坦然、顽强坚毅的民族性格。就连《非凡的大姨》中颇具英雄本色的女战士李兰芳，唱起那沂蒙山歌谣也是丝毫不含糊，"一呀一更里，月儿刚出山，奴在房中打算盘……"这些富有浓郁生活气息而又羞涩腼腆、悠扬婉转的民歌褪去了李兰芳身上的革命重担，穿越粗粝绵密的历史叙事赋予她纤细娇柔的心灵世界，让我们看到了一个人格健全的真实化女性形象。可以说，充满鲜活生命力的方言俚语，瞬间将掩藏在沂蒙深处如泥塑般屹立的山民推到小说镜头前方，让我们倾听到了来自社会底层、原始生命的真实声音。而充满地域色彩的民俗文化景观，不仅是苗长水碎片式生活记忆的撷取，而且在更深层次上昭示了作者艺术视角的转化和审美理念的嬗变，为其语言特色增添魅力。

朱向前曾直白地说过："我还很少见到有哪一位作家能像长水这样将

---

① 苗长水：《犁越芳塚》见苗长水：《犁越芳塚》，北京：作家出版社1991年版，第121页。
② 苗长水：《犁越芳塚》见苗长水：《犁越芳塚》，北京：作家出版社1991年版，第82页。

小说的'语言状态'和自己的'说话状态'如此水乳交融天衣无缝地合为一体……"①诚如其所言，苗长水的话语风格是口语化、通俗化的，阅读文本的过程仿佛是在与之面对面谈闲天的常态，仿佛在倾听一个农村老伯讲述悠远醇厚的革命战争故事，自由轻松、无拘无束。干净简练的语言娓娓道来，恰恰允合了农村老百姓的生活状态、文化气息。它浅显易懂、朴实无华，去除因技巧雕琢和华丽辞藻的堆砌带来的华而不实之感，反而更具浓郁绵密的情感张力和生活质感，更易感染读者。作者用口语化的清新口吻，建构了属于沂蒙人民专享的精神栖息地，实现了他对地域文化审美意蕴的追溯。我们来看一段简短的对话：

> "就你一个人在这山上住着，肯定觉得闷吧？李大哥。"
>
> "闷是闷得很呀，"李山说，"可人的窝儿也是不那么容易到处选的呀。这三间团瓢屋还是我爹小的时候，我爷爷盖的呢，到现在还挺结实，快有五十年了。这山底下还有七八户人家。这算是一个村儿。你老家是哪里呢？"
>
> "苏北。"
>
> "家里老人都在吧？"
>
> "都在。姐姐出嫁了，还有个哥哥。"
>
> "你有多大年纪了？"
>
> "二十三。"
>
> "我比你正好大出半旬呀，何青同志。"②

　　这段对话是何青初到李山家时所谈，两人虽然是初次见面的陌生人，没有任何交集，却丝毫没有距离感，这种随意自如的聊天感觉就像重逢相识多年的亲人挚友一般。对话中没有生僻杂糅的字眼，也没有绮丽花哨的词汇，简单朴实的话语却将两人的一颦一笑、一举一动惟妙惟肖地点染出来，亲切自然。而言语是一个人个性禀赋的外在形态，自然会彰显人物的主体性特征，所谓未

① 朱向前：《冬夜的怀念与祝福》，《时代文学（上半月）》2011年第5期。
② 苗长水：《冬天与夏天的区别》，见苗长水：《犁越芳塚》，北京：作家出版社1991年版，第8页。

"见其人，先闻其声"。从对话中我们可以轻而易举地想象出李山的质朴本分、何青的爽朗秀丽，两人的音容笑貌更是时常萦绕在读者的脑海中。苗长水以平易真切、含蓄蕴藉的口语化书写，毫不费力地完成了人物形象的塑造，不必绞尽脑汁却语言魅力长存。

（二）散文化的语言

除了质朴无华，苗长水的语言还以淡淡的、绵绵的诗意气质受到文坛的一致好评。他曾坦言："我的小说有散文倾向，比较清淡，不轰轰烈烈的。"①作者比较喜欢中国传统文化所渲染出的那种形神兼备的意境，所以阅读了孙犁、白先勇、川端康成的大量作品，寻求一种天然的东方式文化魅力。正是这一创作构想和抒情性文风的浸染，培养了他散文化的书写风格，使他的文本就像一幅纯美的风景画夹杂着淡淡的着墨和浅浅的色调呈现在读者面前。

苗长水的语言具有通俗化、口语化的表意特质，这主要得益于他对生活的体察入微和无限热爱，而白描手法的运用无疑为其增色不少。所谓的白描，是中国画技的一种，后延伸为中国传统文学的重要表现之一，追求一种去除雕饰造作后的自然简约文风。鲁迅说它是"有真意，去粉饰，少做作，勿卖弄"。②将美发挥到极致的孙犁曾言："白描要去掉雕饰造作，并非纯客观的机械的描画。如果白描不能充分表露生活之流的神韵，那还能称得上是高境界的艺术吗？"③显然，白描并非不施任何粉黛的简单描绘，而是要把握事物的神韵和真意，将其融化在口语化的言语中，平淡中见真奇，追求诗意的写实。因此，苗长水的语言实现了通俗和雅致、简洁和细腻、平实和优美的巧妙融合。它不是一味地照抄生活，而是加工洗练口语后的雅致语言，通过挖掘生活中的诗意神韵，赋予大众化语言一种诗性之美。白描手法的运用，以精练简约之笔描绘了清香四溢的自然风光，渲染了一种静谧温馨、自然和谐的意境氛围，率直而含蓄的语言风格，达到了余味悠远的文学效果，这也是苗长水雅致俗白语言艺术的总体追求。在《染坊之子》中，作者借少年润儿和赵林的主观体验，带领读者进入了玉洁冰清的宁静月色中：

① 苗长水：《心灵的种子》，济南：明天出版社1998年版，第36页。
② 鲁迅：《鲁迅全集》第四卷，北京：人民文学出版社1981年版，第614页。
③ 孙犁：《孙犁文集》第四卷，天津：百花文艺出版社1982年版，第492页。

润儿领他走到一处极幽静的地方。这地方被一片小树林遮住，一
色的圆石，直铺进汪水。大汪这时寂静无波，一弯月牙儿正从东面的
山垭缝里升出来，清光皎洁，照在纯洁湛澄的汪水中。①

这些通俗直白的言辞，没有佶屈聱牙、附庸风雅，更不见华丽辞藻的修
饰、杂糅多变的句式，寥寥几笔却仿佛具有了神奇的魔力，泉水的澄澈、青山
的巍峨、林荫的繁茂、明月的活泼，活灵活现，一幅远山湖水环绕的空明月色
图令人陶醉。明白如话的语言以少胜多，虽简约却抓住了事物的细节特征和神
韵气质，简而不粗，细而不杂，雅俗共存。在行云流水般的抒情表意中，可见
作者感知美好生活的情感底色和遣词造句的随心所欲，鲜活生动的语言不露痕
迹地彰显了作者非凡的艺术感受力，描绘了栩栩如生的艺术画面，点染了诗意
盎然的唯美情境。

苗长水的语言清新淡雅，如含苞待放的花朵，羞涩柔媚，虽平淡无奇却
比华而不实的言辞更感人肺腑。俗话说"浓情出淡语，浅语寓深情"，苗长水
在闲适生活中挖掘诗意的语言表征，同时将自己的细腻情思浸润其中，情溢于
辞，散发出浓郁的情感韵味，令人心醉神迷。林语堂曾说："如果我们没有
'情'，我们便没有人生的出发点。情是生命的灵魂，星辰的光辉，音乐和诗
歌的韵律，花草的欢欣，飞禽的羽毛，女人的艳色，学问的生命。没有情的灵
魂是不可能的，正如音乐不能不有表情一样。这种东西给我们以内心的温暖和
活力，使我们能快乐地去对付人生。"②苗长水是一个极具人文情怀的作家，
十分重视文学作品的情感力量。他擅长以充盈的诗情去感知和烛照人生，捕捉
普通生命个体瞬息万变的生存情态，坚定不移地为我们呈现人间温情的巨大辐
射力。冰冷的文字符号在真挚情感的浸润下仿佛有了生命灵魂，直白如画，含
蓄如诗。它不动声色地潜入人物内心幽微处，委婉地袒露人物纷繁复杂的内心
世界，以优雅浓烈而又干净利落的话语将人物形象的生命情态描绘得淋漓尽
致，富有生活情趣又不失人情韵味。《冬天与夏天的区别》中不止一次写到李
山对四季变化的感知，而内心独白的书写无疑是作者淳朴情感的自然流露：

① 苗长水：《染坊之子》，见苗长水：《染坊之子》，北京：华艺出版社1993年版，第221页。
② 林语堂：《生活的艺术》，西安：陕西师范大学出版社2003年版，第310页。

他感到骤然而来的严冬是那么凝重，时光的四季变化是那么令人心驰神往，令人思想丰富感情充足，这冬天来得多快呀，大自然的一切都随着冬天的到来而变得凝重，而你只有在这凝重之中，才能体会到时光转换之微妙，才能回味到春天和夏天到来时的欢乐。①

到了又一个夏天来到的时候，他体味着那季节变化的微妙……那温暖的风，湿润的雨，翠绿的叶子，总能使他想到何青……②

他觉得有一种感情在自己的心里轻轻荡漾着，这就是那种对季节变化的敏锐激情。四季变化，冬去夏来……③

重复雷同的话语多次出现在文本中，表露了李山真实的内心世界，而留白艺术的运用给读者提供了进行文本想象与重构的契机：何青和李山两人之间的感情到底是隐秘的爱情呢，还是纯洁的友谊？当读完整篇小说后，我们会发现问题的答案似乎并不重要，因为感情本来就是虚无缥缈的。我们并没有因为文本中语句的重复而觉得啰嗦乏味，反而在萧瑟的冬日、绚烂的夏天、妩媚的春光、旖旎的秋色中同李山一起感受心情的起伏波动、推敲情感的微妙变化。那含情脉脉的眼神、那细腻柔软的嗓音、那嘘寒问暖的关怀……一幕幕难忘的画面盘旋在李山的脑海中，温暖了一个善良孤寂的心灵。悲伤困惑过后的他重拾生活信心，全神贯注投入到革命事业中，以仁爱之心呵护着每一个弱势群体。苗长水强烈的入世情怀和细致入微的观察力，让我们徜徉在充满泥土气息的生活氛围中，感受小说中抒情化、散文化的诗性特质。雅致俗白的笔墨赋予了作品别样的审美气质，还原了生命本体的真实情态，也让我们体会到作者深厚的文字功底。

一直坚持自我创作风格的苗长水，在探寻追索民族精神的旅途中不断打磨着自己的语言特色。他将深广浓厚的生命意识、朴实真切的生活经验和自己的

---

① 苗长水：《冬天与夏天的区别》，见苗长水：《犁越芳塚》，北京：作家出版社1991年版，第17页。

② 苗长水：《冬天与夏天的区别》，见苗长水：《犁越芳塚》，北京：作家出版社1991年版，第33页。

③ 苗长水：《冬天与夏天的区别》，见苗长水：《犁越芳塚》，北京：作家出版社1991年版，第60页。

个体生命感受、浓郁磅礴的人文情怀以经络的形式融合在一起，实现了简约和细腻、平淡和浓烈、雅致和俗白的交汇统一，耐人寻味。

"大音希声，大象无形。"作为中国当代文坛不可或缺的独特存在，苗长水以明朗清丽、含蓄恬淡的文风为我们构建了一个充满温情的美好世界。他那空灵蕴藉、不落言筌的诗意化诉说，无声无息地叩动着我们的魂灵，似涓涓流水滋养着我们的心田。

第三节　《非凡的大姨》：民族精神纪念碑的文学书写尝试

苗长水发表于《时代文学》1989年第1期的中篇小说《非凡的大姨》，是一部引起轰动的文学作品。20世纪90年代雷达、宋遂良、吴义勤、李运抟、罗岗等众多批评家对《非凡的大姨》给予了热情关注和高度评价。在21世纪的今天看来，这依然是一个很奇怪的现象：在一个先锋文学受到极力吹捧和高度关注的时代里，山东作家却与这个影响深远的文学思潮失之交臂，乃至20世纪80年代"文学鲁军"兴起之后的较长时间里出现了停滞、裹足不前的现象。就在这样的文学氛围之中，苗长水以《非凡的大姨》为代表的一系列文学创作，却引起了国内批评家的关注。

20世纪90年代初期，批评家缘何青睐这位选择传统革命历史题材而非先锋审美思维的作家呢？雷达和罗岗的评论让我们嗅到20世纪90年代初期的社会思潮和文学审美嬗变的气味，还原了那个时代的历史文化语境，让我们初步了解到批评家在苗长水身上看到了什么"非凡"的因素。雷达认为，"他的创作是当前文学中的一个奇迹，一个几乎不可能出现的奇迹。他居然在对于当代读者已经普遍丧失吸引力的题材、人物和情节模式中，在一片旧的土壤上，营造出葱绿的、生机盎然的审美新地，发现了我们已非常熟悉且已失却兴趣的人物身上新的精神底蕴。这些作品的外观是那样的旧，但它们饱含的情感又是那样的新鲜和温热。这些描写四十多年前旧事的作品，几乎每一个故事都是似曾相识的，但在作家的笔下，不是使我们与之疏远了，而是亲近了，不是无动于衷，而是回肠荡气，这难道还不奇妙吗？"[1]在罗岗看来，"苗长水小说的出现被

---

① 雷达：《传统的创化——从苗长水的创作探讨一个理论问题》，《文学评论》1990年第2期。

某些评论家称之为'奇迹',因为他们很纳闷:为什么与20世纪五六十年代文学形态相近的苗长水的小说能获得今天读者的欣赏?其实,苗长水小说也体现出一种创新策略:再现。……再现策略是在对已遭破坏的原有秩序的弥补或再现中实现新的创造。"①显然,雷达和罗岗的话语呈现了当时批评家对苗长水作品的审美阅读感受,苗长水在大家熟识的、习以为常的文学审美思维中表现出了异样的、新质的东西,即"旧瓶"中酿出了"新酒"。雷达和罗岗的评论是非常精辟的,深刻阐述了苗长水作品的叙述结构特征和内在精神意蕴。在三十年后的21世纪的今天,我们重读苗长水的《非凡的大姨》,就会发现其所呈现的历史意义和审美价值已经超越了那个时代。

一、历史的纪念碑如何书写?

"仅就当代文学的发展来说,从20世纪40年代末到80年代末四十余年间,创作潮流和审美风尚的变迁何等急速,某些时期的文学形态已令人有恍若隔世之感了。那么,失去的是否就永远失去了呢?它们还有没有延续生命,起死回生,重返青春的可能呢?它们还有没有'再度发言'的机会呢?"②文学作品能否"重新复活",一个极为重要的因素就是,作品所呈现的文学世界能否与当下时代构成一种精神对话的关系,作者的思考与所提出的问题能否具有当代"问题性",成为当代人对现实发言的思想资源和精神背景。从这个意义上而言,苗长水的《非凡的大姨》不仅在20世纪80年代末具有鲜明的问题意识和对中华民族精神文化,尤其是当代红色革命文化的思考,汇入了当代文化历史语境之中,成为当代中国作家、当代中国文化思考者进行精神探寻的新起点。

纪念碑(monument)一直是古代西方艺术史的核心,巫鸿为此提出一个"纪念碑性"美学概念:"何谓'纪念碑性'(monumentality)?我曾经把这个概念与常规意义上的'纪念碑'(monument)加以区别。后者常指公共场所中那些巨大、耐久而庄严的建筑物或雕像,其被称为'纪念碑'是由于它

---

① 罗岗:《文化·审美·创新——革命历史题材文学创作的文化背景问题》,《文学评论》1991年第5期。
② 雷达:《传统的创化——从苗长水的创作探讨一个理论问题》,《文学评论》1990年第2期。

们的外在的尺寸、质地和形状：任何人在经过一座大理石方尖塔或者一座青铜雕像时总会称其为'纪念碑'，尽管他对于这些雕像和建筑的意义可能一无所知。'纪念碑性'则是使一座建筑、一个雕像或任何一个物件具有公共性纪念意义的内部因素，或可以说是这些物质形态所包含的'集体记忆'（collective memory）。"①"纪念碑性"是可以用来阐释现代革命历史文学的。作为现代中国革命史的一个重要组成部分，沂蒙山革命历史毫无疑问具有历史纪念碑式的价值和意义。以往沂蒙山革命历史文学与沂蒙山革命史具有互文性的内在精神结构性质，是从文学意义建构的一座语言纪念碑。但是，这种纪念碑性艺术付出了高昂的艺术代价："传统意义上的纪念碑往往体现了政治和宗教权威对集体记忆的控制和塑造。'纪念碑性'（monumentality）一词的拉丁字根是monumentum，意思是'使人回忆，并训诫之'。为了能发挥训诫的功能，官方纪念碑常常是庄严雄伟、非个性化的建筑，其庞大体量控制着所处的公共空间。法国学者乔治·巴塔伊（Georges Bataille）因此把这类纪念碑称为对抗人性的'堤防'：'正是在大教堂或宫殿这样的建筑形式中，教会和国家得以教诚群众，并使他们静默。'"②同样，以往的纪念碑性的文学同样体现了一种"对集体记忆的控制和塑造"，"教诚群众，并使他们静默"，成为一道"对抗人性的'堤防'"，其结果自然是造成了民众与革命文学、革命文化疏离的接受困境。

正是在这样一种文学审美局限和接受困境中，《非凡的大姨》呈现一种新型的历史审美思维方式，关涉了一个极为重大的时代问题：现代红色革命文化是否是一味地坚固的、宏大的、奋斗牺牲的、"集体记忆"的纪念碑性精神价值意义？在这坚韧的、宏大的、奋斗牺牲的、"集体记忆"的历史纪念碑下是否还包含了有关个体的、情感的、心灵的、被奋斗和牺牲的革命烈火所烧灼的灵魂的疼与痛呢？也就是说，现代红色革命文化能否从陈列于革命历史博物馆的凝固历史记忆、矗立于大地上的坚硬的历史纪念碑，转化为凝聚着一个个具有鲜活的生命记忆的、带有个体独特生命快乐与忧伤、从中可以触摸到粗糙的

① 巫鸿：《谷文达〈碑林——唐诗后著〉的"纪念碑性"和"反纪念碑性"》，《中国艺术》2010年第1期。
② 巫鸿：《谷文达〈碑林——唐诗后著〉的"纪念碑性"和"反纪念碑性"》，《中国艺术》2010年第1期。

老茧和深红血痂的疼与痛的灵魂史？从延安文学到"十七年"革命文学，我们的文学作品更多的是构建宏大的历史纪念碑式的革命文学作品，少有深入灵魂深处的、揭示在革命战争历史氛围内个体的带有灵魂痛苦挣扎的个体心灵史、情感史，乃至于我们的文学史如同一块块大理石纪念碑一样坚固而冰冷，难以走进人们的心灵深处，与今天的时代、读者发生心灵的情感共鸣。从倡导"主观战斗精神"、展现民族"精神奴役的精神创伤"的胡风被批判打倒之后，在一片"歌德派"的声浪中，现代红色革命文化的书写更是"烈火金刚"式的，愈难见到个人化的心灵史作品。我们不能不说这是文学史的重大缺憾，也是导致红色革命文化"面目生硬"、拒人于千里之外的原因。在红色革命文化重新兴起的21世纪的今天，学者吴晓东就提出疑问："昨天的英雄，如何打动今天的观众？"[1]显然，吴晓东的问题不是没有来由的。

而事实上，苗长水早在20世纪80年代末，就以《非凡的大姨》的文学作品形式呈现他对红色革命历史的审美思考：历史的纪念碑应该如何书写？历史的纪念碑如何走进时代的、历史的心灵深处，去除"纪念碑性"的负面代价，化为一个个鲜活的、生动的、可触摸与感知的、能与时代心灵结构发生情感共鸣的人物形象？在这个意义上，苗长水的《非凡的大姨》在21世纪的今天具有与时代对话的精神性价值和意义。

二、历史纪念碑的坚硬骨骼与柔软心灵

《非凡的大姨》显现了苗长水对历史纪念碑的一种独特的审美思维方式。小说中的主角李兰芳是一个有着坚忍不拔、勇敢顽强、敢于奋斗牺牲的纪念碑式的人物形象，可贵的是，作者打破了以往这种凝结固化的英雄人物形象的塑造方式，给这个坚韧的英雄战士赋予了一个隐蔽的个人化情感记忆、温热柔软的心灵，从而打破了"纪念碑性"艺术的内在思想规约。

小说开篇提到山东人称呼"大姨"的土气，而不是"阿姨"的洋气，貌似平凡寻常，却在不经意间点出了人物内在的心灵结构和精神气质。小说最初几段叙述自然平淡，作者开玩笑式地向我们提出了一个问题："为什么当初就让

---

[1] 吴晓东：《昨天的英雄怎样打动今天的观众？》，《中国青年报》2004年3月23日。

她那么从容地嫁了一个人？而没有和更多的人闹出点爱情悲剧喜剧？"这多少有些戏谑的味道，但是随着叙述的展开，我们却颇感失望地看到这是一个再寻常不过的革命历史故事：丑小鸭式的童年、侍候地主的苦难、看守尸体与野狼相斗、艾山妇救会长、肉身架桥支前，这都是我们所熟知的沂蒙山革命英雄历史的一部分。但是，小说就在中间开始了真正的故事：负责联络的前哨联络员询问这群支前的沂蒙山姑娘带头者的名字，不仅反复叨记下来，而且是且走且记，粉笔用完了，用石片刻在石头上，在牺牲之前，把"李兰芳"的名字刻在了用生命和鲜血夺取的"孟良崮主峰芦山大顶"的岩石上。这不仅成为一个"暂时的谜"，也成了小说叙事的减速器和细节的放大器。小说跳跃性的叙事结构至此开始变得舒缓温婉，从概括性叙述转为局部性工笔细描。"李兰芳"的名字成为小说故事的叙述核心。

先是农救会长发现了"李兰芳"的名字，问搞的什么鬼。听了农救会长的话，李大姨的脸才猛地红了，心里也觉得纳闷，"是谁这么写她的名字？她确实也还没谈过恋爱，没有哪个人需要这么反复念叨她的名字的。后来她又听另外的人讲也见到过这些名字，就不怀疑了，心里想过要去看看这些名字，看看到底是谁写的，也许字体能认出来。但这时工作正忙，又不能专门抽出身来跑去看这些名字，只好将这念头埋在心里。"①终于，在一个月夜里，李兰芳来到了芦山大顶，"她着了魔似的找着，摸着，几乎把每块石头都找遍了，摸过了，石头上的细沙粒磨得她手生疼，农救会长说的那些字迹还是没有找到。"在怎么也找不到的情况下，李兰芳认为或许叫雨水淋没了，再也找不到了。"李大姨心里一阵失望难过，一屁股坐到地上，依着块大石头呜呜哭了。自从参加革命，她就没有哭过，因此大家才觉得她性格坚强，能担当重任，是女同志中间一个好样儿的。因此才让她看护停尸房，直到年纪轻轻就当了副区长。这是她走向革命人生后的第一次哭，哭得十分悲凉，直哭了半个来小时才止住。"②李兰芳这一哭，不仅是她革命历程中的第一次哭，而且也打破了当代革命历史文学"纪念碑性"坚韧、顽强、勇敢的凝固化审美模式，构成了小说叙事的高潮。

① 苗长水：《非凡的大姨》，《时代文学（下半月）》2010年第7期。
② 苗长水：《非凡的大姨》，《时代文学（下半月）》2010年第7期。

　　自从听说了有人到处刻画着"李兰芳"名字的事情以后，这个在革命风雨中经受过无数考验、从不考虑个人得失的女英雄战士，开始有了一份属于个人的、隐秘的心事。月夜寻找不遇而失声痛哭，无疑是女英雄战士内心深处的女儿柔情的一次集中外露与宣泄。这一哭非但没有削减李兰芳的英雄本色，反而为其英雄本色更增添了几份明丽的儿女柔情，愈发动人肺腑。至此，"她的心里还是有一种异样的感觉，老是不能忘了这三个字。生产救灾还没过去接着就来了土改复查运动，斗争地主富农分浮财，带领民兵队打击还乡团，工作照样紧紧张张匆匆忙忙，但稍有一会儿空闲工夫，那种感觉就会涌上她的心头，甚至有时还会叫她想着，默默地流几滴眼泪。"①显然，"这是她长大成人后第一次有了这种缠缠绵绵的情感，总是排除不掉。一直在默默地等待，希望某一天那位写下她名字的同志会突然出现在眼前。尽管她和范从军已经猜到了，他是为什么而写的。但她还是默盼着能再见到他，哪怕能再亲亲热热地说说那晚上的经过也好。"②

　　就这样，《非凡的大姨》从前哨联络员刻画"李兰芳"的名字开始，渐渐就突破了以往的红色革命英雄叙事的"纪念碑性"模式，在赋予了历史纪念碑以坚硬的历史骨骼的同时，精心描绘出了历史纪念碑内在的温热、柔软的心灵。这在一定意义上，改写了以往的革命英雄叙事模式，如同苏联时期的名作《第四十一个》一样，呈现了革命英雄个体的内在心灵情感史。

　　按照巫鸿的"纪念碑性"观念，历史纪念碑的坚硬骨骼与柔软心灵本来是相冲突的，怎能融合为一个鲜活的、有生命力的文学文本呢？苗长水的《非凡的大姨》文本中的众多民俗化描写，不但为历史纪念碑增添了别致的地域文化内涵，而且也以一种经络功能的方式把历史纪念碑的坚硬骨骼和柔软心灵串联起来，为二者的融合做了极好的衔接与过渡。李兰芳在守尸房工作的时候，房东老大娘要李兰芳进门前先喊一声，"大娘就急忙点着草纸，围着她的身边转遭儿烧上几圈，驱驱那些阴魂鬼气，才叫她进门"；在支前路上，战士们恳求这些姑娘们唱歌解闷，李兰芳等人就唱开了，"一呀一更里，月儿刚出山，奴在房中打算盘"；小说结尾的时候，童伯伯同样用沂蒙小调儿的《采茶十二个

① 苗长水：《非凡的大姨》，《时代文学（下半月）》2010年第7期。
② 苗长水：《非凡的大姨》，《时代文学（下半月）》2010年第7期。

月》打动了李兰芳的心。这些民歌民俗文化所具有的奇观化、地域化、浪漫品格与小说中所呈现的李兰芳的芳心柔情恰好相映成趣，成为李兰芳柔软心灵的文化背景与情感底色。毫无疑问，这些民俗文化景观的呈现不仅昭示作者坚实的生活功底，而且在更深层次上体现了作者审美艺术理念的变迁。

三、"李兰芳"名字的精神隐喻与当代性"问题"

"我们在这里谈论苗长水，其意义应不限于评价一个具体作者的得失，而是由此思考当代文学的生命存在形式中非常奇特的一种，并且还涉及传统的创作、时空的处理，对民族精神的理解等一系列问题。这是值得作一番探讨的。"①苗长水的作品不仅仅是为我们呈现了一个新颖、另类、异质的故事，具有新的审美叙事策略，更重要的是由历史纪念碑的内在柔软心灵而展现了对"民族灵魂"的追索。毫无疑问，《非凡的大姨》，内有大义深焉，不应该忽略作者所传达的精神隐喻。在21世纪的今天，这一精神隐喻更加彰显和珍贵。

《非凡的大姨》故事中心内容和核心线索，就是被刻画在石碾上、栗林中和芦山大顶岩石上的"李兰芳"名字，让这位坚韧的英雄女性第一次产生"缠缠绵绵"的女性生命意识、爱的感觉和被认可、铭记的价值体验。但是，对于刻画"李兰芳"名字的前哨联络员于德林来说，名字所引起李兰芳的一连串心理反应也许会大大出乎他的初衷。

显然，作为前哨联络员，这是一个与当地民众打交道最多、最直接的革命干部，尽管他接触过众多沂蒙山女性，了解她们深明大义、牺牲奉献的宝贵民族精神，但还是被李兰芳等女性在冰凉河水中以生命肉身来铺路架桥的革命行为所感动，从而产生了一种巨大的心灵震撼和记录英雄名字的强烈愿望。在战火纷飞的革命岁月里，作为与民众联系的前哨联络员内心所焦虑的不是自己的生死，而是让人们——后来的人们如何记住那位为革命胜利做出无私奉献的群众英雄"李兰芳"的问题。这是一个超越个人安危的、事关后来人的历史记忆的价值问题。因为"他的预感很正确。他要不一路把这名字写下来，人们也

---

① 雷达：《传统的创化——从苗长水的创作探讨一个理论问题》，《文学评论》1990年第2期。

许也就忘记了这个名字和这些架起人桥的妇女们了"。像沂蒙山等革命老区还有多少个无名的群众英雄故事,也许正是源于这样一种革命的、集体性记忆的缺失与遗忘,于德林这位前哨联络员愈是想为后来的人们存留下一个群众英雄"李兰芳"的名字。从这个意义而言,于德林用粉笔、石片刻下的"李兰芳"名字,这是一个革命干部在意识到死亡随时都会临近的情况下,对历史的一种无声的交代,是一位革命干部的历史自觉,是为后来人所树立的关于一个人的具有新历史主义性质的历史纪念碑。

不幸的是,于德林的担忧正成为一种现实。小说中李兰芳和姐妹范从军有一段对话,非常耐人寻味:留在上海的范从军对李兰芳说,"我们将来一定不会忘了你……",李兰芳打断了她的话,"什么我们你们的!……"但是,革命胜利之后,城市与乡村、干部与农民,自然有了"你们"和"我们"的界限与分别。《冬天里的春天》《高山下的花环》等优秀文学作品一再显现出,"我们"正在渐渐遗忘了"你们"。当代中国农村问题学者于建嵘先生在一篇演讲中提出一个尖锐的问题:20世纪的中国,我们是否背弃了"革命时期"对工农阶级的承诺?从中国共产党成立到"打土豪,分田地"的工农暴动、革命老区人们用生命和鲜血拥军支前、土改工作队"我们共产党是穷人党"的豪言,20世纪的中国已经积淀了一种指向工农大众的红色革命文化遗产。"这种政治遗产对于成为了执政党的共产党而言,可以说是一种沉重的历史负担也可以说是一笔宝贵的财富。……如果将那些革命时期保留下来的政治遗产视为执政党的财富,又可以获得工农大众对其合法性的广泛认同,并为全面扼制正在强化的排斥性体制提供力量。"[1]《非凡的大姨》中的于德林超越个人生死,也要刻下"李兰芳"名字的意义就在这里:永远不要忘了那些无私牺牲的"李兰芳",那些默默无名作出奉献的贫困老区人民。正是在这个意义上,苗长水的《非凡的大姨》具有一种强烈的精神隐喻和历史指向,汇入了当代红色革命文化重建的精神思潮之中,为21世纪中国向何处去提供了来自历史的思想坐标。

因而,重读苗长水的《非凡的大姨》所给予我们的精神启示是多重的。从中,我们看到的不仅仅是历史的重新书写,而且是在心灵的意义上重构中华民

---

[1] 于建嵘:《转型中国的社会冲突——对当代工农维权抗争活动的观察和分析》,《凤凰周刊》2005年第7期。

族的精神纪念碑；不仅仅是新历史主义景观的重新发现，而且是凝聚着鲜血、苦难和坚忍不屈的生命记忆和个体情感的心灵史，还有着对未来强烈的情感和政治指向。显然。这是对民族精神纪念碑的一次成功的文学书写尝试。尽管小说还有着叙述冗长、实大于虚、平淡芜杂等不足，但重要的是已经较为明确地传达出了作者的审美理念：历史的纪念碑不仅仅有着显在的坚韧的骨骼，它还应该有一个温热、柔软的心灵，以及所矗立的坚实而又宽广的母性大地。

第四节　苗长水小说创作的独特价值

从早期的创作积淀到沂蒙山系列小说的人性人情美，再到21世纪以来颇具英雄主义色彩的现实军旅小说，苗长水以一种西西弗斯式的殉道姿态执意于探寻人类灵魂的诗意栖息地，在现实的坚守下重铸标识着自我印记的文学大厦。古往今来，成功人士都是甘于寂寞的，经历十多年沉寂状态后的苗长水打破沂蒙山小说那种诗意浪漫的书写模式，全方位呈现和平岁月里部队生活的真实现状，在对以往经验的扬弃中实现了自我突围和超越，更具与时代对话的社会价值。身为读者，我们能从作者创作转型的审美嬗变中探析到其精神成长变化的艰辛历程，从其不破不立的决绝姿态和沉着冷静的理性思考中感受到其对民族精神的执着探寻，从其创作立场的位移和腾挪间感知作者深沉幽广的终极人文关怀。

在漫漫三十余载的创作道路上，苗长水胸怀人文主义的创作理想和知识分子的道德良知，兢兢业业、全心全意地建构自己心目中的文学理想国，并多次探索自我实现的无限可能性。其对人性人情美的讴歌、对当下部队现实状况的密切关注、沉入生活现场的创作姿态，对扭转当下信仰缺失、精神涣散、道德失落的社会风气有一定的导向作用，为浮躁凌厉的文坛带来一股清新自然之风、朴实刚正之气。因为尊重，所以苛求。一位作家再完美，也会存在一定的创作缺憾；一部作品再优秀，也会存在些微瑕疵以及表达欠佳的地方。不可置否的是，苗长水的作品中同样存在着许多缺憾和不足，诸如主体情感的过度释放、个人化语言的随意堆砌、理性精神的淡化，再如叙述过程的散漫拖沓、故事素材的重复使用导致文本结构的臃肿等问题，我们应对其作品做出客观公允的评价。

一、苗长水沂蒙创作的独特价值

作为中国当代文坛不可或缺的独特存在，苗长水的沂蒙系列小说空灵蕴藉、不落言筌，似阵阵清风温润滋养着我们的心田，无声无息地叩动着我们的魂灵。所谓"大音希声，大象无形"，作者以明朗清丽、含蓄恬淡的文风为读者开启了一个充满人间温情的美好世界。无论是在当代沂蒙文化书写层面上，还是对革命历史记忆的重新阐释，苗长水作为文学视域中的个案标本，其鲜活生动的文本写作触动着时代脉搏，为当代文坛提供了别具一格的审美范式，留下了深沉的思考和启示。

（一）沂蒙文化书写的新向度

苗长水的沂蒙山系列小说在横向维度上开拓了当代沂蒙文化书写的审美视域。他以悠长深广的道德人文关怀和直逼人性的现代启蒙意识，书写了新时期以来的沂蒙文学新篇章，成为"文学鲁军"的中坚力量。再加之军人的特殊身份和独特生命体验，便于他更好地汲取原苏联和欧美军事文学的营养，自觉地连缀起沂蒙小说和军事文学之间的纽带，增添了小说中战争、人性、革命等质素。苗长水打通了革命历史和个体生命、道德伦理和人性人情之间的鸿沟，为当代文坛提供了一种新的观赏视角和叙述模式。在那个先锋浪潮、形式实验、高谈阔论遍布文坛的年代，实利主义风气风靡整个社会，文学象牙塔的面貌在不停地发生变化，无形中消解了历史价值、道德意义、情感力量。苗长水却不为喧嚣浮浪所动，偏居一隅，坚守自己的文化信仰，融入了"文学鲁军"的大家族之中，浅酌低唱沂蒙大地上的风土人情、人性之美，形成了独特的个人风格。

同样是20世纪80年代情系沂蒙的山东作家，刘玉堂、赵德发、王兆军等人都是在沂蒙农村土生土长的，而苗长水具有城市童年和乡村记忆的双重生命体验，以一种走出去又走回来的观察性视角描摹沂蒙这方水土。他们虽然共有醇厚深刻的沂蒙记忆和文化脐带，却以不同的文学笔调和叙述视野写出了不一样的沂蒙风光。在刘玉堂的沂蒙创作中，故事背景大都和意识形态色彩浓厚的政治运动相关。比如《乡村温柔》在人民公社、"大跃进"、包产到户等历史事件的罅隙中展开。《秋天的错误》开篇便是"因为上级的一个电话迅速地狂热起来"，乡人们以饱满的政治激情投身到这场荒诞的大炼钢铁运动中。作者往往从一个温情叙述者的角度，刻意隐去自身的主观感受和审美倾向，将带有集体记忆的政治事件和沂蒙普通民众的日常生活相融合组成小说的主要情节，本着特有的平民写作立场，以一种戏谑、嘲讽、幽默的叙述方式重构民间历史，解析个体生命在泥土间的奋力挣扎、彷徨踌躇、欢乐幸福，让我们见识到了革命战争年代根据地人们真实的生活境况、命运沉浮和世事变迁。这里的历史不是沉重的、难以承载的，而是充满了戏剧意味和生活气息；这里的生活不是没有血泪和苦难的人间天堂，而是在考问思辨历史的过程中流露出一种不和谐之声。他无意介入对特定政治语境下的历史生活做出主观评价，而是采用一种疏离淡化政治背景、消解主流权威话语的霸权地位的写作理念，"用一副不经意、不提炼的口语，颠来倒去地讲述一份黏稠的生活"①，怀着浓郁的乡土情怀遥望和追寻那片窗明几净的精神家园和灵魂栖息地，还原混沌醇厚而又充满喜怒哀乐的沂蒙乡土生活。赵德发早期的沂蒙文学创作同样关注的是沂蒙人在革命历史缝隙中被遮蔽的生存状态，以现实主义创作手法和朴实自然的笔触烛照普通小人物的命运变化，借此审视历史、反思战争。同时文本中随处可见的沂蒙民俗风情书写，表达了作者细致绵密的乡土情感和浓厚深沉的悲悯情怀，为我们呈现了原汁原味的沂蒙世界，温情色彩比较浓厚。比如《通腿儿》中介绍了"通腿"睡觉这一民间习俗、《赶喜》写了要饭的人四处乞讨赶喜这一文化习俗。不过，赵德发的创作并没有停滞拘泥在沂蒙文学视野中，而是立足现实，有意淡化文学作品中的政治色彩和沂蒙山痕迹，以宏大的史诗性叙事手法重新梳理审视农民群体在历史长河中的精神流变和心路历程，将伦理道德、乡土文明、宗教文化等精神命题有机融合在农民实践之中，展现了作者对社会进程中政治、经济、思想等层面的理性思考，具有宽广的纵深感和历史厚度。比如《缱绻与决绝》中作者以文学之笔记载了不同历史阶段农民复杂的土地情结和心理变化，从对土地的痴迷依赖到背离抛弃，浓缩了特定文化语境下农村文明、生存方式、农民命运的变迁。

而苗长水的沂蒙山创作以一种诗化叙事风格营造了一种清新飘逸之感，在

---

① 张炜：《沂蒙灵手——读刘玉堂》，《上海文学》1995年第2期。

叙述方式和语言风格上有别于同期其他沂蒙作家。作者的童年在城市度过，因此他脑海中的沂蒙乡村记忆转换在文本中不再是单纯的还原和呈现，而是在想象加工、美化修饰的基础上注入强烈的个体主观感受，侧重于对乡间淳朴情感和人间温情的颂扬，是在新时期语境下对人性人情、革命历史的重新体认。苗长水文笔细腻，他深深地扎根在沂蒙文化的沃土之中，仿佛天然有一种捕捉和摄取美感的能力，他尤其看重沂蒙山区人民身上善良淳朴的心地和精神气韵之美，进而深情礼赞伟大的生命本真力量和坚韧不拔的民族性格。小说中没有宏大的史诗性结构，又极少描写躁动狂热的政治运动和厉兵秣马的战争场景，却总能在平淡俗常的生活氛围下、在革命战争的残垣断壁中发掘出震撼人心的性灵之美，这种探美风格和主情特征成为苗长水的独特标志。比如《秋雨之艳》中精心塑造了伶俐乖巧、活泼干练的乡下女子香艳这一人物形象，她文化水平不高却有极强的求知欲、生活质量不佳却对未来寄寓了饱满的热情和希望。贫苦的家境逼迫她只得以自己的幸福为代价为哥哥换来一份婚事，然而这些不幸的遭遇并没有压抑束缚她开朗豁达的天性，而是通过自我调节，扫除阴霾和不快，乐观畅快地生活，满怀希冀地憧憬美好未来。"小脸儿像牡丹一样娇妍，笑声在烟雨中传来，那么洒脱，充满热望，充满活力。"[①]至此，香艳的音容笑貌、乐观性格一直记在"我"的脑海里，久久不能忘却。小说简约畅达，以清新自然和诗意浪漫的笔调刻画出沂蒙百姓善良淳朴的性格以及天性中葆有的温和情愫，不动声色间颂扬了生命个体的真善美本性。再如《染坊之子》则通过润儿和赵林这一对染坊儿女的自强不息，展现了沂蒙人在战争状态下的人性之坚。善良开朗、聪明美丽的少女润儿在一次土匪围剿村落的事件中，经受了家破人亡、被蹂躏欺辱的悲惨遭遇。然而，她直面苦难，在身体恢复之初，用弱小的身躯勇敢地撑起染坊事业。经历挫折之后的她把维持一家生计的染坊事业，作为生命的再造和精神依托，在劳动中变得更加成熟自信，更加坚定执着，这也是作者对生命尊严的体认和尊重。这个本应幸福美满的家庭却又生不逢时，再次遭遇蝗灾、瘟疫蔓延的折磨，可敬的是润儿和赵林凭借超脱困境的机敏智慧和刚毅决绝的求生意志，战胜了灾害和病魔的困扰，其自然本真的性灵情致在劫后余生的波折遭际中得到升华。作者以犀利的目光窥测身处生命逆

---

① 苗长水：《秋雨之艳》，《人民文学》1990年第4期。

境中的沂蒙人坚韧顽强、不可泯灭的生命活力，发掘普通百姓身上那种被战争、政治所遮蔽的自然本性。苗长水心系沂蒙大地，情系真实敦厚的沂蒙百姓，感念在激情燃烧岁月中深似海、浓于血的战友情谊，于是将思绪放纵到遥远的往昔，停留在刻骨铭心的沂蒙记忆中，含情脉脉地追忆心目中魂牵梦萦的山水人情和民俗风情，重新挖掘民间传统文化资源，书写那方故土上芸芸众生的生命韧性和仁爱性格，以诚心正意的情感、细致渺远的幽思、平实随意的语言建构了一个诗意浪漫的理想世界，在含蓄隽永中平添刚健奇崛之感。这种体察入微的人性视角、细腻真挚的探美主情倾向、诗意浪漫的叙事风格写出了独一无二的沂蒙风光、打造了鲜活温馨的艺术世界，标志着沉寂许久的沂蒙主体精神的再次复苏，其成功范例为当代沂蒙书写提供了独树一帜的审美视域和叙事模式，为沂蒙文学的繁荣做出了重要的贡献。

（二）革命历史书写的"婉约派"

苗长水的沂蒙山系列小说在纵向维度上拓宽了革命历史小说的叙事维度，揭示了附着集体记忆的历史纪念碑下所遮蔽的个体灵魂史，丰富了军事文学的表现视域。小说通过对历史烽烟中人性美、人情美的颂扬，捕捉带有独特生命印记、温热细腻而又夹杂疼痛感的鲜活灵魂，淡化革命战争的创伤、软化历史记忆的骨骼，在心灵意义上重铸宏大的民族精神纪念碑，为重新认识和书写红色革命文化做出了开拓性贡献，具有重要的启示意义和审美价值。

纵观革命斗争历史题材文学创作的发展历程，其变化趋势同时代的变迁息息相关，革命斗争在被历史化的同时承载着为主流意识形态、权威话语机制代言的使命，通过慷慨悲壮的革命英雄群像和磅礴壮烈的战争场景，为读者呈现记忆中革命历史的想象镜像，但是缺乏个人化、感性化的生命体验，与现实生活日渐疏离。尤其是1942年毛泽东《在延安文艺座谈会上的讲话》的发表，提出了文艺应当为政治服务、为工农兵服务的创作方向，具体而鲜明地规约了作家的创作和文学的发展路线，催生了一大批契合权威意识形态要求、统摄于政治思想层面的革命历史小说，比如《黎明的河边》《红岩》《红日》《林海雪原》《铁道游击队》等红色经典文学。这些作品具有直接的现实性品格，以饱满的革命斗志热情讴歌革命英雄主义和乐观主义精神，全景式再现革命战争的壮烈图景和磅礴气势，抒发艰苦卓绝斗争中的军民鱼水情谊，成为20世纪五六十年代的文学主旋律。小说为凸显历史纪念碑式的史诗性品格，满足主流话语与时代的政治诉求，有意将生命个体的人生价值粉碎后融入到集体中，淡化甚至抹灭个人化真实情感、错综纠葛的内心状态，无形中形成了僵化的英雄主义模式。当然我们不能否认红色文学的历史价值，毕竟其在一定程度上满足了当时读者急于了解革命史实的阅读期待，鼓舞了人们的爱国之情和革命激情。但是作品中人物群像脸谱化、概念化，日常经验质地单薄，情爱叙事匮乏，鲜活的革命历史凝结固化，难以进入大众的心灵深处，客观说来其文学性价值并不高。此外这些传统的革命题材、故事情节、人物形象，从时空间隔的角度来说，已与当下读者的口味相去甚远。因此在重拾红色革命文化经典意义的今天，如何将有生命、有温度、有情感的文学呈现在读者面前，"昨天的英雄，如何打动今天的观众"①便成为当代文学创作考量的重要维度。在这个意义上重新审视苗长水的创作，其沂蒙山系列小说具有与时代对话的价值和意义。

苗长水在传统革命历史题材中重新表述历史的同时，不落窠臼，立意新颖，在思维观念、艺术手段、表现技巧等方面推陈出新，不断充实自我，追求自己独立的叙述风格，让我们看到了历史书写的另一种可能。他那诗意浪漫的表达手法，为当代文坛找寻到一种触摸历史的新手段，打破了革命历史小说英雄史诗式的叙事模式，执意于捕捉生命个体被历史遮蔽的隐秘世界，发掘普通民众在苦难境遇下的性灵之美，实现了从革命历史的史诗性建构到对革命战争的批判反思的跨越，再现革命战争境遇下强大的民族生命力，具有别样的审美特质。作品中的革命历史战争只是作为人物出场、故事情境的一个背景，战争的硝烟、历史的沉重与沂蒙老百姓在战火纷飞下宁静恬淡、质朴淡泊的内心形成强烈的对比，不动声色中增强了文本的艺术张力。作者在淡化战争血腥的同时，将自己的人道主义理想镶嵌在文本中，以大道低回、大味必淡之势，讴歌芸芸众生身上固有的善良本性和坚韧执着的民族精神。润儿、李山、素盈、李兰芳都不过是"历史大道上的无数车前子草、狗尾巴草"，但是作为民族文化染缸中自然纯正的生命本体，他们平凡外表下淳朴善良、仁爱宽厚、无私奉献的精神气质，正是中华民族精神的外溢和再

---

① 吴晓东：《昨天的英雄怎样打动今天的观众？》，《中国青年报》2004年3月23日。

现。作者无意于全景式再现革命战争的宏大场景，摆脱了革命历史小说书写模式的政治桎梏，旁移战争，独辟蹊径，以一种温情诗意的笔触和浓郁细腻的情思探寻人性人情领域，大胆地挖掘人物形象潜藏在历史深处的个人化情感世界，深入个体灵魂深处触摸凝聚着血与泪、疼与痛的鲜活生命记忆，彰显民族精神和人性情感的巨大力量。比如《我的南温河》以含蓄平淡的笔墨写出了战士周秋波和护士傅利之间纯洁美好的革命友情，而从他们的交谈中又流露出彼此间的浅淡爱意，"花儿开了会败，誓言发了会被遗忘，人的欲望满足了还会有新欲望，只有我们心心相印最好"①。这样自然纯真、隐晦朦胧、如梦如烟的情感，让我们在硝烟弥漫的战争画面中寻得一方净土，抚慰着我们日渐被战争麻痹的心灵，重拾对爱情、亲情、友情的信心。苗长水以娴熟的笔法和饱满的温情，体察人物情感的丰富色调和多姿变幻，准确把握生命个体的隐秘情思，倾心于那种毫无矫饰、冰清玉洁的纯美之情。正如法国哲学家福柯所说：重要的不是话语讲述的时代，而是讲述话语的时代。作者没有执意于恢复历史的本来面目，更缺乏重新回归历史现场的现实条件，因而在对往事的极力遐想中，添加自己的主体精神烙印，捕捉历史罅隙中的人性光辉，完成对人性和历史的反思，实现革命历史题材的创化。从《冬天与夏天的区别》中李山和何青的朦胧情愫到《非凡的大姨》中革命战士李兰芳的个人情思，从《染坊之子》中润儿坚忍顽强的民族性格到《犁越芳塚》中素盈对历史痛楚缄默不语的隐忍性格，这些小说在探寻沂蒙普通民众朴素美的同时，为当代文坛提供了一种追溯历史记忆、再现民族灵魂的新视角。

二、苗长水 21 世纪以来现实军旅小说的独特价值

21世纪以来，苗长水的创作视野进一步扩展，直面和平年代部队现实生活，沉着冷静地梳理和思考中国当代军人的现代性焦虑。他秉承专业军旅作家的职责本分、操持知识分子的文学良知，坚守在现实军旅文学创作现场，心无旁骛地挖掘军旅题材这口深井，不断攀登着思想和精神的高地，续写21世纪以

---

① 苗长水：《我的南温河》，见苗长水：《染坊之子》，北京：华艺出版社1993年版，第295页。

来军事文学新篇章。无论是《超越攻击》中军队传统和现代化军事改革的深沉反思，还是《军事忠诚》中部队国防建设后备力量的定点聚焦，我们都能从作品中感受到浓厚的英雄气概、阳刚气息，体味到作者强烈的忧患意识和崇高的使命感。

在当下文学创作题材边界模糊不清、世俗化和欲望化叙事裹挟其间、道德伦理面临失范的多元异质大背景下，苗长水对军旅文学的长期坚守及其深度思考就显得弥足珍贵。其贴近地面的创作不仅保持了军旅小说固有的本质属性和美学风格，为沉寂已久的军旅文学注入了新鲜活力，对21世纪军旅文学的发展也产生了标志性的意义，而且关系到社会意识形态的走向和人们的价值判断，有助于弥补经济迅速发展所带来的思想空洞问题。总之，苗长水21世纪以来的现实军旅小说在当代军旅文学乃至中国当代文坛留下了浓墨重彩的一页。

（一）贴近地面的写作

21世纪以来，我国步入中国特色新型军事化改革的新阶段，在部队生活、军事思想、指导方针、军人形象、武器装备等方面发生了翻天覆地的变化。诚如有着丰富军旅生活经验的作家柳建伟所言："在这十几年，我们这支军队已经初步完成了由机械化时代到信息化时代的飞跃；在这十几年，我们这支军队官兵的成分，受教育的程度，接受新观念、新思想的能力和速度，已经发生了革命性的变化。"[①]进入社会转型期的军旅文学在新军事改革背景之下，由原来单调划一的格局转变为纷繁多姿的文学面相，受主流政治思想规约已久的军旅作家开始以个人化写作姿态对军旅题材展开新一轮文学想象。这里的个人化写作重在突出作家本体的主观感受和生命体验，无疑是对以往政治色彩浓厚的集体思维方式的反拨，作家可以灵活自如地深入军营内部生活，把握和体会军人真实的情感世界，透析和再现部队存在的混乱之象，在此基础上，重构和展望军队未来发展的美好前景。宽松自由创作环境下的21世纪军旅小说极大地开掘了军事文学的创作视野和表意空间，作家以独特的观察视角和多样的艺术手法探索考究和平年代部队生活现状，多维度、多方面反思军事改革中的问题症结，囊括了战争传奇、英雄话语、婚姻情感、军人生活等题材领域，还原和表

---

① 柳建伟：《军队作家要迎接时代挑战》，《人民日报》2013年6月28日。

现了被主流政治意识形态所过滤的个体生命情感，开辟了一系列鲜活生动、可持续发展的生长点，涌现了一批文学佳作，比如，徐贵祥的《明天战争》《八月桂花遍地开》、周大新的《战争传说》、朱秀海的《音乐会》、柳建伟的《石破天惊》、李西岳的《百草山》、石钟山的《父亲进城》等彰显了21世纪军旅小说作家源源不断的创作活力。

然而重新审视和梳理21世纪以来军旅文学的创作现状，许多职业军旅作家已经离开部队生活，不仅对目前正在改革中的军旅生活有些疏离和隔膜，有的甚至质疑和动摇军旅题材本身存在的价值和意义。军旅小说虽然在数量和篇幅上已有长足进步，但是却与当下现实生活拉开了一定距离，缺乏与普通读者的情感共鸣，基层官兵甚至处于失语的地位。再加之在政治语境弱化、商业语境强化的时代背景下，传统的文学生产机制、传播媒介、评价标准都发生了一定的位移，市场经济热潮和消费主义机制的冲击和带动，诱惑着21世纪军旅创作循着世俗化、欲望化的书写路径扬长而去，热衷于历史和传奇的想象，标榜和追逐经验写作。经验叙述承载更多的是对过往历史的反思和虚构，在一定程度上会因疏远生命痛感而使文学作品失真，这种添加佐料后的非纯粹化的军旅小说便丧失了现实写作的厚重感。而刘猛的特种兵系列小说、麦家的军事情报小说迎合了大众的审美眼光和猎奇心理，满足了读者的阅读期待，虽然受到读者的极力追捧，却逐渐陷入了类型化叙事套路中。英雄传奇的复写和通俗化写作的大行其道，淹没和占用了军旅小说的生存空间，呈现出人物形象扁平化、故事情节雷同化等倾向。在笔者看来，当下中国文坛缺乏的是有思想、有温度、有力量的作品，缺少的是那种朝气蓬勃、鲜活生动、充满穿透力且能照亮读者心灵的文本。很多作家已经忘却了文学的本质和创作的初衷，丧失了感知和体认生活的行动力，思想的平面化降低了作品的深度和厚度，更遑论对社会整体风貌和时代精神的呈现、提炼和概括，军旅文学亦是如此。

德国诗人荷尔德林曾说，文学可以为存在作证，而存在又是文学的永恒精神母题。文学作品的根本价值就是揭示人类存在的真实面貌，传达人们的真切情感和审美需求。而苗长水21世纪以来的现实军旅小说中部队基层生活的镜像呈现以及对和平年代国防建设的理性思考，正是在此意义上见证了他对当下军旅生活常态的执着探寻和密切关注，其贴近地面的创作姿态无疑是对当下军旅文学商业化写作的坚定反拨，作品中爱国主义、理想主义精神信念的高扬更是彰显了苗长水崇高的责任感及敬业意识。身为职业军旅作家，苗长水的根深扎在军营内部，与士兵同吃同住同生活，以冷静的文笔和纯粹的写作记录着部队生活的存在，像一个孤独而隐忍的战士，守望着军旅精神家园，其贴近地面的创作姿态成为纷繁驳杂背景下独一无二的风景线。小说《超越攻击》以宏大的叙事特征切入军营内部，重建虚构叙事和现实生活之间的复杂关系，深刻揭示部队现代化转型中传统和现代两种思想观念之间的矛盾冲突，全景式再现和平时期科技化、信息化背景下的军旅生活。小说中的王牌军师272师是以济南军区摩步师为原型的，作者为写好这部小说，深入摩步师内部密切采访，搜集整理素材，和师长、政委、战士不眠不休地谈论军事文学，倾听每个人的战斗经历，全身心参加中俄联合演习的所有过程等。小说中描写生动的面膜事件、拔旗事件都是政委等人内心吐露出来的真实故事，那充满生活化的气息、活灵活现的人物语言串联起了272师生活场景的各个方面，满足了读者对军事文学的阅读想象和期待。同时，作品中当代英雄"寒星"是新型高素质军人形象的典型，拥有高学历的他军事素质超前，自上任以来就直面一切反对势力，大刀阔斧地整顿军风军纪，矢志不渝地改革部队陈旧的思想观念，以身作则，最终凭借辉煌的演习结果得到了大家的一致认可。这一人物形象来源于真实的部队生活，得益于作者沉入生命的创作立场。如果说《超越攻击》是对军营日常生活、部队改革现状的宏观整体再现，那么《梦焰》中那些平凡普通、经历单纯的基层官兵形象，则整体上给人一种激情澎湃、神采飞扬之感。小说中除却歼击机、预警机、轰炸机、航母等未来战场中的新型作战装备，萦怀于心的便是那一个个机智果敢、吃苦耐劳、朝气蓬勃的基层官兵形象，比如捣蛋鬼马超、军事迷刘晓光、好脾气陈辉龙等。那一场场规模宏大、气势磅礴的模拟作战场景，更是散发着作者长期浸泡在基层部队中所酝酿出的兵味，经久不散。《军事忠诚》中，苗长水将笔触深入到军队国防后备建设这一新领域，从题材上弥补了21世纪军旅文学创作的一个空白。作者只身深入军分区基层部队，体验琐碎而繁重的生活，花费一年时间追踪采访平民百姓和基层官兵，搜集预备役征兵、抗洪救险、南水北调、社会治安等素材并呈现在文本中，探寻军事化变革过程中的新型军民融合关系。作品中虽然没有曲折离奇的故事情节、变幻莫测的人物命运，更不用说商业化写作中博人眼球的噱头，但凭"寒门女子"张文君、于蕊蕊、管小琳通过自己坚持不懈、自强不息的精神，终于实现军人梦想这一情节就足以感人肺腑。这种沉实厚重的生命体验、兢兢业业的创作姿态、真切而赤诚的军人情怀是其基层写作、关注当下的基础，更是其作品永葆生机和时代价值的关键所在，丰富了军事文学创作的叙事视野，平添了文本中的生活新质。

苗长水在访谈中坦言，自己的沂蒙山小说是观赏性价值比较高的作品，而21世纪以来的军旅小说则是秉承作家使命感的创作，将自己的切身经历和所接触到的现实原型人物转换在文本之中，将和平年代的军事英雄呈现给大众读者，以慰藉振奋人们的心灵。虽然这种贴近地面、不为实利的纯粹写作姿态在当下文坛显得比较突兀和孤独，但却抓住了军旅文学创作的本质核心，正是这种充满生命痛感、贴近地气的真实化写作使军旅文学得以回归到承载着光荣梦想的岁月起点。

（二）欲望化书写的反拨

纵观军旅文学创作80年，民族核心价值观一直是中国军旅小说创作的灵魂所在。从新中国成立前重视实用性、带有宣传说教战斗色彩的军事作品，到"十七年"期间对革命历史战争的史诗性建构，再到新时期以来新老两代作家在"心中的战争""和平军营"战线及"南线战争"战线形成的三足鼎立格局，再到20世纪90年代军旅小说在世俗化、娱乐化、商业性至上的文学潮流挤压下一度被边缘化，以致陷入低迷状态，无论何时，军旅文学始终回应着权威话语的召唤，具有主流意识形态的特质。身为军人的军旅作家苗长水在21世纪新阶段自觉承担起宏大历史使命和社会责任意识，深刻反思和平年代崇高美、悲壮美的多元化意蕴以及英雄主义理念的赓续，为大众读者提供了一种健康有益的精神食粮。其作品紧随时代的步伐，以磅礴的气势、理性的反思、沉入生命的创作实践再现了和平年代军营生活的真实面貌。作品中所弘扬的爱国主义、英雄主义主旋律，无疑是当下欲望化书写模式的竭力反拨，具有精神导向作用和时代价值。

进入商品经济时代后，伴随消费文化和大众媒介的悄然崛起，道德理想主义、英雄主义精神被肆意瓦解，感官化、娱乐化、世俗化的软性话语霸占文学话语权，欲望化书写、类型化写作甚嚣尘上，成为当代文坛创作的一个重要向度。而在苗长水的现实军旅小说中也已揭露出消费经济、商业化大潮的急剧发展对生命个体纯真心灵以及部队军规的侵蚀现象。比如《超越攻击》中许冲冲为逃离魔窟一样的军队生活，其父母不停地重金收买部队领导，为其走动关系，视军规军纪为一纸空文。再如《军事忠诚》中陟辉为整顿部队作风问题，首先从干部开车私自外出、跨区行驶等问题入手，大刀阔斧地整顿改革，不可避免地触及上层官员的既得利益。果不其然，其中军分区老司令员的儿子为方便生意往来，利用父亲的权势和地位，挂了军用牌照，受到陟辉的严肃处罚，这一事件也反映了当今部队改革建设中的混乱之象。苗长水审视时代语境对人心人性的冲击力，以强烈的忧患意识和宏阔的文学理想坚守在军事文学现场，脚踏实地沉入基层部队生活，展现军人永不言败、坚韧顽强、大义凛然的昂扬精神面貌。作品中军人形象贴近百姓、心系群众、服务于人民，吃苦耐劳、艰苦卓绝以及大刀阔斧、坚定改革的雄心和魄力，既是对前期坚强勇毅、甘于奉献、宽容大度沂蒙精神的传承，又是对21世纪以来和平年代英雄主义价值观的重新思考。比如《超越攻击》中的师长寒星，在否定者的一片质疑声中，艰难而执着地推行改革步伐。他耐心调解普通士兵的抵触情绪，缓和部队内部军事化和人道主义之间的矛盾冲突，在各项军事化训练中，以身示范，激励战士士气。同时在思想文化建设方面积极推广英语角，加强士兵文化知识的培养。寒星这一刚正不阿、廉洁奉公、光明磊落的军人形象，不仅在部队环境中树立起以身作则的典范形象，而且作为践行社会主义核心价值观的形象楷模，在当今社会主义精神文明建设中也占据着重要的位置。战机、坦克、军舰等作战工具一一地出现在文本中，军事化演习营造了惊心动魄的刺激感，满足读者审美趣味的同时也增添了军旅小说的真实性。死亡、牺牲、忠诚、爱情等命题的反复阐释，在崇高和卑微的辩证化思考中以及个人和集体的矛盾错节中凸显了中国军人正义无私、执着坚毅的气质禀赋。比如《梦焰》中出身寒门却不肯随便让步的女兵赵文如月，是公开公正征兵后大学生入伍的典型。如月的父母都是水泥厂的下岗职工，收入微薄，靠如月在上海武术表演所得工资贴补家用。虽然家境贫寒，但如月人穷志坚、性格倔强、吃苦耐劳，在同龄人中出类拔萃。她自小有着穿一身飒爽军装做中国女兵、为国尽忠的宏愿，当得知国家为加强国防力量建设公开招收女兵的决策后，如月内心激动不已，毅然决然放弃优渥的工资待遇和台湾老板的深情挽留，报名参军，最终凭借自己坚定的理想信念和真才实学在考核中以第一名的优异成绩成功入伍。如月身上这种坚持不懈、永不言败的拼搏韧劲，执着坚定、从一而终的理想追求刺痛了每一个麻木空虚的心灵，为迷茫的青年一代指明了前进的方向。再如连长庄雷的传奇经历。出身农民之家的庄雷大学没毕业就选择投笔从戎，之后凭借自己的勤奋耕耘，考入国际特种兵作战系，继而被选派到北约特种兵学院留学，在越野比赛的魔鬼化体能突击训练中以不可撼动的耐力战胜了无人超越的体能教官，以优异的成绩为祖国争光。同时，庄雷不断挑战自己的生理、心理极限，不借助任何救生器材，用打脚蹼的方式穿越人人畏惧的"死亡海峡"，改写了特种兵学校的历史纪录，被誉为"水下蛙人"。这不单纯是个人成就，更是集体荣誉、民族骄傲。苗长水通过刻画21世纪以来铁骨铮铮、意气风发的军人形象以及描写自强不息、朝气蓬勃的年轻士兵，彰显了青春力量的崛起和成长，满怀希冀地憧憬祖国的美好未来。这种对民族主义、英雄主义的怀念和追忆，对朝气蓬勃的军人形象以及对艰苦朴素、严肃紧张的部队生活的展现，直面欲望化、世俗化的侵袭，在物欲横流的社会背景下填补了人们寂寞空虚的内心世界和情感失重的迷茫彷徨，一定程度上扭转了信仰缺失和精神虚无的社会风气，对社会起到一定的精神导向作用。

总之，苗长水21世纪以来的军旅题材在弘扬爱国主义主旋律，坚持正能量书写的同时，激发了大众读者的强国强军梦想，传播了社会主义核心价值观，具有重要的时代价值。此外，其广博深远的人文情怀、不流于世俗的独立人格，在中国当代文学史上留下了独一无二的面影，也为当代文学史的深度研究提供了个案标本和无限可能。

三、苗长水小说创作的问题与瓶颈

（一）主体情感的强势介入

在漫长孤寂的创作之路上，苗长水以炽热的人文情怀和饱满的文学热情书写着自己的所思所闻所感，探寻着绵延悠长历史长河中的民族灵魂。苗长水是一个有宏愿和抱负的作家，心底积蓄着泉涌般的民族热情，无论是沂蒙山小说还是现实军旅小说都不可避免地浸润了创作主体浓郁充沛的情感力量，诗意浪漫、真情实意的话语温暖人心，取得了不俗的审美效果。作家主观情绪的适度宣泄一般会给人带来美的享受，纯而不腻、真而不作、美而不俗。而主体情感的过度泛滥和外扩、个人情感的强势介入乃至干预小说写作过程、代替人物发声则会适得其反：表现在文本主题上，往往会因理性精神的缺失而弱化文本内涵、限制文本表意空间，缺乏史诗性宏大特征；表现在艺术形式上，往往会因平铺直叙的叙述方式导致人物形象的片面单调，人物性格具有纯情美化的弱点。

苗长水在处理革命历史题材时，强烈感性色彩的注入使得小说偏重于对苦难境遇中人情美的精彩呈现，而导致历史理性的缺失和思辨的撤退，人物形象也因巧妙避开了矛盾冲突而缺乏多面性格和张力。比如《犁越芳塚》由于作者的叙事干预，使得小说在对革命历史的深度挖掘和主题呈现上，表现出一种不平衡感。作者在再现反思革命历史的创伤记忆时，满怀钦佩之情地关注那些被人们遗忘的生命存在，颂扬普通人身上那种跨越时空界限的真善美本性，挖掘历史泥淖中坚韧不屈、善良隽永的永恒人性。但除却这种人间真情主旋律的外溢，我们能明显地感受到作者有意避开某些理性判断，以主观情感的强势介入替代对历史本质的思考，一定程度上削弱了革命历史小说的主题深度，这集中体现在刘成和素盈两个人物形象身上。小说开篇作者以理所当然的叙事姿态描绘了"历史罪人"刘成满怀忏悔回国的场景，离乡游子不管世事怎样变迁，对生养他的故土仍旧怀着深深的眷恋之情，刚下车便忍不住亲吻大地。在那个政治混乱、人性迷失的革命年代，质朴敦厚的刘成作为政治的工具承担了许多时代恶果，莫须有的罪名使他的心灵备受戕害，一生颠沛流离、风餐露宿，令人唏嘘不已。作为不幸的承担者和历史的受害人，刘成在革命风暴中也扮演了施虐者的角色，因此对于这个人物形象的定位和把握就成为革命历史小说反诘、审视历史的关键。而小说中苗长水有意避开血肉模糊的历史"瘢痕"，将时代悲剧的成因归于人物自我的检讨，刘成一家妻离子散、家破人亡的命运悲剧游走于作者笔尖，革命历史叙事简单地转化为一曲纯粹的人性颂歌。为突出战争历史遮蔽下的民族力量和人性光明，重视主观叙事力量的苗长水有意将素盈塑造成一个在历史苦难中沉默缄语、坚忍顽强的人物形象，单薄的情爱叙事反而使小说陷入文本概念化、人物形象纯情化的圈套中。苗长水淡化了对历史本质内核的理性审视，自我情感的过度释放使得小说整体上缺乏开阔雄浑的气魄和宏大的主题意蕴，人物形象的塑造缺乏"史"的意味。

在充满浓烈军事激情的现实军旅小说中，苗长水往往借助主人公的口吻来表达自己的主观感受、宣泄个人化情绪，比如：

> "战斗精神怎么要？战斗准备怎么搞？我们有些将军连现代化的步兵武器都不会用，枪都不会打，就会喝酒拍马屁，对这些现状提不出批评是我们最大的失误！"①
>
> "对党绝对忠诚，压到一切敌人，永不言败，精神要有……人家美军步兵训练即使不讲究姿势，也别太嘲笑别人了，还是嘲笑自己为什么老是复制古董吧……"②
>
> "我军可以说还没有真正的军事家，高层指挥员也大都是战术家，部队管理专家，基层的东西很精通，很少注意具备战略上的积累。"③

　　苗长水职业军人身份的独特生命体验使得小说中充满大量主观化的叙述言语，文本不遗余力地刻画了意气风发的军事战略家形象，营造出近似军事现场的文学场域，同时我们也可以明显地体会到作者远大的军事抱负、宏伟的军事设想、强烈的军人使命感，而这些带有明显军人印记的豪情壮语实际上正是作者多年军营生活的文学再现。作者坚守纯文学的创作立场，把书写真实的军旅生涯、探寻民族灵魂的建设作为行文圭臬，透过文本内部的深层肌理，宣泄积蓄多年的真实情感，描绘出和平年代现代化军事概况和部队生活镜像。小说《超越攻击》中的主人公寒星直面当下军事改革中的难题困境，锐意创新，致力于寻求新型作战手段。寒星慷慨激昂的言辞实际上是作者的代言，与作者励精图治的改革意识、专业的军事规划产生共鸣，现场感十足的主观阐释让读者漫步在日新月异的军旅生活中，有身临其境之感。但是作者主观情感的过度介入，强烈的抒情欲望，容易导致个人化言语的堆砌重叠，甚至产生絮叨聒噪之感。这样的叙述方式，使得小说过于务实，而过于强烈的主体意向灌注到文本中，往往令作者割裂了审美思考和叙事技巧之间的巧妙承接，缺乏一种精神和灵魂相融合的诗意气质，实大于虚的叙述姿态造成文本审美空间的狭隘和局限。从接受学角度来看，过度铺排大而空、高而远的机械化、军事化语汇不免

---

① 苗长水：《超越攻击》，北京：解放军文艺出版社2007年版，第220页。
② 苗长水：《超越攻击》，北京：解放军文艺出版社2007年版，第318页。
③ 苗长水：《超越攻击》，北京：解放军文艺出版社2007年版，第319页。

繁冗杂余，挫伤读者的阅读兴趣。

（二）叙述过程的散漫拖沓

苗长水是一个十分注重感性生命体验的作家，追求一种内敛深沉、浓淡相宜的诗意化写实风格。在他的小说中，我们看到的是虚化战争背景下仁爱宽厚、贤良质朴的人道主义情愫。就算是正面描写军事现场的现实军旅小说，在呈现当代军人丰富驳杂的生存境遇和情感状态、展现信息化作战的宏阔视野之时，我们也能感受到作者真实的感性认知。在这样的抒情化叙事风格下，小说显现出一种繁杂冗长、失于散漫的减速文风，其拖沓涣散的叙事过程，曾遭到评论家的批评。

沂蒙山系列小说是作者对经历革命战争洗礼的沂蒙山老百姓的心灵颂歌，核心主题是发掘历史长河中被遮蔽的生命个体身上那种坚忍不屈、敦厚谦卑、无私奉献的民族性格。这些小说大都是中短篇幅，独具匠心而灵巧精致，便于作者散文化、浪漫化地抒情表意。作者"在对已遭破坏的原有秩序的弥补或再现中实现新的创造"[①]，擅长从司空见惯的文学思维中捕捉审美特质，在诗意化的主观抒情中扬厉主体精神的再造能力，但在故事的组织编排、加工整合等方面则心有余而力不足。有时铺排过多，略显啰嗦繁琐；有时穿插多余的故事情节，不仅没有扩充文本内涵反而导致故事结构的臃肿、语义的错位和分节。比如《冬天与夏天的区别》故事开头便以大量篇幅写到为孟良崮战役而落的一场雨。从小说整体结构来看，这场雨和故事所要凸显的内涵没有丝毫关联，对将要登场的主人公李山这一形象的塑造亦没有任何帮助。添加这样一个无厘头的传闻典故，不仅对小说主题思想的表达作用甚微，反而徒增错乱杂糅之感，与这场雨伴生的沉重压抑的战争气息在一定程度上也会削弱读者的审美期待。再如《水杉树》中班长宣读新兵连生活标准："内务卫生10分；队列训练10分；轻武器训练10分；条令学习10分……"[②]作者一字不漏地将冗长的考核标准呈现在读者面前，一方面凸显

① 罗岗：《文化·审美·创新——革命历史题材文学创作的文化背景问题》，《文学评论》1991年第5期。
② 苗长水：《水杉树》，见苗长水：《染坊之子》，北京：华艺出版社1993年版，第142—143页。

了军队管理的严苛，从侧面表现了军人吃苦耐劳、克己自制的性格特征，瞬间燃起读者心中的钦佩之情；另一方面，生活标准的全盘呈现不免使得文本重叠反复，叙述上进展迟缓，啰嗦絮叨之间给人一种赘余之感。再如在小说《染坊之子》中故事情节进行到土匪刘黑七围剿村子时，出现了土匪和以庄长刘广玉为首的村民赤膊上阵参加械斗的场景。这里，作者试图构造曲折离奇的故事情节，通过添加神秘、戏剧化的桥段以求获得独特的审美效果，因此增加了算命瞎子预言刘黑七子时大破天勤汪的诡异情节。单看这一轶事传闻确实充满神秘色彩和喜剧意味，具有可读性和趣味性，但这样血腥莽撞的故事画面出现在擅长以平静舒缓的调子赞颂沂蒙百姓真善美的苗长水笔下，不免牵强附会，与"晴空新雪"的诗意氛围不相匹配而错位失衡，进而导致文本在表达上有些许混乱，产生叙述散漫、内容生拉硬套的不良效果。

苗长水的现实军旅小说大都是具有宏大叙事视野的长篇体制，要想书写和呈现和平年代民族精神建设这一宏阔的主题，作者不可避免地从生活中搜集大量素材，扩充文本的思想深度，增加作品的分量。只有将生活中纷繁庞杂的元素糅合到小说的整体框架中，才能更好地服务于文本主旨和思想意蕴。当然，我们不能小觑小说创作自身的内在规律性。庞杂多余的信息于小说文本并无多大意义，反而会导致素材的重复利用、叙述的散漫拖沓。比如《梦焰》的第二章"不肯随便让步的女兵"、第三章"个性军人"、第八章"偶像故事"和《军事忠诚》的第十一章"拳拳服膺"、第十二章"为了胜利"、第十三章"寒家玫瑰"都是对同一素材的择取，围绕着南水北调工程中的拆迁问题、公平公正征兵、纠正不正之风、寒门女子如愿当上女兵等民间故事加工整编而成。这些真实事件的陈述加工，标志着苗长水的创作视野已经不再拘囿于军营内部，而是透过生命个体的心灵沉疴，聚焦国防后备力量建设中的矛盾冲突，折射社会生活的各级层面，在对社会体制、社会关系的理性思考中寄寓了自己悠长深广的人文情怀和历史担当。虽然故事素材来自现实生活，但是过度重复使用同一素材，自我复制文学资源，往往给人一种为扩充文本篇幅而有意拼凑文字之感，不仅取材有失新鲜活力、结构繁琐臃肿，更是降低了作品的艺术水准和审美韵味。同时，蓄意拼凑而来的文本使得小说缺乏明晰畅快的逻辑，繁杂信息的堆积一定程度上形成阅读障碍，挫伤了读者的审美期待而缺失阅读快感。

此外，苗长水沂蒙山系列小说中的人物多是一些善良淳朴却势单力薄的弱者形象，他们没有纷繁复杂的生命体验、大起大落的情感冲突，更缺乏天使和魔鬼并存不悖的多面性格，单调纯情的个性特征似乎只能存在于文学作品中理想化的人物身上。而21世纪以来的现实军旅小说虽然是作者体验基层、沉入生命的文学结晶，以纪实的方式阐释了文学创作和现实生活不可分割的联系，疏通了想象虚构和真实体验之间的隔膜，不过高速度的创作要求和现实性的过度重视，使得作者在小说的艺术形式探索方面用力不够，语言艺术和人物形象的经营比较粗糙简略，文学性层面尚有较大的提升空间。

总体而言，苗长水的前期创作多集中于中短篇小说，21世纪以来紧随时代步伐，创作了三部优秀的长篇军事小说。或许他的创作过程并不是井喷式的，相较于中国文学史上那些作品浩如烟海的作家来说，其创作数量的确不够充盈。然而评价一个作家优秀与否，作品的数量并不是唯一的尺度。苗长水甘于寂寞，秉承"写一本扔进酸碱池也不溶化"[1]的创作理想，矢志不渝地坚守着自己的文学信仰，孜孜不倦地耕耘着心中的文学圣域，默默无闻地沉入生活现场，扎实稳健地从事文学创作，以其作品独有的思想内涵和审美特质彰显了其不朽的价值意义。德国存在主义哲学家雅斯贝尔斯曾说，艺术的真正使命并不是一味单纯迎合大众的猎奇心理、满足读者的消遣娱乐目的，更为重要的是要伸张文学艺术背后超越存在的呼吁诉求，再现那掩藏在心灵深处的人性本相。纵观苗长水的创作历程，虽然有诸多流变，然而我们依然可以追溯到其艺术真实、人文关怀、美的形式三位一体的创作理念，探寻到其回望追忆历史、直面当下生活、观照生命存在的叙述姿态与立场，感受到那种"超越尘世的物欲追求和扰攘纷争而与无限自由宁静的人格本体相合一"[2]的审美意境。从早期的创作积累到沂蒙山系列小说的民族情结和人文情怀，再到现实军旅小说的忧患意识和理性思考，苗长水由诗意浪漫、细腻温婉的理想主义过渡到深沉凝重、冷峻犀利的现实主义，这一蜕变渗透着作者真实的个人生命体验、强烈的现实使命感以及深厚的文化人格魅力。当20世纪80年代先锋浪潮、爆炸文学席卷中国文坛，众多作家沉迷于眼花缭乱的文体探索之时，苗长水却远离喧嚣浮躁的

---

① 苗长水：《染坊之子·作者的话》，北京：华艺出版社1993年版。
② 李泽厚、刘纲纪：《中国美学史》第二卷，北京：中国社会科学出版社1987年版，第394页。

社会风气，跳出官方政治话语的桎梏束缚，避开在虚构世界中凌空高蹈的书写方式，坚定地亲近熟悉的沂蒙山父老乡亲，从军中老营房走入沂蒙山区淳朴自然的乡土生活，剖解捕捉他们在战争岁月中的人性人情美，挖掘生命个体被革命战争消解遮蔽的温情质素。当下商品经济日益昌盛、消费主义的盛行催生了文学创作的世俗性特征，私语式、物欲化、情欲泛滥的小说引领了文学话语的主动权，占据了当代文坛的半壁江山，不少作家未能抵抗物质利益的诱惑，逐步远离纯文学话语空间，竞相追逐高效益的快餐化写作模式，沉浸在欲望狂欢和感官的快感之中。文学形式上呈现琳琅满目、纷繁多姿的景象，思想内涵却愈显单薄空虚、苍白无力、缺失厚度，暴露出文学创作每况愈下的尴尬现状。在这样的时代境遇下，苗长水自觉远离物欲横流下的喧嚣浮躁之风，转而关注和平年代英雄主义的传承和军人的真实生命体验，重新审视军事文学创作和市场经济、读者需求、部队现实之间的关系，秉承现实主义的创作理想，重拾净化人心的文学脊梁，以蹈死不顾的殉道姿态高扬坚强不屈的民族精神和强国强军梦想。苗长水高举人文理想和道德理性大纛，自觉承担起知识分子的责任使命，以心系苍生、忧怀天下之心烛照历史隧道中的芸芸众生以及新时代以来的个体生命体验，唤醒迷醉于安逸生活之中的庸俗人士，其于浑浊俗世之下对人心人性美的探寻和对英雄主义理想、民族精神的张扬，无疑是医治当下伦理道德失范、精神信仰缺失的一剂良药，具有重要的时代价值和道德教化作用。

诚如丹麦学者勃兰兑斯所言："文学史，就其本质意义上来说，是心灵史，是一个民族心灵的历史。"[①]军人身份的苗长水秉持深厚的文化积淀和独立的文化人格，以一颗赤子之心坚守在军事小说创作的文学场域中，烛照平凡生命个体的精神世界，不断地用明朗坚硬的笔触探寻民族精魂所在，谱写历史长河中亘古不灭的民族颂歌。在那诗意浪漫的沂蒙山系列小说中，他以一种宽广的情怀和博大的胸襟深深地扎根在沂蒙大地，捕捉人物内心深处被革命战争所遮蔽的隐秘情思，窥测人们在生存逆境中的美好人性，以一种脉脉温情的叙述姿态言说革命战争年代中华民族的心灵秘史。在21世纪现实军旅小说中，苗长水葆有鲜活的文人良知和赤诚的军人情怀，扎根在建功立业后的部队生活现

---

① ［丹麦］勃兰兑斯：《十九世纪文学主流·序》，张道真等译，北京：人民文学出版社1980年版，第2页。

场，多维度、多层次展现和平年代真实的军队面貌，以拳拳爱国之心忧怀现代化军事改革境遇下部队内部的重重矛盾和个体军人的现实命运，观照当代军人价值理念的更迭、民族精神的传承与赓续等问题，弘扬英雄主义主旋律的同时融入厚重的文化底蕴和深切的理性反思，是对当下民族心灵史的构建和延展，具有深远的阐释空间。此外，作者年过花甲，鬓角发白，却仍旧与社会时代、现实生活保持亲密联系，下基层、跑部队、与官兵面对面采访交流，从真实浑厚的生活质地中获取一手资料，其饱满的创作激情着实令我们敬佩不已。这种沉入生活现场、融会自我生命体验的写作立场，正是当下许多作家迷失于文学道路所欠缺的，在浮躁喧哗的文坛风气中弥足珍贵。

第三章　刘玉堂文学创作与沂蒙精神

第一节　刘玉堂小说语言艺术探究

山东作家刘玉堂立足于沂蒙乡土进行文学创作，用真挚的情感关心故乡的发展。他的作品大都以沂蒙山地区为写作背景，描写了沂蒙农村的历史和苦痛，展现了沂蒙山的博大与深沉，展示出来自沂蒙民间的审美趣味，塑造了淳朴可爱的沂蒙普通百姓形象，被中国当代文学评论界称为"当代赵树理"和"民间歌手"。如同赵树理的文学选择，刘玉堂的作品同样坚守文学通俗化的追求，用沂蒙口语作为自己的文学叙事语言，在小说人物原汁原味的沂蒙口语对话中呈现历史的变革与时代的忧思，独创一种地域性文学风格。刘玉堂的沂蒙农村系列小说，以沂蒙农村的历史变革为背景，在土改、"文革"、改革开放等社会转变中发现沂蒙农村生活中的美和善，感受沂蒙人民的苦和痛。他的作品往往将激烈的社会矛盾冲突淡化，在令人发笑的沂蒙故事与时代背景描写中，用沂蒙土语呈现沂蒙山农民在社会变迁下的生活转变与心灵颤动。刘玉堂的小说语言深深根植于沂蒙山区，质朴无华却生动有力，轻松自然而又情感丰富，戏谑幽默中蕴含着心灵深处的悲伤。刘玉堂坚持用乡土语言来书写沂蒙山区的故事，较少使用书面文字，极大程度上满足了乡土基层读者的精神需求，正如费孝通在《乡土中国》中提道，"不论在时间和空间的格局上，这种乡土社会，在面对面亲密接触中，在反复地生活在同一生活定型中的人们，并不是愚到字都不认得，而是没有用字来帮助他们在社会中生活的需要。"①在纯朴的乡情乡音中，表现沂蒙山地区人们的温情，用原汁原味的沂蒙语言阐述何为"沂蒙精神"，因此刘玉堂的小说语言充满了浓郁的地方气息和沂蒙文化色彩。他在谈到创作时曾认为，"有许多小说靠味儿赢人，不全指望深刻。而有了自己的语言，文章也就有了味儿"②。在当今全球化的大潮之中，文学语言越是具有地域的色彩，越能体现国家民族文化的特色，彰显乡土中国的社会性质。方言是中国地域文化的重要标志之一，方言写作在当下具有更大的意义与价值。刘玉堂在小说中用沂蒙方言口语展现了具有地域色彩的文化与历史，用独特的语言魅力带动沉重的乡土现实进行飞翔。

一、刘玉堂小说语言艺术形式特点

对于文学艺术作品而言，小说语言的句式、结构、节奏等特点是作品的基本组成部分，给予读者最直观的感受，同时也是了解其艺术魅力的重要途径。文学是语言的艺术，小说语言是构成作品独特文学魅力的最重要因素之一，正如德国哲学家卡西尔所说："一个伟大的艺术家在选用媒介的时候，并不把它看成外在的、无足轻重的质料。文字、色彩、线条、空间形式和图案、音响等对他来说都不仅是再造的技术手段，而是必要条件，是进行创造艺术过程本身的本质要素。"③从小说语言的艺术特点进行切入，正是考察其语言魅力的重要视点。

（一）刘玉堂小说语言句式特点——地域性精简短句为主

刘玉堂小说语言句式简洁、精悍，动作性强，且多以沂蒙地域性短句为主，语言质朴无华，生动活泼，铿锵有力，具有沂蒙语言精简灵动的特点。就像刘玉堂在万松浦书院山东省青年作家高研班的演讲中所说，"我经常想什么样的语言算是好语言哪？我认为首先应该用短句子，少用形容词，多用动词。这样的语言

---

① 费孝通：《乡土中国》，北京：生活·读书·新知三联书店1985年第1版，第20页。
② 刘玉堂：《文学评论家》1988年第5期。
③〔德〕恩斯特·卡西尔：《语言与神话》，于晓等译，北京：生活·读书·新知三联书店1988年版，第141页。

才是生动的。"例如在《最后一个生产队》中，精简有力的短句口语随处可见，"公家嫂子"就曾这样说："谁还不知道三中全就是三中全会啊！跟积极分子叫积极分人民日报叫人民日一个意思不是？还'一手拿着煎饼吃，一手拿着人民日'呢！怎么编的来。"王德仁说："社会还是进步了，搁前几年咱要这么不听各级领导的话，那还不打你现行反啊！"何永公就说："他敢！你要打咱个现行反，不毁他这些婊子儿的来！"①在这一段文字中，刘玉堂运用沂蒙农民喜闻乐见的口语短语形式将新的名词与概念讲述出来。在《秋天的错误》中，王德宝不愿冒着大雨出去传达消息，刘乃厚这样跟他说："才接了一个电话就烦了？你以为电话就那么好接呀！有一回，半夜三更地就来了电话，好家伙，找支书，立马就去叫，外边儿下大雪，来回一折腾，冻得咱不轻！好家伙，这可不是闹着玩儿的，耽误了实现共产主义，谁也负不起责！"②刘玉堂小说在小说人物精简的沂蒙短语交流中，多用富有动作性的语句，表现了人民大众的语言习惯，传达了沂蒙乡村的审美趣味，形成了通俗易懂的阅读感受。

（二）刘玉堂小说语言结构——一语双关，善用比喻

小说语言结构方式，指的是作家构成文学语言运用词汇、句式、语调、语气及语法结构的方法和形式。刘玉堂的小说中人物形象的语言巧用沂蒙俗语词汇，追求一语双关的语言表达效果。在《春节的故事》中，小说人物在形容自己嘴笨的时候说，"咱俩的嘴都笨得跟棉裤腰似的"③，将自己语言表达的不灵活比喻为肥大笨重的棉裤腰。在中篇小说《最后一个生产队》中韩富裕曾说："瞎驴拴到槽上，为（喂）你不知道为你，缺点提的这么具体还能不幸福？得了便宜卖乖呢！"④作者用沂蒙方言俗语表现了韩富裕对于小青年不解风情的戏谑，也流露出他作为一个经历过军旅生涯的男人对于爱情的向往与期

---

① 刘玉堂：《最后一个生产队》，见刘玉堂：《县城意识》，银川：黄河出版社2007年第1版，第2页。
② 刘玉堂：《秋天的错误》，见刘玉堂：《县城意识》，银川：黄河出版社2007年第1版，第44页。
③ 刘玉堂：《春节的故事》，见刘玉堂：《乡村情结》，银川：黄河出版社2007年第1版，第241页。
④ 刘玉堂：《最后一个生产队》，见刘玉堂：《县城意识》，银川：黄河出版社2007年第1版，第20页。

盼之情。在《温柔之乡》中，杨财贸与王秀云结婚的时候，刘玉华曾为二人写过一副对联，"上联是：才饮沂河水；下联是：又食渤海鱼；横批是：山呼海笑。"①但他们的婚姻正像文中的乡亲所说的那样，"沂河水怎么能养得住渤海鱼？"②作者用生动形象的沂蒙语言进行比喻，一语双关地将二人婚姻结合状态展现在读者面前，暗示着二人的婚姻终将会破裂。刘玉堂的小说语言因此给读者留下了更深的印象。

（三）刘玉堂小说语言节奏——极富动作性的土语流动

在刘玉堂的小说中，人物的对话是其语言艺术魅力的集中体现。其小说人物对话多以方言土语对话为主，前后勾连交相推进，与叙事者的口语化语言具有统一性，形成了一种自然顺畅的方言口语流动。"刘玉堂小说语言的动作性，即表现在它对生活场景的显示功能。文本中的人物语言，不是单线思维的语义展现，而含在着说话人的神气、动作。它与受话者的感应和行为形成一种交流互动的推进作用，照作者自己的说法是'骂张三的时候，顺便把李四也捎带上'。"③因为刘玉堂小说语言多用口语短句，所以小说语言整体具有连贯自然的流动感，叙事节奏详略得当，如在小说《秋天的错误》中，刘玉华在跟王德宝讨论砸钢珠问题的时候这样说："净胡啰啰儿呢。那只是个比方，缺乏科学性儿，若真要磨起来，那可就麻烦了。这钢珠砸的也有点缺乏科学性儿！"④欧根·希穆涅克在《美学与艺术总论》中指出："所谓文学语言的语音和音乐性质，例如作品中的节奏、韵律、和音等，在优秀的文学作品中就成了思想和语义构思的有机组成部分。"⑤刘玉堂小说中人物的语言就非常具有流动的旋

---

① 刘玉堂：《温柔之乡》，见刘玉堂：《县城意识》，银川：黄河出版社2007年第1版，第161页。

② 刘玉堂：《温柔之乡》，见刘玉堂：《县城意识》，银川：黄河出版社2007年第1版，第161页。

③ 刘克宽：《当代农村历史的别一种叙述方式——读刘玉堂"钓鱼台"系列小说》，《当代作家评论》1994年第6期。

④ 刘玉堂：《秋天的错误》，见刘玉堂：《县城意识》，银川：黄河出版社2007年第1版，第59页。

⑤ ［捷］欧根·希穆涅克：《美学与艺术总论》，董学文译，北京：文化艺术出版社1988年版，第179页。

律："共产主义马上就要实现了，那怎么能静得下心？如今的年代这么红火，谁又能耐得住性儿？就好比明天就要过年了，今天谁还沉得住气吭哧吭哧把地刨？"①刘玉堂小说作品中和谐的语音、音调的抑扬、语句的节奏构成的音乐美使小说的情感抒发更强烈、形象刻画更鲜明，作品更具艺术感染力。

（四）刘玉堂小说语言氛围——鲜明个性化的人物对话

　　刘玉堂善于营造淳朴的沂蒙语言氛围，在生动形象地再现小说人物说话时的语气和心理活动的同时，展现不同类型人物的身份特点，对沂蒙生活进行了独特的审美观照，以各种典型人物的口语对话形成原汁原味的小说语言氛围。"因此，在人物语言中，读者不但能了解说话者的历史身份和思想个性，同时也通过其语气中所显示的动作因素扩充着小说的审美空间。正是从这个意义上说，文本语言的生活化和动作化，是作家对生活进行审美观照过程中的极富艺术智慧的表现。"②刘玉堂小说语言注重小说人物形象语言的个性化、生活化、动作化，生动再现各类典型人物形象对话的口吻。刘玉堂小说中的人物形象多是沂蒙山区淳朴的农民，因此语言具有强烈农民审美趣味与鲜明的个性色彩。例如《秋天的错误》中大队保管刘乃厚在训斥王德宝的时候说："你们知道这是什么？这是必然产物嘛，王德宝，你给我从桌子上下来，别坐了电话线！"③一个农村基层干部的形象在个性化语言中展现在读者面前。刘玉华作为一个乡村知识分子，在受到了莫须有的罪名以后，对待任何事情都需要有人作证，并且为此赋诗一首："集体劳动好，有人来作证，若要把盗失，找咱可不行。"④人物形象的语言带有自身特色，成为读者脑海中生动活泼的形象。刘玉堂小说人物形象之间的对话具有强烈的画面感，吸引了读者注意力，使故事情节跃然纸上。

---

① 刘玉堂：《秋天的错误》，见刘玉堂：《县城意识》，银川：黄河出版社2007年第1版，第65页。

② 刘克宽：《当代农村历史的别一种叙述方式——读刘玉堂"钓鱼台"系列小说》，《当代作家评论》1994年第6期。

③ 刘玉堂：《秋天的错误》，见刘玉堂：《县城意识》，银川：黄河出版社2007年第1版，第43页。

④ 刘玉堂：《秋天的错误》，见刘玉堂：《县城意识》，银川：黄河出版社2007年第1版，第47页。

二、刘玉堂小说语言艺术的审美表现

研究者对于小说语言艺术魅力的探究绝非只停留在语言的形式、结构、节奏等浅层次的因素上，应更加注重对小说语言艺术更深层次的审美表现进行分析。对小说语言艺术进行深层探析，是切入小说文体进行审美价值分析的重要途径，如朱德发曾意识到"虽然文体是文学的整体审美形式或者是有意味的形式，但是文体形式的构成是否是别具一格的新形态，是否具有诗性的审美特征，是否严密完美，重在语言工具机制的卓有成效作用"[①]，通过探索刘玉堂语言艺术的审美表现，可以推动对刘玉堂小说语言艺术机制和作用的研究，进而分析其小说语言魅力如何生成、文学价值何在。另一方面作家的语言艺术与心理、思维、社会、文化都有着重要联系，其小说语言艺术的审美表现凝聚了作家对于文学观念、人生经历、艺术追求的深沉思考。

（一）小说语言的含蓄艺术——戏谑中蕴含丰富情感

戏谑、幽默是刘玉堂小说语言的主要风格，刘玉堂小说语言的独特性与幽默性，体现在用充满热情与风趣的口语对话，反衬小说人物形象内心的悲凉，在幽默戏谑的对话中蕴含悲凉之感。通俗易懂、简单幽默的语言中，蕴含着人物形象内心的无限波澜。"刘玉堂并不仅仅是一个民间风情的描绘者，也不仅是一个有着耐人的幽默感的乡村话语的饶舌者，他的作品已经敏感、微妙并富有戏剧色彩地触及生存历史的根部，他凭着自己对当代社会与乡村民间的深入理解和精确观察，构建起了作品深厚而独特的文化内涵，并因之获得了相当丰富的喜剧美学意蕴。"[②]刘玉堂幽默的民间语言与戏剧性的农村故事内容密切相关，刘玉堂在戏谑的语言中呈现的正是一段可笑的历史回忆，"语言就是内容，语言和内容是同时依存的，不可剥离的，不能把作品的语言和它所要表现的内容撕开，就好像吃橘子，语言是个橘子皮，把皮剥了吃里边的瓤。我

---

① 朱德发：《胡适对五四新文学运动意义的评述——为纪念文学革命百年而作》，《山东师范大学学报（人文社科版）》2017年第4期。

② 张清华：《大地上的喜剧——〈乡村温柔〉与刘玉堂新乡村小说的意义诠释》，《小说评论》1993年第3期。

认为，语言和内容的关系不是橘子皮和橘子瓤的关系，它们是密不可分的，是同时存在的。"① 小说《秋天的错误》中，刘玉华在带领钓鱼台的人民吃了西瓜与玉米以后，摸着肚子说"还怪撑得慌哩，共产主义一实现就会永远撑得慌，这是共产主义之夜定了"②。在大炼钢铁运坩埚的途中，沂蒙民工累得这样说道："简直累毁了堆呀！""把他大爷炼了吧！"③ 看似幽默的叙述中表达了对时代错误的不满。又如刘玉华跟王德宝谈到炼钢的时候，发现王德宝眼睛血红，连一套工作服也没有，王德宝既抱怨又光荣地说道："那铁水还怪好看哩，血红血红的，比猪血还红，就是怪耀眼儿，看一会铁水再看别的就什么也看不见了。""我是个随大流的人，随大流的人都比较安全，嗯，这铁炼的不孬，'炼铁好，炼铁能把老英超'，你看怎么样？就是太浪费了，刚炼了一炉铁，煤就没了，现在又让民工到山上砍树呢！"④ 充满戏谑色彩的对话是一个地区、一段时代历史的缩影，刘玉堂用沂蒙人民独有的幽默与坚强展现沉重的时代伤痛。"那文体中体现出的幽默调侃式叙事风格，在小说创作反思历史的一片沉闷严肃的氛围中，使读者体验到一股轻快的审美感受，因而引起了文艺界的广泛注意。"⑤ 刘玉堂的小说语言幽默含蓄，充盈着作者对于沂蒙乡土的丰富记忆，作者在小说戏谑语言的背后，深挖沂蒙山人物的人性特点，暗藏着一种对于乡土的深沉情感，他将沂蒙山人的善良与悲剧，表露在让读者发笑的语言中。像小说人物刘玉华所说"'人多好干活儿，人少好吃馍'当然也是一方面；另一方面我觉得咱这个村多少年来一向风气不错，一家有难，众邻相帮。可一搞单干，人心确实是散了。今年春节孩子们去给烈军属贴对联送蜡烛，每家的东西不值两块钱，可那些烈军属们全哭了。要是一个个的都跟

---

① 汪曾祺：《小说的思想和语言》，《汪曾祺全集》（五），北京：北京师范大学出版社1998年版，第49页。

② 刘玉堂：《秋天的错误》，见刘玉堂：《县城意识》，银川：黄河出版社2007年第1版，第56页。

③ 刘玉堂：《秋天的错误》，见刘玉堂：《县城意识》，银川：黄河出版社2007年第1版，第73页。

④ 刘玉堂：《秋天的错误》，见刘玉堂：《县城意识》，银川：黄河出版社2007年第1版，第76页。

⑤ 刘克宽：《当代农村历史的别一种叙述方式——读刘玉堂"钓鱼台"系列小说》，《当代作家评论》1994年第6期。

老曹家样的，去他家看个熊电视也要买票，没有钱就拿鸡蛋换，这么下去行吗？"①刘玉堂对待急剧变革的乡土社会是一种带着温情的关怀与反思，温情深处是一种笑中含泪的悲悯。"所以当历史真正按照经济发展的客观规律变化时，一种貌似社会主义的思想观念便成了阻碍他们大胆起步的精神负担。主人公们以惯熟的理论水平和理解能力作为抵制生活变革的武器，便会形成由意识错位而生发的种种喜剧性。正是他们那种振振有词的真理在自我的严肃态度中所包藏的滞后性思维观念，造成了作品笑中带涩、啼笑皆非的艺术审美效果。"②如《秋天的错误》的第三章中："六十名青年男女，戴着斗笠，穿着蓑衣，提着马灯，一路说说笑笑，浩浩荡荡，向公社进发"，描绘了一幅大队人马雨夜行进的壮丽画面，喜剧性的历史故事场面，与悲剧性的故事结局形成了鲜明对比。

刘玉堂用悲悯的眼光回忆乡土、反思历史，将个人命运的无奈悲剧融入到时代闹剧中去，形成一种独特的语言艺术张力。在写到小说人物刘玉华因为保护石磨而失去了五个脚趾头的时候，作者写道："刘玉华当然有点小痛苦，但还不怎么太难过，那毕竟是身体各部位当中最不重要的部位，失掉了五个还有五个。最让他难过的是：轴承化的问题三天没有实现就没有实现，问题是五天之内跑步进入共产主义的问题也泡汤了，一个电话两个谎，我们的上级怎么能这样？"③单纯善良的沂蒙人民为新中国的成立作出了巨大牺牲，却在以后的狂乱年代成为政治失误环境下的无辜受难者，刘玉堂以充满泥土滋味的沂蒙语言传达一种时代的感伤之气，戏剧性的转折让单纯善良的沂蒙人民遭受了严重的心灵创伤。戏谑的沂蒙语言中满含的是沂蒙人民对于美好生活的向往，是在自身受到伤害以后还惦记国家命运的高尚情操，是在喜剧性故事背后深深的悲哀。刘玉华由自己与王德宝的悲惨命运联想到刘有子说的那段"当王八当王八，不当不当，不当不行，当就当"的玩笑话，刘玉华陷入了长久的沉默之中。齐鲁文化熏陶下的沂蒙山地区语言庄重不失活泼，既能体现生活的常态，

---

① 刘玉堂：《最后一个生产队》，见刘玉堂：《县城意识》，银川：黄河出版社2007年第1版，第23页。

② 刘克宽：《当代农村历史的别一种叙述方式——读刘玉堂"钓鱼台"系列小说》，《当代作家评论》1994年第6期。

③ 刘玉堂：《秋天的错误》，见刘玉堂：《县城意识》，银川：黄河出版社2007年第1版，第75页。

又可以探究灵魂的奥妙，刘玉堂巧妙地运用戏谑的沂蒙语言，书写出乡土中国的浪漫与真实。同时刘玉堂以戏谑的小说语言对故乡改革和农村生活进行理性反思，为纯真的沂蒙父老唱响了赞歌，把乡村命运和沂蒙精神结合来讴歌沂蒙人民，感恩沂蒙大地，思考国家民族的未来。沂蒙精神滋养人生，刘玉堂用乡土气息弥漫的小说语言净化当代人们的灵魂，刘玉堂将对人生、历史、社会的思考，用沂蒙地区幽默风趣的方言土语转化为读者眼前戏谑的语言文字，用文学支撑起人生的信仰。

（二）原汁原味的方言小说写作——以"土语"坚守通俗化追求

刘玉堂的小说运用原汁原味的沂蒙方言进行文学创作，追求朴素纯真的表达效果。"语言文字都是表情达意的工具"①，刘玉堂将小说语言作为一种表达对沂蒙山感情的工具，以小说的方言土语赤诚地坚守自己的文学通俗化追求，从而使得方言土语在其沂蒙小说中成为一个极其重要的组成部分。"作家的风格的成熟部分地取决于他对生活的诚实的表现，独创性意味着作家的诚实。由于作家的诚实，才鞭策他去探索恰切的语言来表现生活和他对生活的感受。"②在刘玉堂的小说语言中，不难看出刘玉堂对于沂蒙土地真诚的热爱与对沂蒙乡土精神的坚守。沂蒙精神是具有极强生命力的，它经历了战火与改革的洗礼，在当今时代仍具有深远的影响力。"当代山东作家的确在齐鲁大地上找到了自己的'根'。可以这样说：没有这块丰饶的土地和勤劳质朴的人民的哺育，没有齐鲁文化传统的滋养熏陶，就没有当代山东作家。"③刘玉堂小说扎根于沂蒙大地，在通俗化的方言土语中，通过对沂蒙乡土的书写，探索民族精神，思考人生的意义何在，追寻自己的精神归宿。因此刘玉堂小说虽然多用戏谑的沂蒙方言土语，却往往能起到震撼人心的作用，而这种动人心魄的力量正是沂蒙母亲所传达的。刘玉堂用沂蒙语言真实讲述了沂蒙山地区的美好与丑陋，写出了沂蒙山人真正能看懂的文学作品，以实际创作践行文学通俗化的追

---

① 胡适：《中国新文学大系·建设理论集（影印本导言）》，上海：上海文艺出版社2003年版，第49页。

② ［美］利昂·塞米利安：《现代小说美学》，宋协立译，西安：陕西人民出版社1987年第1版，第231页。

③ 杨政：《齐鲁文化对当代山东作家的人格影响》，《东岳论丛》1990年第5期。

求。王万森在《齐鲁有个刘玉堂》中也提到："刘玉堂的文化之根在沂蒙。革命老区文化是主心骨，传统文化是血肉之躯，而现代化的向往和实践，应视为沂蒙文化的精灵。他的创作扎根在沂蒙，他的心灵源泉在沂蒙，他的文化性格和他的文学思维方式、叙事话语方式都融汇在沂蒙文化之中"①。小说《县城意识》以作者从部队转业回家为背景，将对故乡县城的记忆以土语形式呈现，"不知是谁家的闺女，潮一样"②"这个么儿得两方面看""不着调呢，坐这儿！"③在《温暖的冬天》中，刘玉堂用大量方言书写乡村发生的故事，如"迁磨人""王秀云这个妮子整体装么儿，跟有多少文化似的"④。《都不是什么好东西》中，大老黑说："操它的，这个熊天也不下个雨，让他大爷咱歇两天。"⑤在《最后一个生产队》中，刘玉堂这样描写农村排节目的情景："农村排节目的意义不在于将来演得怎么样，而在于排的本身，在于排节目时的那种气氛。经常有这种情况，你这里节目刚开始排，庄上几乎所有的人就都知道是怎么个精神了，有时候演员在台上慌了神儿，台下某个小学生说不定还给你提词儿呢！大人们就会安慰上你两句：'别慌，忘了词儿不要紧，咱又不是专门儿干这个的。'"⑥刘玉堂的小说语言温厚明丽，沂蒙方言平实不失张力，布局精妙，情真意切富有感染力，沂蒙方言拉近了小说与读者的距离。在《县城意识》中，刘玉堂用大量通俗语言讲述了沂蒙山的风俗人情，以方言贴近乡土大地的生活。例如沂蒙山区有在秋天吃羊肉的传统，父老乡亲一大群人嘻嘻哈哈地宰羊、煮羊肉、吃羊肉的情景让他经久不忘，"将山羊杀死之后，把羊头羊蹄羊下水拾掇干净，该拔毛的就拔毛，该翻肠的就翻肠，尔后跟羊肉放到大锅里一起煮，待煮个半熟，再将它们捞

① 王万森：《齐鲁有个刘玉堂》，《百家评论》2016年第1期。

② 刘玉堂：《县城意识》，见刘玉堂：《县城意识》，银川：黄河出版社2007年第1版，第225页。

③ 刘玉堂：《县城意识》，见刘玉堂：《县城意识》，银川：黄河出版社2007年第1版，第233页。

④ 刘玉堂：《温暖的冬天》，见刘玉堂：《县城意识》，银川：黄河出版社2007年第1版，第96页。

⑤ 刘玉堂：《都不是什么好东西》，见刘玉堂：《乡村情结》，银川：黄河出版社2007年第1版，第13页。

⑥ 刘玉堂：《最后一个生产队》，见刘玉堂：《县城意识》，银川：黄河出版社2007年第1版，第19页。

出来该切的切，该剁的剁，完了放上佐料再煮。"①刘玉堂在沂蒙山地区淳朴的风俗描写中以农民口语实现了文学的贴地飞翔。

在中国现代化浪潮的冲击下，乡村在快速衰落与消失，刘玉堂的小说在方言土语中充满了对于乡土社会的理性思考，在大城市中呼唤乡土精神的复兴。乡土精神是当代人生之光，他用满含乡土气息的小说语言谱写故乡的田园曲，追寻生命的根源、人生的灵魂所在，展现故乡与生命的精神联系。刘玉堂的小说语言让我们深切感受到，故乡大地对于中国人的重要意义与价值。中国社会在本质上依然属于农业社会，而农民是与土地密切相关的一个阶级，但对于占中国人口大多数的农民来说，文学与他们的距离是如此遥远，文学似乎依旧是贵族的消遣，而刘玉堂的小说以沂蒙方言土语拉近了文学与农民的距离。他作为一个从农村走出的人，拥有珍贵的农民的身份经历，他对中国农村的理解更加深刻，他的小说语言体现出一种更大的责任和担当，展现出更加坚忍不拔的品格，这成为他文学创作的特色与财富。因此从沂蒙山区走出的刘玉堂身上带着一个地区的气质和情怀，他将沂蒙方言作为自己文学写作的重要基础与工具，以底层农民的语言与视角展现出一个作家对于土地和农民更深沉、更朴素的情感。刘玉堂怀揣着一颗对于故乡土地的敬畏之心，真切书写农民阶层的苦痛与欢乐，从底层视角来关注社会的发展，在以方言追求文学通俗化的同时，真正滋润了中国大多数普通农民读者的心灵。

（三）追求情景交融的语言意境——重视沂蒙语言氛围的营造

文学作品的艺术风格首先来自语言。从刘玉堂的小说作品整体来看，不管是哪一部小说，其语言特征都是比较鲜明的，小说中的语言描写不但起到了讲述故事、描写人物的作用，同时还传达了作者的态度，呈现出一种情景交融的语言意境。美国学者塞米利安在《现代小说美学》中谈到语言时曾指出："优秀的小说语言并不是把读者的注意力不适当地吸引到语言本身，也不是集中在作家身上，不管作家的语言如何具有个人特点，它的任务是使读者的思想集中在故事上，集中在事件上和小说发生的一切上。"②例如《秋天的错误》小说

① 刘玉堂：《县城意识》，银川：黄河出版社2007年第1版，第263页。
② ［美］利昂·塞米利安：《现代小说美学》，宋协立译，西安：陕西人民出版社1987年第1版，第3页。

开头，就是很多沂蒙农民在躲雨时的幽默对话，形成一种屋外雨声大作，屋内欢声笑语的语言故事情景，读者的注意力在沂蒙语言氛围发生的故事中被极大调动起来。刘玉华与小调妮在曲柳河边散步的时候，小说中写道："曲柳河边，全是一种水旱两地都能生长的叫做萍柳的树，开一种绿色的类似小燕子形的花，花味儿很好闻。他两个在幽深的萍柳行里走着，就有一种公家人儿般的感觉，还有一种新奇的不好表达的东西在心里涌动，让你想干点什么或者想说点什么。"①作者将两人的约会与周围的景色融为一体，感情随着景色而变动起伏，景色也因为有感情的介入而显得温柔，彰显了一种奇妙的语言氛围。同时他的小说语言善于借景抒情，追求情景交融的语言意境，把对故乡事物、风土人情的深刻眷恋之情通过文章中的景物缓缓地展现出来，用悲悯的眼光看待沂蒙历史变革，思考人生。

在刘玉堂的小说中，沂蒙日常生活的普通事件都是小说的组成部分，表现出的是一种来自民间的审美眼光，传达出一种独特的理性思考，以历史上的沂蒙故事营造出小说中的沂蒙氛围。因此刘玉堂所写的小说虽然以乡土中的日常故事为主，用平淡的语言讲述看似平淡的故事、描述看似平淡的景物，但是在普通故事与风景中传达出的是不同寻常的情感。刘玉堂小说一方面在叙述沂蒙变革故事的同时，一方面描绘沂蒙地区温暖的社会环境，用原汁原味的沂蒙山语言追求情景交融的语言意境，在感受沂蒙乡村苦痛的同时营造出沉重而又自然清新、充满诗意的沂蒙语言氛围。"这种生活图景的真实呈现，凸显了刘玉堂对一种新的时代语境下乡土文化的守望与反省情结，生动活泼情趣丰盈的乡土民间语言冲淡了人们价值观念抉择的艰难性和沉重性，字里行间氤氲着淡淡的温情和诗意。"②例如在小说《最后一个生产队》中，作者讲述了沂蒙山地区一段清晰独特的历史记忆，用情景交融的文学语言展现了最后一个生产队解体的情况，同时最后一个生产队的悲剧，也是中国社会历史政治历程的缩影。小说涉及了农村政权形式的变革问题，在描写"钓鱼台"人民回味生产队光荣历史的同时，折射出时代风波对农村社会造成的创伤，"钓鱼台"人民的心理变动是乡土中国千千万万农民的历史记忆。《最后一个生产队》中，"钓

---

① 刘玉堂：《秋天的错误》，见刘玉堂：《县城意识》，银川：黄河出版社2007年第1版，第63页。

② 李掖平、赵庆超：《刘玉堂沂蒙小说论》，《中国现代文学研究丛刊》2012年第4期。

鱼台"开始分田到户的时候，有一些老革命、劳动模范等不同意分田，作者的叙述语言与人物形象的对话形成了一种沂蒙原生态语言环境，例如在上级同意保留最后一个生产队以后，队长刘玉华兴奋地为此赋诗一首："社会主义三十年，一夜回到解放前。强制命令一刀切，全然不顾三中全。集体道路是鹏程，谁来动员也不行。团结友爱发扬光，体现个社会主义优越性。"①这首打油诗展现了"钓鱼台"人民对于集体公社的眷恋，符合刘玉华乡村知识分子的身份，同时也折射出农村政权形式实际上已经发生了重大的变化。在集体公社不复存在已成为定局以后，仍坚持集体互助生产模式的社员们发现自己的收入不如单干户多，心理也都开始发生微妙转变。韩富裕"有点小后悔"，说"早知这样，还不如不进来哩"；摘帽富农王德仁也有点小动摇，"看样子政策不会变了，这个分田到户还行来"②。戏谑与诗意的言语之中尽是朴实的沂蒙人民面对时代转型之后深沉的无奈与悲伤。

刘玉堂小说笔下的沂蒙山地区是一片神圣的土地，一片红色的沃土。井冈山、延安与沂蒙山是中国革命战争时期最重要的三大老革命根据地，沂蒙山区曾被无数革命后人誉为"两战圣地，红色沂蒙"。沂蒙山地区地处齐鲁文化的影响范围之内，一方面受到传统儒家修身齐家治国平天下思想的浸染，同时也受齐家文化革新创新思想的引领，在经历了多年战火后形成了自己独具特色的地区文化。因此沂蒙文化既具有深刻的传统积淀，又不拘泥于古板，带有浓厚的泥土气息和灵动的表现形式。刘玉堂小说语言吸收沂蒙文化精髓，平淡朴实却充盈着真情实感，营造出弥漫着沂蒙乡土气息与诗意情怀的文学意境，具有质朴庄重与清新灵动的特色。刘玉堂以文学之笔回报沂蒙母亲的滋养，在满含深情的沂蒙语言意境中将沂蒙大地上发生的真实故事，呈现在万千沂蒙儿女眼前。

三、刘玉堂小说语言艺术的成因

文学语言风格的形成有着复杂的过程，一方面受作家心理、思维、文学观

---

① 刘玉堂：《最后一个生产队》，见刘玉堂：《县城意识》，银川：黄河出版社2007年第1版，第2页。

② 刘玉堂：《最后一个生产队》，见刘玉堂：《县城意识》，银川：黄河出版社2007年第1版，第23页。

念、审美情趣等各种内部因素的影响，一方面也离不开人生经历、社会变革等外部因素。一名成功乡土作家的语言艺术，必然以强烈的地域性色彩作为基本色。无论是从作家内心出发还是从作家的人生经历来看，刘玉堂小说作品中始终充盈着沂蒙地区在时代变革中的独特泥土气息。此外中国现代白话文语言变革给小说文体注入了新的活力，满足了社会发展过程中的表达需求，刘玉堂吸收中西方文化，以沂蒙方言进行文学创作，扎根沂蒙山、走出沂蒙山、审视沂蒙山，以现代知识分子的责任与担当在兼收并蓄的文化背景下形成了自己独特的语言风格。

（一）带有泥土气息的个体生命体验

刘玉堂出身于沂蒙农村家庭，深切地明白农民的苦痛与欢乐，熟悉农民的语言和故事，了解农民的审美趣味。在蒙山沂水的养育滋润下，刘玉堂形成了具有沂蒙泥土气息的个人生命体验，他将这种体验以文学之笔转化为小说文字，成就了原汁原味的沂蒙乡土小说创作。"刘玉堂的这种民间书写主体性和自觉意识，源自他对民间世界、民间文化的价值认知，与其所生所长的沂蒙山区和伴随着战争的枪炮声和推波逐浪般的革命运动走过来的童年、少年和青年时代的生活经历密切相关。"①童年经验对于一个作家的成长产生着深远的影响，从小在沂蒙山区摸爬滚打中长大的刘玉堂，对于土地、大山、溪流更是有着更深的体会与感情。因此刘玉堂对于乡土的认识与理解，更多的是浸润在他的血液与精神之中，体现在小说的沂蒙方言土语里。刘玉堂将沂蒙方言作为自己的小说语言，既是对于沂蒙故乡的无限回忆与热爱，也是铭刻于自己精神骨骼的泥土体验在发挥着神奇作用。

（二）当代知识分子对于乡土、革命的理性思考

刘玉堂作为一个从乡村走出的知识分子，他的小说写作的叙事视角更多是一种现代性注视，其富含乡土气息的小说语言是立足于沂蒙民间的真诚坚守与理性反思。"他用农民的语言写农民，放弃知识者在语言上的优越感实际上也即意味着放弃知识分子叙事中根深蒂固的自我意识。这一点最需要勇气，在当代作家中只有赵树理曾朝此做过不懈的努力，但他的小说仍有一个'局外

---

① 李掖平、赵庆超：《刘玉堂沂蒙小说论》，《中国现代文学研究丛刊》2012年第4期。

的'叙事者角色。在《乡村温柔》中，刘主堂干脆采用了让主要人物作为叙事人直接出场自述的方式来实现其完全采用农民语言叙事的目的，这不光是构思上的奇思异想，更是一种民间叙事立场的自觉追求。"①刘玉堂经历过"大跃进"、"文化大革命"、改革开放等历史事件，对于时代的感受较为深刻，在作品中呈现出一种作为知识分子对于民间立场的追求与对革命、乡土的反思意识。《最后一个生产队》以沂蒙山地区整个生产队的解散来表达对于时代伤痕的反思，在上层的经济策略、政治方针发生错误之后，乡土中国的文学应该如何抚平伤痕，成为一个乡村出身的、有责任感的作家难以回避的问题。小说中在讲到电视机开始在乡村出现以后，宣传队无人问津，乡村知识分子人物刘玉华曾向退伍军人韩富裕感慨道："老韩哪，我看咱俩都犯了一样的毛病，我留恋集体劳动的氛围，你迷恋宣传队的热闹，老想回复过去的时光，留住印象中的好东西，这可能吗？你就是把宣传队成立起来，制造一点人为的热闹又有什么意思？总觉得有点虚假，远不是原来的那种味道了不是？"②"人民公社化"与"大跃进"的风潮开始平静，乡村生活开始发生变化，集体劳动向个人致富转型，迷恋集体的农民一时无法接受这样的转变，在国家向现代化推进的浪潮面前，这一类人物形象的个人利益得失变得无足轻重。刘玉华作为乡村知识分子的代表，是一个思考者的形象，他对农村生产队的取消持辩证态度，一方面生产队的解散有助于生产力的提高，另一方面却造成了人心的分散。集体主义时代生产队有助于互帮互助，收拢人心。当农村实行包产单干以后，人们更加注重自己的利益，生产队时代一去不复返，只留给农民失望与哀伤。刘玉堂的小说立足于沂蒙山，却又能跳出沂蒙山，进而可以审视沂蒙山。"正是凭依着这种与乡土风物人情保持一定情感距离的叙述方式，作者始终能以一份清醒的理性来审视和辨认乡土世界的种种人情世态，并投入其文化反思的精神意向。"③像《秋天的错误》这部作品，作者从历史的长河中拉开一定距离，回

---

① 张清华：《大地上的喜剧——〈乡村温柔〉与刘玉堂新乡村小说的意义诠释》，《小说评论》1993年第3期。
② 刘玉堂：《最后一个生产队》，见刘玉堂：《县城意识》，黄河出版社2007年第1版，第23页。
③ 李掖平：《乡土反思与民间呈现——刘玉堂沂蒙小说创作综论》，《时代文学（上半月）》2014年第7期。

头审视沂蒙山区的单纯和善良，当社会风气混乱，单纯与善良的沂蒙山人成为被伤害最多的对象。刘玉华因为会修锁反而被公安系统误认为是罪犯，上级政府将"钓鱼台"人民的社会主义梦想打了哈哈等，都是刘玉堂作为一个乡村出身的当代知识分子站在更高的角度对乡村进行的反思。例如小说人物刘玉华的"三天实现轴承化，五天跑步进入共产主义"的梦想破灭以后，公社领导们不仅没有怪罪刘有子的意思，反而说了几句笑话，然后都笑嘻嘻地走了。作者这样描写刘玉华当时的内心感受："刘玉华就怎么也笑不出来。他觉得一个庄重而神圣、伟大而善良的愿望被人家当了儿戏，开了玩笑，打了哈哈。"①沂蒙山人为了一个玩笑而付出了巨大代价，而最终却只收获了一份难以磨灭的苦痛记忆，刘玉堂用自省性的小说语言反思了时代的荒诞与伤痛。

（三）地域性与世界性的乡土情结

刘玉堂具有非常浓厚的故土情怀，积极地从本地文化中吸收养分。受母语情结、乡土情结、沂蒙文学传统等影响，渴望用地方语言来书写沂蒙风土人情，体现自己的创作特色，用熟悉的乡土语言书写自己对于世界和人生的看法。乡土情结是刘玉堂小说创作的重要内在动机，长期的乡土生活让刘玉堂对沂蒙大地有着更深的感情。像《本乡本土》中，肖英跟刘玉宵谈起"文革"的时候曾说："这个沂蒙山啊，真是块让人负疚的土地，你只要跟它一沾边儿，就忘不了它，就永远觉得对不起它。"②作家从乡土情感出发，以自然的和文化的审美视角，描写乡村生活与地域文化，具有浓郁的乡土气息和地方特色，表现出一定的乡土人文关怀和较为深刻的地域文化内涵。作品取材于广大农村中最普遍、最常见的事物，用自己的文人情怀将各个方面的题材融为一个有机的整体，在对故乡的整体把握中展现对故乡人、故乡事、故乡情的理解与感悟。沂蒙地方语言具有鲜明的乡土特色，加之从小耳濡目染的沂蒙文学根基发力，为刘玉堂选择方言进行创作提供了良好的土壤，小说中随处可见沂蒙方言俗语的影子。例如小说人物刘玉华在替杨税务写检查的时候，作者这样写

---

① 刘玉堂：《秋天的错误》，见刘玉堂：《县城意识》，银川：黄河出版社2007年第1版，第75页。

② 刘玉堂：《本乡本土》，见刘玉堂：《县城意识》，银川：黄河出版社2007年第1版，第185页。

道："小酒盅这么一捏，小错误那么一犯，小检查这么一写，真是神仙过的日子啊！"①在这段话中小说人物刘玉华多次用"小"字形容一个事物或者一件事情，这正是沂蒙方言中经常会用到的形容词，有着沂蒙地区的独特含义，蕴藏着刘玉堂对于沂蒙山区的独特情感。刘玉堂的小说大多描写沂蒙山地区农民在革命、改革进程中所经历的故事，话题始终围绕沂蒙山区展开，描写美好人性、淳朴民风以及浓郁的乡俗，挖掘潜蕴在作品中的忧患精神与生命悲情。因此刘玉堂的小说语言始终带有沂蒙地域文化和革命文化的色彩，彰显出对沂蒙乡土与底层社会的真切关怀。

（四）传承沂蒙精神，树立沂蒙形象

一方水土养育一方人。蒙山沂水历来受到儒家"仁、义、忠、信"等传统思想的浸润，又在经历了革命的血战与改革的风暴以后，沂蒙地区形成了属于自己的地域精神，出现了一大批具有代表性的沂蒙人物。沂蒙大地的人物形象在性格上是整体偏于内向的，情感是丰富而深沉的。沂蒙人民历来以艰苦奋斗、甘于奉献、勤奋严谨、开拓创新等优良品性而著称，如小说《最后一个生产队》中的大批沂蒙人物形象就是特殊历史时期社会生活的典型呈现者。在刘来顺去东北接他娘回来的时候，被他哥大顺子训了一顿："沂蒙山那疙瘩的人我还不了解呀？沂蒙山人是惯于饿着肚子为饿着肚子的原因辩护的。看，我饿得多么有道理，多么有水平，多么光荣！又是革命传统，又是老革命区什么的。你要想办法让他吃饱呢，他就怀疑你的办法，这不对，那不对，甚至骂娘。连人要吃饭进而要吃饱吃好的道理都不懂，还毛泽东思想深入人心，集体的道理天长地久呢！"②沂蒙山地区可以说是乡土中国在抗战时期的典型代表，无数乡村与农民为了国家与民族的复兴贡献出了自己的土地、财富、热血甚至生命，他们身上带着强烈的革命英雄主义色彩与深厚的地区人文内涵。在传统文化与社会风气的熏陶下，沂蒙山地区的人民是博爱的，他们对待犯了错误的人有着一颗宽容的心。如杨税务在犯错误以后，"庄上的人知道他犯错误

① 刘玉堂：《最后一个生产队》，见刘玉堂：《县城意识》，银川：黄河出版社2007年第1版，第10页。

② 刘玉堂：《最后一个生产队》，见刘玉堂：《县城意识》，银川：黄河出版社2007年第1版，第24页。

了，也不问犯的是什么错误，都提溜着东西去看他，让他'好好吃饭把心放宽，千万不要想不开'"①。沂蒙山地区人民所经历的是残酷的抗战与激烈的社会变革，他们身上呈现出来的是中国近代历史进程中乡土灵魂的蜕变。《最后一个生产队》立足于历史节点，揭示与挖掘沂蒙人民形象的社会内涵。何为真正的沂蒙精神？如何传承沂蒙精神？沂蒙人民形象如何在小说中进行塑造？刘玉堂在小说中试图用实际行动解决这一系列问题，传承沂蒙精神与树立沂蒙形象，将小说中的沂蒙人物命运浮沉与乡土中国社会政治、经济、传统文化生活相结合，成为了他小说创作的一种追求。

四、刘玉堂小说语言艺术的意义与缺点

美国语言学家萨丕尔曾说："每一种语言都有它鲜明的特点，所以一种文学的内在形式限制——和可能性——从来不会和另一种文学完全一样。用一种语言的形式和质料形成的文学，总带着它模子的色彩和线条。"②刘玉堂小说的语言为小说人物和读者提供了富有地方气息的情境，展现了地区文化，塑造了沂蒙人物形象，以实际创作确立了一种属于文学的自由精神与个性主义，丰富了小说语言文体的创新与建设。但方言写作与现有的普通话体系应该如何保持恰当的张力，又同样成为每一位以方言进行文学创作的作家必须考虑的问题。

（一）创造了书面方言与口语完美融合的文体形式

刘玉堂在"沂蒙山系列小说"中成功地将沂蒙方言口语转化为书面语言，创造了一种具有沂蒙地域特色与民族风格的小说语言形式。"民族风格，只能在创造性的文学实践中，在对外来文艺和民族传统文艺的吸收、转化与扬弃过程中，自然而然地产生和发展。"③刘玉堂继承吸收了原汁原味的中国民间话语，借鉴西方口语简洁直观的表达优势，创作出新的小说文体形式。例如在《乡村温柔》中，作者用"小油墨"代替"小幽默"，用沂蒙方言方音来表达

---

① 刘玉堂：《最后一个生产队》，见刘玉堂：《县城意识》，银川：黄河出版社2007年1版，第6页。

② ［美］爱德华·萨丕尔：《语言论》，陆卓员译，北京：商务印书馆1985年版，第199页。

③ 陈国恩：《中国现代文学的历史与文化透视》，武汉：武汉大学出版社2005年版，第2页。

新的名词，将地域色彩与时代观念在小说中完美地呈现在读者面前，"《乡村温柔》这样的小说重新让我们看到了从赵树理那里延伸过来的喜剧传统，并且它由于其文化和语言（叙述）新质的注入而使这种传统得到创造性的发展"①。在《最后一个生产队》中，作者写道："刘来顺开始织布的时候，那个女孩不断地来送做纬用的线穗子，刘巧儿似的提着篮子，蹦蹦跶跶很活泼。她第一次来送线穗子的时候，还给他家捎来一小罐儿蜂蜜。刘来顺他娘过意不去，留她吃饭，她说行，吃就吃。问她吃羊肉吗？她说她什么也能吃，狗屎头子不能吃，狗屎头子能吃她也吃。刘来顺就不计前嫌了，这人说话原来就这么个说法，上回她不一定是有意骂他。"②刘玉堂将小说口语化的叙事语言与人物方言对话相结合，形成和谐统一的小说语言形式。他的小说用真挚的情感关心故乡的发展，用文学的眼光来思考人生、社会、历史的意义。在刘玉堂的小说语言里，我们看到，他用实际创作拉近了文学与农民的距离，以方言写作的文学形式真正为中国最广大的农民阶层发出呼声。

（二）体现了具有鲜明沂蒙特色的地域文化

刘玉堂的"沂蒙山系列小说"扎根于沂蒙山这片热土，运用大量颇具动作性与戏谑意味的沂蒙方言土语，体现出鲜明的地域文化特点，使作品具有浓郁的乡土文化情怀，他的小说语言对中国当代乡土文学的语言发展做出了有益的探索。"过去，我们大多把语言作为工具，作为媒介。这种误会极大地阻碍着我们对文学的理解。其实，语言是一种符号，是人的特征。作为一种基本结构，语言具有组织话语的能力，是接近人类心灵的结构。人是在语言中进行独特的发明和创造的动物，语言本身便构成文化现象。"③刘玉堂小说中的方言，正是沂蒙文化最直观的代表。沂蒙方言是沂蒙文化的重要组成部分，在方言中隐藏着一个地区深厚的文化底蕴。同时刘玉堂小说以方言进行创作，是对一个地区传统文化与民俗的继承与保护。"从民俗学的学科属性和学术史上的

① 张清华：《大地上的喜剧——〈乡村温柔〉与刘玉堂新乡村小说的意义诠释》，《小说评论》1993年第3期。
② 刘玉堂：《最后一个生产队》，见刘玉堂：《县城意识》，银川：黄河出版社2007年第1版，第13页。
③ 程文超：《深入理解语言》，《文学评论》1988年第1期。

研究实践来看，民间语言主要指那些有着鲜明浓厚的民俗文化特色的俗话套语。"①刘玉堂的小说创作受到沂蒙民间文化的深刻影响，他小说中的人物形象、口语、方言、风土人情，都展现了鲜明的沂蒙地域文化与习俗，比如《秋天的错误》中刘玉华等人在瓜棚吃瓜的时候，看瓜老头一脸疑惑地嘟囔"不沾弦啊，这怎么沾弦"②。他的学问化方言大俗大雅，在"土"的强大磁场中给人耳目一新的阅读感受。

文学的地域性体现出文化个性的多元、丰富和生命力，文学成为体现地域文化的有效手段。地域文化影响作家的思维方式、气质脾性和审美志趣，孕育出了一些独具特色的文学流派。在全球化影响越来越大的今天，文学的地域性显得更为独特与重要。热衷于地域文化书写的作家，都有意无意地采用方言进行写作。"蒙山高，沂水长"的沂蒙山区给了刘玉堂博大的胸襟与温情的审美，让他在文学创作中能够不断从故土中吸收文学的养料。刘玉堂非常重视传统文化、地域文化对于自己创作的促进作用，他曾说："我们过去提一个地方的文化，基本都是传统文化加革命文化，现在则更多地提传统文化加地域文化。作为地方文化是我有你没有的那部分，我有你也有大概就叫传统文化。这些东西生命都比较久远。"如小说《最后一个生产队》就饱含着沂蒙文化的气息，将文学与文化、政治、历史充分融合，传达出具有沂蒙特色的审美内涵。沂蒙文化融合了齐鲁文化、革命文化与本土文化，成为一种尊崇仁义、强调奉献精神的文化。刘玉堂在方言写作中强调原汁原味的故事呈现，是对沂蒙文化的吸收与传承。其小说语言充盈着沂蒙山人的热情、朴实，敢于直面历史问题，立足沂蒙地域文化，将沂蒙山地区在政策转变时期的社会状态与心理变迁历程真切呈现。

（三）过量沂蒙方言与深厚乡土情感制约了小说的艺术魅力

刘玉堂以方言土语书写的"沂蒙山系列小说"，如同沂蒙山间清晨最明媚的阳光，在不经意之间温暖读者的心房；如同傍晚最飘渺的炊烟，在日落之时勾起远行之人对沂蒙土地的向往。在刘玉堂关于沂蒙大地的语言文字

---

① 黄涛：《作为民俗现象的民间语言》，《文化学刊》2008年第3期。
② 刘玉堂：《秋天的错误》，见刘玉堂：《县城意识》，银川：黄河出版社2007年第1版，第55页。

里，我们看出文学是值得敬畏的，它是对沂蒙大地的情怀，是对一草一木的敬畏，同时读者也感受到，只有人生和文学进入敬畏，才是一种正确的选择。但是刘玉堂满篇的方言土语还是给沂蒙山地区以外的读者造成了不小的阅读障碍，这阻碍了刘玉堂小说在更大范围内的传播。如何平衡方言与普通话的比重，如何更好地以方言作为展现地域文化特色的途径，依然成为作家突破自我的一个重要问题。

刘玉堂小说探索出了具有鲜明地域色彩的语言风格，他的方言写作，既是对于中国传统文学中方言写作传统的继承，又是在时代大背景之下对于民族文学的弘扬。刘玉堂扎根沂蒙大地，为了书写故乡的苦难与民族心灵的蜕变，为了给读者以健康向上的力量，用方言与口语进行写作，是一种文化自觉，也是一种文化自信。在刘玉堂的沂蒙方言写作中，地方神韵往往能被充分挖掘，沂蒙方言的优势在于传递出一种沂蒙文化氛围，让沂蒙文化精髓和文学语言表达结合得更紧密，进一步拓展了当代文学表达的空间。同时刘玉堂小说语言也存在不足，他的沂蒙方言写作有很大的地域局限性。"方言凝聚了作家的童年经验与文化记忆，是其对世界最基本的经验，一个作家不可能置方言于不顾，但是，另一方面，他们又不得不使用普通话，否则就无法与其他方言区的读者交流，因此，很多作家都处在一个两难的境遇中，如何处理方言与普通话的关系是新时期文学语言建构的一个重要问题。"①整篇的沂蒙方言口语形成了刘玉堂小说创作的重要特色，但也给沂蒙山地区以外的读者带来一定的阅读障碍，他的文学创作尤其需要注意文学与受众距离的问题。中国现当代文学中的方言写作源远流长，枝繁叶茂，不仅存在于中国当代乡土文学，也存在于城市文学。刘玉堂小说语言的艺术价值与魅力，与其沂蒙方言写作的方式密不可分。正是怀着对沂蒙地域文化的自觉与自信、对中国传统文化的热诚与坚守，刘玉堂的方言写作在当代中国文学中才彰显出更大的魅力与价值。

第二节　《秋天的错误》：狂欢化·历史书写·中国农民式幽默

文学是对抗遗忘的最好武器。不同于社会学、历史学的记录式书写，

---

① 张卫中：《20世纪中国文学语言变迁史》，北京：中国社会科学出版社2013年版，第207页。

文学不仅是对事件的细节性描绘，而且是对凝固历史的复原式再现和关于情感、心理与灵魂世界的审美想象，以此确立了一种对抗生命时间性存在和雕像般历史凝固化存在的永远鲜活流动的、感性的精神性存在。正如丹麦文学史家勃兰兑斯所言："文学史，就其本质意义上来说，是心灵史，是一个民族心灵的历史。"[①]对于中国当代文学而言，如何承继已有的文学传统，书写当代社会剧变下的心灵颤栗，呈现"一个民族的心灵史"，是优秀作家所必须面对的问题。刘玉堂发表于《时代文学》1992年第1期的《秋天的错误》，在承继鲁迅、沈从文、赵树理、柳青、路遥、高晓声等人的乡土文学创作经验和审美思维方式的同时，以其对沂蒙山传统文化、民间伦理、心理结构的深入思考，呈现了当代中国历史剧变中的极富有戏剧性的"大跃进"运动历史横断面下中国农民情感世界的跌宕起伏和历史心灵结构深处的震颤与裂变。《秋天的错误》和刘玉堂的《钓鱼台纪事》《温柔之乡》《最后一个生产队》《乡村温柔》等沂蒙山系列乡土小说，构成了新时期以来中国乡土文学别具一格的存在。

一、民间、传统与意识形态的共时性逻辑结构

中国现代乡土小说具有多种模式，如鲁迅的启蒙思想的审美模式，沈从文的湘西优美人性的审美模式，赵树理的农民口语化问题小说审美模式，等等，各具艺术特色，独成一家。刘玉堂的沂蒙山系列乡土小说，汲取了中国现代乡土文学叙事传统，又不拘泥于已有的审美思维模式，开创了新时期中国当代乡土文学的审美新模式。这种当代乡土文学的审美新模式主要体现在打破了以往的思想启蒙或意识形态的单一审美思维方式，同时又不简单地拒斥政治意识形态在现实生活中的真实存在，在呈现政治意识形态真实存在的同时突出了民俗文化、传统文化在民间文化形态结构中的稳定性、主导性存在，即形成了一个民间、民俗、传统文化与政治意识形态的多元交织、重叠、消解、并存的共时性逻辑结构。

---

① ［丹麦］勃兰兑斯：《十九世纪文学主流·序》，张道真等译，北京：人民文学出版社1980年版，第2页。

　　"一切都是由那个电话引起的。那天下雨，钓鱼台大队部里挤了很多人，能坐的地方全坐满了，也还是有人陆续来。钓鱼台人喜欢下雨，一下雨就跟过年似的心花怒放喜笑颜开。一个人在家里心花怒放还不过瘾，老想凑成堆儿抒发一下：'好家伙，正在南洼锄着地，说下就下了，淋得咱不轻，啊——哧，弄不好得让它淋个小感冒儿！'"①开篇第一段包蕴了丰富的信息。"一切都是由那个电话引起的。"第一句话，言简意赅，富有很大的想象空间，体现了刘玉堂高超的叙事技巧，一下子就抓住了整个小说文本的故事源头和发展脉络。同时，这句话还具有另外一种结构功能，就是向读者展现了一种来自外部力量对"钓鱼台"民间日常生活的强大"介入"和深刻的精神影响，小说结构首先体现为"自我"与"他者"、民间与政治意识形态的叠合、交错、对立的缠绕关系。钓鱼台大队部，本来日常里就只有刘乃厚这一个接线员来宣示、传达"上级"的精神指示，具有一定意义的"神圣化""神秘化"和严肃政治化色彩；但是，"下雨"之际，这里却"挤了很多人，能坐的地方全坐满了，也还是有人陆续来"。随着众多农民的到来，这个乡村唯一的、严肃的、狭小的政治空间，一下子被众人的到来"稀释了"，严肃的政治意味不仅被大大冲淡了，而且还具有了嬉闹嬉戏的娱乐、抒情空间。因此，在"下雨"这一个特定的时间、空间环境下，"钓鱼台大队部"从一个呈现为高度意识形态化、精英化的乡间政治空间，一度演化为一个"雨中的"、大众化的、带有某种狂欢性质的"农民娱乐俱乐部"。这其中有一个细节特别生动，极富有意味："还有人冒着雨踩着泥地陆续来，来到就用门槛刮鞋泥，一会儿就在门口筑成了个小堤坝，地上更是狼藉不堪。"②"用门槛刮鞋泥"，本是乡间农民在泥泞雨天回家进屋之前的一个细节性的、习惯性动作，要在门槛上刮掉沾在布鞋或球鞋上的泥巴。但在《秋天的错误》里面，农民鞋上的泥巴刮在了"大队部"的"政治"门槛上，"在门口筑成了个小堤坝""狼藉不堪"，无疑具有一种新的意蕴：在政治化、精英化的乡村政治门槛已经挂上了农民鞋上的厚厚"泥巴"，农民的民间"土气""泥滋味"充斥着政治意识形态的空间。文本中的"操""你娘

① 刘玉堂：《秋天的错误》，《时代文学》1992年第1期。
② 刘玉堂：《秋天的错误》，《时代文学》1992年第1期。

个×"等民间粗俗之语的不时出现，则进一步加重了"钓鱼台大队部"的乡野世俗气息。

从深层的心理来看，农民在大队部门槛刮泥巴、拥挤嬉戏、粗俗骂娘，体现了民间文化对政治文化的潜在抗争、消解和戏弄。面对刘乃厚"别坐着电话线"的不友好态度，"王德宝嘟囔道：'骂人还能听不见？操，这电话安了快一年了，我一回也没捞着接，谁跟你好你让谁接，就跟你家的样的！'"①面对政治文化中的"神圣化""神秘化""精英化"，王德宝提出了抗议，并得到了众人的支持，"公家的东西让大伙儿都接接"，但是这种抗议是非常诡异的。王德宝和众人抗争的不是政治意识形态对个体的规约和压抑，而是抗议政治意识形态对自我和众人的疏离。"上级的新精神不能光你一个人听，不接电话怎么能知道必然产物？"王德宝和众人争取的是能够与上层精神建筑的"直接对话"，成为能够直接聆听政治意识形态的"近距离听众"。这显现出中国民间文化中的传统文化的深刻影响，展现出民间文化对政治意识形态的既恨又爱、既嬉戏又严肃、既排斥又依恋的复杂文化生态。

"大队部"不管充斥了多少农民，也不管农民如何嬉戏，它依然在本质上是一个政治意识形态的精神存在。就在王德宝等人在争取政治"接话权"的时候，上级电话来了，政治意识形态似苏醒的巨人一样，一瞬间展现了它在乡间文化生态的强大的"他者性"存在。"电话里要他转告大队长王秀云，让她立即组织全村青壮劳力到公社驻地去砸钢珠儿，全公社要在三天之内实现独轮车轴承化，五天之内跑步进入共产主义。"②正是这一个来自"上级"的政治意识形态，改变了那一年的秋天，在刘玉华、王德宝的心灵中刻下了终生难以磨灭的精神记忆。民间、传统文化与政治意识形态就这样纵横交错、共时态呈现于中国乡村文化现实之中，"作家都摆脱了宣传、或肯定某种政策的传统思维模式，写出了民间社会生活在某一个政治性事件侵犯下会发生怎样的变动，又怎样的渐渐归于沉寂。由于不再是单向型地评价历史，作家把注意力集中到生活场景的自在状态上，表述人们对历史变动所持的无可奈何，又按照各自的理解去积极参与的复杂态度，这就构成了巴赫金所归纳的'复调结构'"。③

---

① 刘玉堂：《秋天的错误》，《时代文学》1992年第1期。
② 刘玉堂：《秋天的错误》，《时代文学》1992年第1期。
③ 陈思和：《民间的温馨》，《上海文学》1993年第10期。

二、革命、青春与社会主义乌托邦的狂欢化叙事

沂蒙山区有着悠久的革命传统，沂蒙山人民有着坚忍不拔、奋斗牺牲的革命精神，沂蒙山文学有着鲜明的红色革命文学的精神内涵。新中国的成立，让为革命做出巨大牺牲的沂蒙山人民有着无比的自豪感和翻身做主人的激情。20世纪50年代以后，沂蒙山这种革命激情渐渐转化为社会主义建设的生产热情和对新生活的期待。刘玉堂的《秋天的错误》就是呈现1958年"鼓足干劲、力争上游、多快好省地建设社会主义"这一政治召唤下所发生的独特故事。在"钓鱼台大队部"没有接到那个特殊电话之前，钓鱼台人已经表现出高度的社会主义建设热情：对于公社化把"钓鱼台高级农业社改成了钓鱼台大队"还不习惯，感觉"象矮了一级，赶不上高级社高级"，就连刘乃厚对王德宝的批评，在民间粗野的笑骂中，也不时掺夹着"不破除迷信解放思想你会越来越不懂，刷地就让社会主义甩个十万八千里"的政治话语。刘乃厚等人的话语在不经意间显现出沂蒙山民间、传统官本位文化、当代革命文化与1958年社会主义"大跃进"政治话语之间内在思想的吻合与缝隙。

对于钓鱼台农民来说，他们本来就对革命有着无比的热情，对社会主义新生活有着热切的期待，因而，那个伟大的电话的到来，钓鱼台农民对它的"必然性"的肯定理解很值得玩味。

> 屋里又热闹起来："亏着安了电话哩，要不共产主义到了咱家门口了咱还不知道，多危险！"
>
> "那年一升高级社，我就知道共产主义快了，看看，怎么样？五天之内就能跑步进入了吧？咱得好好跑，别让它甩个十万八千里！"
>
> "共产主义一实现，就要喝牛奶，如今连奶牛的毛儿都没看见，五天之内恐怕够呛哩！"
>
> 刘乃厚就说："考虑共产主义你不能光从享受的角度，主要是鼓足干劲力争上游，嗯！"[①]

① 刘玉堂：《秋天的错误》，《时代文学》1992年第1期。

钓鱼台农民对"三天之内实现独轮车轴承化，五天之内跑步进入共产主义"这一"乌托邦"式的政治幻想，不仅没有进行高度质疑（仅有刘玉华怀疑听错了和刘乃厚对轴承化的不理解），而且表现出很大程度的认同和丰富的延展性想象。但就在这种突然到来的"共产主义"的精神眩晕中，沂蒙山农民却在高度认同下的进一步丰富想象中，不经意发现了"共产主义"精神眩晕的幻想性——"共产主义一实现，就要喝牛奶，如今连奶牛的毛儿都没看见，五天之内恐怕够呛哩！"[①]沂蒙山农民的民间文化、现实生活朴素的"物质化"思维方式在这一刻显现了与"上级"的"跑步进入共产主义"的政治意识形态的现实裂痕。显然，这是钓鱼台农民从现实生活出发的对"五天之内跑步进入共产主义"的一种民间的、现实的、委婉表达的不解与疑虑。然而，这一丝来自现实生活维度的理性疑问很快就被来自当代革命文化和社会主义"乌托邦"的激情理想所取代。

钓鱼台村砸钢珠儿的队伍一行六十名青年男女，在大队长王秀云的带领下当晚就出发了。刘乃厚没去成，还很有些遗憾。刘玉堂描绘他们："戴着斗笠，穿着蓑衣，提着马灯，一路说说笑笑，浩浩荡荡，向公社进发。"队伍中的刘玉华、王德宝也感觉到这种集体革命行为的特殊意义：军事化性质、工业化特点、共产主义实现的前夕等等。显然，这种对"跑步进入共产主义"的"乌托邦"热情很大程度上是来自钓鱼台青年男女的青春激情。活力四射的青春激情与革命信仰、新生活期待与民间狂欢化深层心理结构，在"共产主义"的理想召唤的神秘而新鲜刺激的集体深夜急行军活动中激发出来。这个无比崇高、神圣、伟大的"共产主义之夜"，同时也是这群青年男女青春激情和生命创造欲望的躁动、宣泄的狂欢之夜。这特别表现在过河和吃甜瓜的事情方面。第一次过河的时候，"男社员背着女社员还能过，女社员在男社员的背上还能叽叽喳喳，男社员们也能互相打趣。"第二次过河，"水很大，且很急，须牵着手才能过得去。河底的鹅卵石在翻滚，姑娘们拽着别人的手还站不稳，一不小心就歪倒在这个或那个男社员的身上，让小伙子们有些异样的感觉生出来，就护卫得格外上心和卖力"[②]。由于要过七次的河，这种青年男女在身体上的接触就达七次之多。这在"男女授受不亲"的传统封闭文化空间里，无疑是一

---

① 刘玉堂：《秋天的错误》，《时代文学》1992年第1期。
② 刘玉堂：《秋天的错误》，《时代文学》1992年第1期。

种极大的"力比多"宣泄与释放。不仅如此，在后来的"轴承化"集体劳动间隙里，不仅刘玉华的"力比多"和青春激情一样开始膨胀，他为小调妮献情诗，两人感情不断升温；乃至于连王秀云这个带有很强政治意识形态的钓鱼台大队长也在这个火热的共产主义前夕，专门"跑十来里路过七次河""大鸣大放"来看"右派"杨某人，深夜漫步情意绵绵。

钓鱼台青年农民男女的"共产主义之夜"不仅有着"乌托邦"的政治狂热，有着青春激情和欲望的翻腾，还有着农民特有的实实在在的、现实的、物质欲望的满足。深夜急行军，不仅有着种种美好的梦幻般的感觉、体验与满足，还有着很现实的体力消耗与饥饿感。本来听到共产主义马上到来就兴奋得吃不下饭的男女们，此时已经饥肠辘辘。有点墨水的刘玉华想出来一个点子：再有五天共产主义就实现了，这一大片瓜就归全民所有了，那就要各尽所能按需分配了，现在有点饿，按需分配摘瓜去。面对看瓜老头的反对，刘玉华讲的一套套"全民所有、按需分配"理论，把老头唬得一愣一愣的。耐不住四周一片"咔哧咔哧"的啃瓜声诱惑，就连看瓜老头也加入了提前的"共产主义试点"生活，乃至在吃完瓜后，主动建议煮嫩玉米吃。"少吃也是吃，多吃也是吃，那就不如狠狠地吃它一家伙！"①这个"共产主义前夕"，不仅革命热情有了用武之地，就连平时抑制的青春欲望也得到了一定的宣泄和满足，而且还别有情趣的大饱口腹之欲。

在马克思主义批评家弗雷德里克·詹姆逊看来，大众文化文本"必然涉及一套复杂的修辞策略，其中所提供的物质刺激成了意识形态的凝聚力。我们可以说，这些刺激物，以及被大众文化文本控制的那些冲动，在性质上必然是乌托邦的。……这些乌托邦的冲动——对外部生活、变形的身体和异常的性满足的幻想——可以作为一个模式，用来分析最粗糙的操纵形式对人类最古老的乌托邦渴望的依赖"。②显然，刘玉华等钓鱼台青年农民男女"跑步进入共产主义"的"乌托邦"式政治狂欢是从精神、欲望到物质的全方位的体验与满足。

---

① 刘玉堂：《秋天的错误》，《时代文学》1992年第1期。
② ［美］弗雷德里克·詹姆逊：《政治无意识》，王逢振、陈永国译，北京：中国社会科学出版社1999年版，第276页。

三、漫长的历史梦魇

刘玉华、王德宝等钓鱼台农民在"跑步进入共产主义"过程中经历了从天堂坠落地狱般的思想巨变和精神痛苦。来到公社驻地,在"共产主义"的乌托邦梦幻冲动下,身为组长的刘玉华对单调、乏味的人工砸钢珠很不满意,与心中想象的共产主义速度有着很大距离,"操,共产主义马上就要实现了那怎么能静得下心!如今的年代这么火红,谁又能耐得住性儿?就好比明天就要过年了,今天谁还沉得住气吭哧吭哧把地刨?"①不仅刘玉华感觉到了砸钢珠的不科学性,"上级"也注意到了。公社领导宣布不砸钢珠了,这让集体夜行军而来的、在劳动中感受到革命激情和美好爱情的钓鱼台农民很不满足。

> 小调妮儿就有点小遗憾:"刚热闹了一天,就这么散伙了?"
> 刘玉华说:"不散伙,还有更伟大更光荣的任务等着咱们呢,现在我代表公社党委庄严宣布:全党总动员,全民齐动手,群策群力,大炼钢铁,现在正、式、开、始!"他说完,手臂有力地一挥。
> 又是一桩新鲜事儿!大伙儿又一下愣住了。半天,王德宝说:"这个年代怪火红不假,新鲜事儿层出不、不穷!"②

于是,这种单调、缓慢、乏味的砸钢珠活动被一场新的、更大规模的、更高等级的"全党总动员,全民齐动手"的大炼钢铁运动取代了。对此,钓鱼台的农民提出了疑惑:"三天之内实现独轮车轴承化"废掉了,"五天之内跑步进入共产主义"是不是有点悬?钓鱼台的乡间知识分子刘玉华没有问,上级也没有说。好在,钓鱼台的农民没有进一步深究,他们也从没有深究过,在他们看来,那都是"上级"的事,更何况是一向听从革命召唤的沂蒙山人民。刘玉华向热情依然高涨、不甘落后的钓鱼台农民宣传"上级"指示的话语和手臂有力挥舞的动作,极富有模仿性、夸张性和渲染力。面对上级传来的新的、更大的召唤,刘玉华等人又满腔热忱投入了全部热情。

---

① 刘玉堂:《秋天的错误》,《时代文学》1992年第1期。
② 刘玉堂:《秋天的错误》,《时代文学》1992年第1期。

　　但是，大队长王秀云的到来却传达了一个让人惊讶的消息：别的村庄把铜盆铁锅门鼻儿都缴了，跟不过了样的。钓鱼台大队书记刘曰庆抵制这种做法，说："又不是打孟良崮，打孟良崮我村献出门板儿一百单八付，出民工七七四十九，我们三百五十口人的一个小庄在战争年代共牺牲三五一十五，这才换来和平民主新政权，穷苦农民把身翻。怎么？现在让咱缴铜盆铁锅门鼻儿？咱用点工人阶级造的东西让咱缴，工人吃咱农民种的粮食干嘛不缴？这工农联盟就这么个联法儿呀？莫斯科大饭店咱住过，毛主席的手咱握过，出了问题我顶着，谁有意见找毛主席反映去！"[①]刘曰庆的话语体现了从农民现实生活出发的民间伦理和朴素的思想。但是，一向听从革命召唤的农民群众的革命热情却没有降下来，王德宝说"当了劳模别骄傲自满，一骄傲自满就甩他个十万八千里"，唯恐赶不上"共产主义"的步伐，唯恐落伍于时代。

　　继续追赶"共产主义"的钓鱼台农民刘玉华等人没有因为大队书记的消极抵制而降低对革命"乌托邦"的信仰和热情。深夜睡不着觉的刘玉华琢磨，要在这火红的年代里搞个技术革新——在曲柳河上安个自动性质的水磨。这得到了公社领导的大力支持，自动化水磨很快建立起来，当晚就向县委打电话报喜。这个水磨真发挥了作用，民工们吃煎饼、喝稀粥，就是自动化磨坊加工的；不仅如此，小调妮因为这个自动化水磨对刘玉华更加崇拜了，主动来找刘玉华散步。他们就在水磨附近的小瀑布下面洗这洗那，洗得精神焕发之后就谈形势、谈理想。刘玉华说："照这么干下去，十五年超过老英是没问题的。"小调妮儿说："自动化磨坊成功了，成绩不小，可也别骄傲自满。"自动化水磨的成功给刘玉华以极大的信心，坚定了上级的革命召唤，同时身体内的"力比多"无限膨胀起来，已经升温的感情得到进一步巩固，两人确定了终身大事。

　　就在刘玉华得意洋洋、信心十足的时候，给他带来了成功体验、饱满信心、爱情洋溢的水磨突然处于一种危机状态。随着夜晚降水，那个小瀑布一下变宽变急了，石磨在摇摇晃晃，涡轮眼看就要散架，刘玉华就跳下去了。支撑石磨的石台倒了，砸到了刘玉华的脚上，左脚的五个脚趾齐崭崭地全被砸掉了，露着惨白的骨茬儿和渗着血汁的白肉。第二天上午刘玉华在公社医院醒

---

① 刘玉堂：《秋天的错误》，《时代文学》1992年第1期。

来，依然惦记着"五天之内跑步进入共产主义"。小调妮哭着捶打他："你个傻×呀，自己的脚趾头都没了，还管共产主义呢！"

> 失掉了五个脚趾头，刘玉华当然就有点小痛苦，但还不怎么太难过，那毕竟是身体各部位当中最不重要的部位，失掉了五个还有五个。最让他难过的是：轴承化的问题三天之内没实现就没实现，问题是五天之内跑步进入共产主义的问题也泡汤了，一个电话两个谎，我们的上级怎么能这样？①

失掉脚趾头的刘玉华，开始追问和反思"五天之内跑步进入共产主义"的由来。"一个电话两个谎，我们的上级怎么能这样？"一向无比信任"上级"的刘玉华，担心"上级"如何向民众交待？如何不失去"民心"？但是，刘玉华严肃而真诚的疑问被前来看望他的"上级"很轻易地滑过去了。公社领导说，很可能是刘有子打的，他喜欢接个电话下个通知什么的，净胡啰啰儿。公社领导们都笑嘻嘻地走了。"刘玉华就怎么也笑不出来。他觉得一个庄重而神圣、伟大而善良的愿望被人家当了儿戏，开了玩笑，打了哈哈。"不仅是刘玉华心中很神圣、崇高、纯洁的美好理想和愿望被亵渎了，受到了一种沉重的精神伤害，在刘玉华的断脚开始结痂准备出院的时候，一向随大流的王德宝的眼睛让铁水灼伤看不见了。当王秀云推着独轮车来接他俩，"民工们看着他二位一边一个地坐在独轮车上，王秀云推着，小调妮儿拉着，吱嘎吱嘎地离去的时候，一个个就都表情默默的，整个工场上悄然无声"。事实上，不仅仅是刘玉华、王德宝、看瓜老头被"共产主义"耍了，神州几亿中国人都被耍了。面对泪流满面、前来道歉的刘玉华，看瓜老头笑笑说："不咋的，全当闹着玩儿的！"

悲剧并没有停止。随后那整个秋天，钓鱼台的青壮劳力炼铁的炼铁，修水库的修水库，以至于成熟的庄稼腐烂在地里。天冷了，上冻了，大队长王秀云急了眼，让人套牛，在地瓜垄上、花生墩儿上犁，发动老婆孩子的去拣，刘玉华一瘸一拐地也去拣，王德宝就在那里摸。更具有隐喻性质的是，若干年后，

---

① 刘玉堂：《秋天的错误》，《时代文学》1992年第1期。

刘玉华那个刚会跑的孩子不知怎么把两粒钢珠儿给吞到肚子里去了，而这带血的钢珠就是那年秋天砸的。悲剧没有停止，不仅在刘玉华、王德宝身上留下难以磨灭的创伤瘢痕，而且还在下一代孩子那里发生。

"马克思主义的解释学——用历史唯物主义诠释文化丰碑的过去和过去的踪迹——必须达到这种确定性，即一切阶级历史的作品，仅就它们在我们时代的博物馆、制度和'传统'中幸存下来并流传下去这一点而言，都不同方式地具有深刻的意识形态性，都与基于暴力和剥削的社会结构有着息息相关的利益和功能关系；最后，恢复最伟大的文化丰碑的意义与它们中所包含的一切压抑因素、一切与负有不仅特别使文化而且使历史本身成为漫长梦魇之罪过感的特权和阶级统治攻守同盟的因素进行激烈的和带有党派偏见的评价是分不开的。"①作为一部具有深刻意识形态性质和新中国初期社会主义建设历史记忆的文学文本，《秋天的错误》较为成功地展示了民间、传统、政治意识形态与生命个体之间的叠合、错位、缠绕、纠结的复杂精神互动，呈现了"秋天"何以成为"错误"，"共产主义"梦幻何以成为刘玉华、王德宝等人漫长人生的历史梦魇之罪的内在精神文化脉络。

四、从语言、结构形式到思想内容的幽默神韵

刘玉堂的小说《秋天的错误》何以能够规避以往的意识形态叙述误区、雷区，独辟蹊径，融民间、传统、政治意识形态于一体，进行共时性、多元化审美叙述呢？细细品味，我们就会发现《秋天的错误》一文中处处、时时闪现着一种来自乡土大地的、具有民间文化伦理意味的幽默神韵。在刘玉堂那里，幽默不仅仅是一种语言艺术修辞，而是贯穿整个小说文本的逻辑理念，是蕴含于字里行间的、饱满的、浑厚的、流动的、富有民间泥土气息和传统文化质地的精神气质和艺术神韵。"刘玉堂创造了独特的小说文体风格，用幽默的叙述展示钓鱼台的乡土文化和农民的心灵世界。……刘玉堂的幽默尽管有些难以名状的微妙，但更多的是理解，含蓄着生自生活底里的坚实、柔韧的人格内涵。

---

① ［美］弗雷德里克·詹姆逊：《政治无意识》，王逢振、陈永国译，北京：中国社会科学出版社1999年版，第285页。

他'善于用平淡从容的口吻让人体味一种难言的苦涩'。幽默不再是佐料和点缀，而是农民智慧对政治观念的化解。作者用幽默开拓了独特的思维空间和精彩的话语世界，用轻松、温馨、妙趣横生的方式叙述着变革与愚昧同在、希望与苦难共存的复杂体验。"①

首先，刘玉堂的幽默是多种异质语言形态所构成的语言张力。刘玉堂的小说《秋天的错误》中人物的语言就具有多种异质性语言形态。如大队书记刘曰庆的犀利、深刻、酣畅淋漓的语言表达，体现了他为沂蒙山人做出的巨大牺牲与"大跃进"中抵制上缴铁器的不同态度，发人深思；如大队长王秀云语言的刚柔并济，小调妮的机智伶俐等，无不活灵活现。即使同一个人，也在不同的语境下操持着不同的语言形态，如刘玉华显现着乡间知识分子的独特韵味，一方面他紧跟时代最时髦的政治话语，不是"解放思想破除迷信"，就是"按需分配，各取所需"，表现出较高的政治水平；另一方面在与被称为"玉皇大帝"的邻居对话中，却又文白夹杂，故意显摆出一副乡村老学究的样子，不时"之乎者也""吾吾"个不停；而在与小调妮的情感对话中，刘玉华又展现出悠然自得的民间风俗俚语来，说出"风不来，树不响，这地方不摸它不长"等令小调妮心悦诚服的"啰啰"来。通过语言的艺术魔力，小说塑造了刘玉华这样一个融历史、文化、现实、政治、民间意识于一体的复杂人物形象。"刘玉堂语言的敏感是最重要的。他充分看到了中国当代语言的构成要素。农村语言主要来自两个方面：一是主流意识形态，来自官方语言的影响；再一个是原汁原味的农民语言。小说中构成了两种语言有意思的结合与碰撞，形成了很强的活力。"②

其次，在结构形式上，刘玉堂采用了具有中国传统评书样式的"花开两朵，各表一枝"的结构技法，从一个特殊的电话引起故事的发生，到作者叙述的"共产主义之夜"，作者穿插了刘玉华"集体劳动好，有人来作证"的故事来由。在实现轴承化和大炼钢铁的事件中，又大量穿插了王秀云与杨秘书的情意绵绵，使作品跌宕生姿、摇曳生动。这一方面舒缓了故事叙述的节奏和紧

---

① 王万森：《幽默：沂蒙文化和文体风格——读刘玉堂的"钓鱼台系列小说"》，《小说评论》1993年第6期。

② 易木：《乡土小说创作的新收获——刘玉堂新乡土小说研讨会纪要》，《小说评论》1999年第1期。

张、高昂的革命热情，另一方面借助文本中的这类民间故事的方式纾解和消除了以往的意识形态叙述主线，从而建构了一种民间与政治意识形态并立齐行的、以民间的驳杂与丰富来消解意识形态硬度与刚性的结构功能和思想功能。这样一来，民间的评书体故事娱乐性、暧昧性、现实性和政治意识形态的神圣性、神秘性、精神性构成了一种不和谐的、可笑的叙述结构。文本中的"这正是：懵懵懂懂把错误犯，三缺点引出好姻缘"的具有快板、打油诗性质的话语具有很强的评书韵味。

　　第三，在思想内容上，小说自始至终就具有很强的幽默神韵。刘玉堂抓住了1958年"大跃进"这一个具有"乌托邦"性质的、梦幻般、怪诞荒唐的时代悲喜剧的精神特质，通过一群意气风发的农民青年男女在"大跃进"期间发生的故事，从民间伦理文化出发的审美视点进一步增强了小说文本的戏剧性意蕴。小说文本中的幽默性无处不在，充满民间大地气息，如在"三天之内实现轴承化，五天之内跑步进入共产主义"的神圣严肃的工地上，刘有子却对打铁的炉匠工作编出了幽默笑话："他糟践铁匠炉上那几个师傅呢！他说拿小锤儿的师傅敲的是：'当王八，当王八'，抡大锤的徒弟敲的是：'不当，不当'，小锤儿又敲：'不当不行，不当不行'，大锤就敲：'当就当，当就当'！"[1]神圣与世俗、革命与情欲、庄严与玩笑、精神维度与物质取向极大程度地混合在一起，亦庄亦谐、亦圣亦俗、亦喜亦悲、亦正亦邪，神州大地几亿人共同上演了一出幽默悲喜剧。小说结尾意味深长，刘玉华跟王德宝闲拉呱，说："那个秋天啊，就跟玩家家样的哩！"王德宝就说："玩家家对，咱们玩了个大家家，嗯。"[2]这无疑是满含着辛酸的、自我解嘲的幽默之语，既有对消失的青春时代的甘苦记忆，更包含了一个时代曾经的痛苦的社会主义集体记忆。

　　幽默的语言、结构和思想韵味浑然天成地融合在一起，更具有深刻的文化、哲理深度。"这不仅是语言问题，也是文化问题。刘玉堂小说通过语言的处理，很深刻地接触到乡村世界的文化结构、农民和主流文化的关系。这种关系表现在三个方面：一种是主流文化对乡村文化的控制和乡村文化对主流文化的迎合；再一种是主流文化的暴力和乡村文化对主流文化的嬉戏；第三是改造

---

① 刘玉堂：《秋天的错误》，《时代文学》1992年第1期。
② 刘玉堂：《秋天的错误》，《时代文学》1992年第1期。

和误读的关系。刘玉堂的小说有效地体现了中国当代农村的文化历史、农民的心态史、语言方式、心灵方式，把这样深层的文化内涵揭示了出来。"①而这正是中国农民世世代代所生存的现实的复杂文化生态空间。"现代人生绝非理想的生存空间，而乡土世界也不是安身立命的真正所在；表现'原汁原味'的生活多多少少将作家主观的意图深深地隐藏起来，而从作品的简洁生动的叙述语言和俏皮机智的人物对话中，分明又可以读到乡土世界留给读者的复杂的人生况味。"②《秋天的错误》中的刘玉华干任何事都要让人给他作证，还作记录，特别标明时间、地点、人证、物证、旁证。"集体劳动好，有人来作证"，是他从切身教训中得来的。一朝被蛇咬，十年怕井绳，那么这次"跑步进入共产主义"的荒诞幽默剧，刘玉华又会如何记录、如何汲取教训呢？显然，在乡土中国的文化生态语境中，"钓鱼台"的荒诞剧只是暂时中止，而不是完全消失。因为引发这种"乌托邦"幻想的文化土壤和文化基因并没有得到真正的、彻底的清理，这或许不仅是刘玉华的、"钓鱼台"的，也是人类的一种悖论性的精神存在。

"依靠社会记忆的框架，个体将回忆换回脑海中。换言之，组成社会的各类群体在每时每刻都重构其过去。……一方面是记忆，一个由观念构成的框架，这些观念是我们可以利用的标志，并且指向过去；另一方面是理性活动，这种理性活动的出发点是现在。"③毫无疑问，刘玉堂为我们建构了一种从民间大地出发的、凝聚着丰富的情感心理和漫长的历史梦魇之罪的社会主义集体精神记忆，这不仅让我们以一个现在者的身份重新踏入历史，而且让曾经发黄的、复杂的历史以一种警示的、通鉴的、反省的方式复活于当代，从而建构一种可能的、美好的未来。"刘玉堂是通过对中国乡村语言的政治历史'后遗症'的自觉关注而从纵深处触及了当代中国乡村民间的历史、文化与精神心理构造。像王朔对清理城市民间中的文化/语言中的历史后遗症所作出的贡献一

---

① 易木：《乡土小说创作的新收获——刘玉堂新乡土小说研讨会纪要》，《小说评论》1999年第1期。
② 董之林：《在故乡的风景中寻觅——关于刘玉堂的小说》，《小说评论》1993年第5期。
③ ［法］莫里斯·哈布瓦赫：《论集体记忆》，毕然、郭金华译，上海：上海人民出版社2002年版，第303—304页。

样，刘玉堂小说价值应当被予以充分的阐释和承认。"①

第三节 《乡村温柔》与沂蒙文化

20世纪末，被称为"赵树理传人""新乡土小说代表作家""民间歌手"的刘玉堂第一部长篇小说《乡村温柔》甫一问世就取得了很大成功，得到了学界的一致认可。小说于1999年出版后，在中国作家协会创作研究部与作家出版社联合召开的"刘玉堂新乡土小说研讨会"上，得到了包括雷达、何西来、白烨、张清华等学者的高度评价。刘玉堂是沂蒙作家，多年来致力于沂蒙地域文化的书写，已经成为书写沂蒙文化、展示沂蒙风土人情的重要代表人物之一。20年后的今天，我们再来看刘玉堂的创作，不论是他得到的一系列表现他写作风格的赞誉式的标签，还是业界给予他的高度评价，是否还依旧恰当？刘玉堂及其《乡村温柔》在当下乡土文学创作中占据何种地位？他的《乡村温柔》对当下乡土文学创作进行了哪些突破和创新？这都是我们重读刘玉堂需要思考和总结的问题。结合近几十年的乡土文学史通读《乡村温柔》，给我们留下的最为深刻的印象就是刘玉堂用一种温柔的笔调、悲悯的情怀、倾向于理想化的表达方式诉说着他热爱的沂蒙大地。他没有延续新时期以来乡土文学创作中大量进行现实主义批判和表达人性异化的主流创作风格，而是以宽恕的心态、人道主义的情怀表达他对家乡、对农村的独到的观察和思考，进而表达那或现实存在的或理想中追求的乡村"温柔"。文学是多样的、复杂的，我们既需要鲁迅式的呐喊，又需要沈从文式的温暖。试想，如果现代文学中少了沈从文，那么现代文学会显得多么的单调。刘玉堂更多地延续的是沈从文、赵树理、汪曾祺的创作路数，当然，与他们的创作也有着较大区别。从这一点来看，刘玉堂已经成为当下乡土文学创作的独特存在。

具体从《乡村温柔》文本来看，刘玉堂以古典说书人的方式，以第一人称民间视角书写了生活在沂蒙大地上数十年间乡村的浮沉和变迁。如果说他的说书人的叙事风格是对中国古典文学的自觉继承，那么他的乡村审美和温情的叙事方式则是对包括沈从文、赵树理等写作风格的自觉借鉴，而幽默的语言风格和喜剧的

---

① 张清华：《大地上的喜剧——〈乡村温柔〉与刘玉堂新乡村小说的意义诠释》，《小说评论》1999年第3期。

表达方式则成为他书写沂蒙风土人情的标志性存在。这种继承古典和五四以来的乡土文学创作传统，加之结合地域文化特征进行的创新性表达，使得刘玉堂成为当代乡土文学创作重要的代表人物之一。《乡村温柔》分"上卷""中卷""下卷"三部分，恰好分三天讲完，这明显就是模仿古典说书人的叙述风格，整部作品读来顺畅贯通、酣畅淋漓。新时期以来，中国经历改革开放和现代化的发展、市场经济的推进，乡土沦陷、破败已经不是新鲜话题。"'谁人故乡不沦陷'，近乎一夜之间在中国大地上到处流传，成为当下中国人表达'乡愁'的流行话语。"①反观《乡村温柔》，作者没有以严厉的姿态进行现实主义批判，而是反其道而行之，以容忍的姿态宽恕着他笔下的每一个人，当然，他的这种温柔不是一味地赞颂乡土的美好，而是以平实或写实的方式展现沂蒙大地孕育出的风土人情或复杂人性，或者说作者有意以平实、朴素而幽默风趣的语言和叙事基调展现着他回望乡土的宽恕的姿态，这种温情或温柔就显得那样稀有和难能可贵。那么具体而言，作者是怎样逆时代文学创作潮流而行，展现沂蒙大地上特有的乡村"温柔"呢？在笔者看来，首先，作者有意回避知识分子审视乡土的视角，而是将叙事视角放在了地地道道的普通的乡土民间人物牟葛彰身上，通过他对父辈历史的回忆、自我的童年经历和成年后发迹的历史的书写，展现数十年来沂蒙大地在大历史背景下的小人物的命运起伏。这种以小历史消解大历史、大苦难的方式虽然不是刘玉堂的首创，但是他在这种方式的具体使用上可以说非常成功。其次，作者在对乡村人物关注的过程中，不仅关注那些主要人物，还关注那些次要的、边缘式的人物，特别是书写了多个性格各异的女性人物。再次，通过对牟葛彰的童年记忆和成年发迹史的书写，有力彰显了乡土底层人物自我价值的实现过程，为现代化背景下乡土人物精神走出去寻找到了出口。

一、小历史消解大苦难

从大的方面看，《乡村温柔》书写了从抗日战争到20世纪90年代数十年间的历史故事，其中涉及日本侵华战争、国共内战、土地改革、"三反""五

———————————

① 张丽军：《21世纪乡土中国现代性蜕变的痛苦灵魂——论梁鸿的〈中国在梁庄〉和〈出梁庄记〉》，《文学评论》2016年第3期。

反"、农业合作化、"文革"、家庭联产承包责任制、企业改革等国家层面的大历史。毋庸讳言，这一段历史是苦难的历史、变革的历史。在这一历史背景下，沂蒙山钓鱼台村不可能不受到影响，有时候这种影响甚至是致命的，一个国家政策的执行或改变可能会波及一个人或许多人的命运。这种对大历史的书写有着某种历史必然性观念存在，古典文学中《三国演义》《水浒传》等传统"大河小说"更多地倾向于揭示这种历史必然性，甚至新文学中部分史诗性作品如茅盾的《子夜》、巴金的《家》、陈忠实的《白鹿原》等都有着较为明确的历史的、文化的指向。这种书写历史的方式指向的或者是历史循环论，或者是对封建传统的批判，总之表达着某种历史的、整体的思考。一定意义上，《乡村温柔》继承了这一历史书写方式，因为任何书写都要在一定的时代背景下进行，刘玉堂也不能例外。但是我们可以看到，刘玉堂并没有重点书写这一大历史，而是在这一大历史背景下，重点书写小人物的小历史。这种小人物的小历史或个体的历史看似不起眼，但正是这种个体小人物的小历史，最终才汇聚成集体的、国家的大历史；正是每一个小人物的独特性存在，才让这个世界充满欢乐和泪水；也正是这种小历史和大历史的交织，才使得整个世界在偶然与必然、个体与集体间相互激荡和碰撞，也构成了人类整个历史的复杂性和多样性存在。刘玉堂在《乡村温柔》中用小历史消解大苦难的方式正是他展现乡村"温柔"的一大成功策略。那么作者是怎样展现这些小人物的带有偶然性的、个体的历史呢？从文本细读来看，作者或采用将大历史一笔带过的形式，或采用戏谑的、荒诞的方式予以呈现，这种用民间的或小人物看待世界的视角可以说在刘玉堂笔下做到了淋漓尽致的展现。

《乡村温柔》从日本人进村的历史开始讲起，第一章讲到的就是主人公牟葛彰的父亲牟子铃的历史问题：因为年少无知背着日本人登陆而导致数十年后被划为右派而遭到批斗。在这里，作者并没有重点书写日本人如何对中国展开侵略，而是将其一笔带过，仅仅通过对这一历史的提示，展现牟葛彰父亲如何生活、如何恋爱和结婚以及未来如何面临苦难和宽恕苦难的故事。牟子铃因刘乃厚的引荐而被迫参军，参军期间妻子又被刘乃厚怂恿去陪酒而被日本翻译官强奸并致疯，牟子铃在"文革"期间因历史问题被批斗，但是牟子铃并没有因为遭受这些苦难而愤世嫉俗，他多数选择的是原谅和宽恕，这是沂蒙大地乡民憨厚、淳朴的表现，更是作者表达乡村"温柔"的重要支撑。在这里可以看出，无论大的历史车轮由谁掌控，底层百姓都会有血有肉地存在着、生活着。如果说对牟子铃时代大历史的书写是一笔带过的话，那么对刘乃厚的书写则是一种戏谑的、荒诞的形式。同样由于战争的原因，刘乃厚作为天下第一糊涂虫，年仅十四岁却当上了钓鱼台的村长；他为了巴结日本人，怂恿牟葛彰的母亲陪日本翻译官喝酒，导致牟葛彰的母亲得了间歇性疯病，近乎影响了她一生的幸福。更值得一提的是刘玉堂对"文革"的书写。他曾多次提道，钓鱼台乃至整个沂蒙山人对意识形态之类的事情特别感兴趣。但实际上，作为极为边缘化的沂蒙乡村"钓鱼台"，当中国大部分地区正在轰轰烈烈发生"文革"的时候，这里也许依旧十分平静，或者当"文革"之风刮到了这里，这里的百姓也许早已不能完全理解上层的意图，他们对运动的积极性也许仅仅是乐趣或消磨时间而已。而在牟葛彰的发迹史中，随着政治干预的减退，叙述自然而然就更多地倾向于个体的奋斗史，自觉不自觉地就将国家大历史作为陪衬，这种用小历史消解大苦难的方式贯穿着《乡村温柔》创作的始终，成为刘玉堂关注底层小人物，表达对家乡、对农民的悲悯和爱的一种重要表达途径。

二、乡村女性的柔情

《乡村温柔》中，刘玉堂重点塑造了几位性格各异但都与牟葛彰有过恋情的女性形象，既有与他青梅竹马的小笤，也有在他出走沂蒙山后走投无路时给予他帮助的杨玲，有有夫之妇、名为牟葛彰师傅但实与牟葛彰有地下情的郝俊萍，还有实际上成为他第一任妻子的知青周莹，最后就是在大半部分叙事中若隐若现的后来成为牟葛彰第二任妻子的韩香草。虽然这些女性人物的生活经历、性格等有着较大差异，但是她们有着共同的情感和价值取向，那就是对牟葛彰的爱。作者对于女性的书写，本身就是表达乡村"温柔"更为贴切和恰当的方式。在《乡村温柔》中，作者又似乎有意识地加强了对乡村女性的柔情、善良、坦诚等良好品格的呈现。作者之所以能够塑造出这样的女性形象，是因为一方面是沂蒙大地千百年来自然孕育的结果；另一方面也与这一代人的风土人情、风俗信仰有着重要关系；再者，也是作者为表达主题思想和阐释一种理想化的伦理追求的必要。

沂蒙大地，山水交织、四季分明，位于中国南北交界地带，生长在这里的女性既有着南方女性的娇柔，又有北方女性的爽朗。文化传统上，沂蒙大地临近孔孟之乡，使得生长在这一地域的女性千百年来潜移默化地接受着儒家文化的熏陶和浸染。纵使在现代化的今天，知书达理、温良恭俭让的良好品行仍旧在她们身上或隐或显地呈现，可以说已经成为普遍化的存在，加之这一带千百年来形成的勤劳、勇敢、朴实的民风，都对这一地域女性性格的形成产生重要影响。总之，不管是地理位置还是风土人情、风俗信仰，都有利于塑造这一地域女性的"温柔"。小笤是牟葛彰辍学后认识的第一个女性，在那个贫穷、无聊而又夹杂着零星充实的童年岁月，小笤的存在给了他情感上的慰藉和精神上的支撑。他们无话不谈、两小无猜，他们共同面对着的，既有关于生活的零零碎碎，又有不经意间的卿卿我我。牟葛彰的率真、坦诚和担当成为小笤爱慕他的重要支撑，也让小笤心甘情愿奉献自己的所有。当然，并不是每一对青梅竹马的恋人最后都能走到一起，迫于军婚的压力，小笤最终嫁给了当兵的刘复员，这可以说是乡村不"温柔"的一面。当然，虽然他们因为外在原因而没能最终在一起，但是正是因为小笤的存在，让牟葛彰寂寞而又无趣的童年充满了美好的记忆。相较于与小笤多年的纯真爱恋，牟葛彰与杨玲的邂逅更像是兄妹之情。牟葛彰在无奈之下出走沂蒙山的路途中，近乎走投无路时遇见了出手相助的杨玲，在短短数个月的交往中，他们从陌生人逐步走向依依不舍。这一过程中，杨玲呈现出的是勤劳、勇敢、善良和爽朗，带给牟葛彰的是温暖、乐观和爱恋。如果说小笤和杨玲带给牟葛彰的是对女性的爱恋，那么他与郝俊萍的邂逅则是一种更为复杂的感情遭遇，他们之间既有着异性的爱恋，也有着对彼此身体和性的依赖，更有着牟葛彰从郝俊萍身上得到的母爱的体贴和满足。郝俊萍总能在牟葛彰失意和困顿之际，给予他灵魂的慰藉和身体的满足，那种对牟葛彰无微不至的关怀淋漓尽致地彰显了女性的伟大和"温柔"。当然，虽然他们之间有着千百种的柔情，但是因为郝俊萍是有夫之妇，他们之间的爱恋只能以违背伦常的形式在地下偷偷地进行，并且好景不长，郝俊萍依然只是他生命和感情中的过客。因为牟葛彰的一个善意的欺骗，使得他无法在郝俊萍那里久留，只能继续踏上离开沂蒙山的路途。有了与小笤、杨玲和郝俊萍的感情基础和历练，牟葛彰与周莹经历了相识、相恋、结婚、生子、离婚的完整过程。周莹有着特殊的身份——下乡知青，正是因为她这一特殊身份，才使得他们的爱不能走向长远。当然，周莹虽然有着城市人的懒和馋，但是她对牟葛彰的爱非常纯真，纵使返城后也没有消减。她作为一个大学生，愿意与牟葛彰结婚生子就是最好的证明，只是后来，他们在国家政策导向和情感追求上产生了矛盾。

如果说小笪是沂蒙山区乡村女性的代表，那么杨玲和郝俊萍则是出身农村而又有着工人家庭背景的女性形象，而周莹则是出生在城市而有着乡村生活体验的女性知青形象。同样地，如果说沂蒙地区自然和风土人情对女性"温柔"的孕育和塑造是自然或社会等外在因素的结果，那么作者在形式上表达女性的这种"温柔"则是作者创作心理和叙事上的诉求。这些女性虽然身份各异，但是她们身上表现出了较为一致的个性特征：温柔、善良、体贴、大方……可以说，诸多用于表达女性美好的词语几乎都可以用在她们身上。这一方面较为符合这一地域女性的本真特性，另一方面也有着作者为表达主题需要而进行的典型化的加工处理。同样不可否认的是，这里还有着作者对女性美好人性的理想化的追求，多个女性对牟葛彰近乎主动的投怀送抱或者一致展现出的温柔体贴就是很好的例证。此外，如果站在女权主义者的视角来看，这种对女性的塑造明显是一种男性视角，是一种超越现实的想象性存在，当然这不是笔者重点探讨的问题。

三、乡村个体如何找寻实现自我价值的出口

主人公牟葛彰在沂蒙山区长大，后出走沂蒙山又回归沂蒙山、建设沂蒙山。这一过程也是牟葛彰自我价值追寻的过程。我们惊奇地发现，这与作者刘玉堂的生命体验何其相似：刘玉堂同样在沂蒙山区长大，后走出沂蒙山当兵，而后又回归沂蒙山创业，带领家乡人集体致富。如果说刘玉堂或牟葛彰的出走沂蒙山是对乡村固化或精神保守的一种逃离，是对生命压抑的释放或精神出口的寻找之旅，那么刘玉堂或牟葛彰的回归则是精神出走和自我历练后找寻到自我价值实现口径的表征。换句话说，从出走到回归是一个否定之否定的过程，更是一个自我价值探寻和实现的过程。如果说第一卷中父辈的经历给牟葛彰留下的是集体无意识的本土痕迹和自我价值观念形成的沉潜期，那么第二卷中对牟葛彰的童年经历的书写则展现的是牟葛彰自我价值观念形成的萌芽期，而第

三卷中牟葛彰的创业、致富和奉献的历程则是自我价值观念的成熟期。

牟葛彰当兵复员回家，乘着改革开放的东风开启了创业之路，实际上因为他之前的出走，身心得到了很大的锻炼，使得他的视野和格局都比之前有了很大提升，也使得他在之后的创业道路上能够运筹帷幄、胸有成竹。从承包果园、搞运输而成为县上少有的万元户，到汇聚一定资本后兴办企业、盖厂房而回馈家乡，再到将自己一手创办的企业捐赠给国家并成功加入中国共产党，最后成为集道德、权力、资产等于一身的人上人，从而一步步实现自我价值。这一过程虽然有着这样那样的坎坷，但总体而言，牟葛彰的自我或集体致富之路得到了政府的支持，从而在自我奋斗过程中相对比较顺利地就走向了人生的巅峰。

那么，为什么作者让一个"没有文化"的农民从困难时期的讨饭者很快并相对顺利地就在改革开放的创业中走向辉煌呢？而在走向辉煌的过程中和之后，牟葛彰都是充当了道德的标杆——在实现个人价值的同时，带领农民集体致富。我们知道，经历改革开放的现代化进程，我国乡村在这一时段整体上是走向衰败的。这种衰败随着20世纪90年代市场经济的推进尤其明显，这种衰败也不仅是指农村和农民被卷入了粗放追求经济和物质利益的大潮之中，而且整体上在这种物质利益至上的追求中道德也面临全线滑坡，人性开始走向了异化。当然，我们不排除沂蒙地区乡土民风的淳朴、敦厚和勤劳、善良，也不排除这一地区加入追逐经济快速发展浪潮的速度相对较慢甚至排斥这一浪潮，但总体上，任何地域、任何人都无法摆脱时代洪流而存在。此外，我们也不排除作者刘玉堂或者主人公牟葛彰都有着生在沂蒙——出走沂蒙——回归沂蒙的比较视野，也不排除20世纪八九十年代有诸多道德标杆式的人物存在，但是我们仍旧可以说，是刘玉堂主动将主人公牟葛彰塑造成了相对逆时代潮流或20世纪90年代鲜有的非典型化的乡村成功者，或者是刘玉堂对自我历史和精神的写照。纵观涉及20世纪八九十年代的乡土小说，如贾平凹的《高兴》、赵本夫的《无土时代》、阎连科的《炸裂志》、关仁山的《天高地厚》、叶炜的《富矿》等，要么呈现的是乡村日益走向道德滑坡和环境恶化，要么呈现的是乡村人物为获取个人利益以各种不择手段的方式走向所谓的成功。这里，我们不禁要问，难道作者刘玉堂没有看到这一点吗？笔者认为答案一定是否定的，这里面一定有着作者更深层次的思考。文学是多样的，面对现实的变迁，我们既需要莫言、阎连科等类型的作家写出更多批判现实主义的作品，又需要刘玉堂式的以温情的方式宽恕农民、塑造农村道德标杆、在农村走向现代化的道路上指点迷津的作家。虽然，刘玉堂的这种表达是一种倾向于理想化的非典型化的表达，但是也许作者早就已经认识到：面对乡村、乡民一味地批判可能会带来一定的效果，但是作为走出沂蒙山的知识分子，最应该做的是如何宽恕和爱护农民和农村，只有在这种爱的框架下，才能更好地以清醒的态度引领他们走向幸福的现代化致富之路。作为持续关注乡村的文学创作者，刘玉堂在面对乡村日益深入的现代化进程时，想到或呈现的是只有那些让更多的农民找到实现个体价值的精神出口的作品，才是更有现实价值意义的文学作品。从这一层面而言，刘玉堂的《乡村温柔》既是乡土文学史中的特异化或偶然性存在，又是当代文学史中不可多得的、必然会出现的乡土文学佳作。

通过以上分析我们看到，不论是作者以乡村极为平凡的小人物消解大历史和大苦难的叙事风格，还是塑造多位善解人意的乡村女性形象，抑或是倾向于以理想化的方式塑造乡村成功人物的典型，都是在为表达作品的主题即乡村"温柔"做铺垫，同时在为实现他的也许是无意识的悲悯的人道主义宽恕而努力。当然这种宽恕与贾平凹乡土创作中表现出的"法自然""齐物论"观点还有着较大差别，差别就是刘玉堂心中充满着理想主义情怀，他更愿意将自己的一腔热血以文学的方式温情地表现出来，表达着他对家乡、对故土的热爱，也表达着他愿意参与建设家乡的热情。当然，作为乡土文学创作，从文学史的视角来看，《乡村温柔》也有可以改进的地方：除了笔者一再提及的对女性和乡村成功人士的理想化塑造和对主题过于依赖外，在方言的使用等具体的表达方式上也值得商榷。在作品中，作者有意使用了大量沂蒙地区的方言、口语、民歌、歇后语等，这对生活在沂蒙山地区的读者来说，读起来感到的是亲切、温暖和有趣，但是过多的使用无疑也会带来弊端：一方面其他地域读者并不能完全理解那些语言的真谛，甚至有时候会因此对阅读作品失去耐心；另一方面如此频繁的使用对达成乡土文学的通俗性也许会造成一定障碍。如果说作者对乡村"温柔"的理想主义表达主要是作者对家乡"爱得深沉"的表现，那么对方言土语的使用则只能说有过之而无不及。"如果语言是人的创造物，那么，它不仅是交流之具，也是内在的情感与意志的呈现。"[①]当然，笔者提出的这些

---

① 汪晖：《世纪的诞生——20世纪中国的历史位置（之一）》，《开放时代》2017年第4期。

弊端都是见仁见智的，也许对刘玉堂而言，不论是对家乡理想主义的"温柔"表达，还是用家乡纯朴的语言进行创作，都是他内心深处最为真挚的表现，是无法抹去的"爱"的喷涌。这种根植沂蒙大地的乡村温情审美书写，既成为标识刘玉堂文学史价值和地位的重要维度，也是刘玉堂文学书写的独特性和文学价值意义之所在。

第四章　厉彦林文学创作与沂蒙精神

第一节　乡土风物、沂蒙精神与民族的"灵魂DNA"

近年以来，厉彦林的散文作品在社会各界产生了重要影响，这是非常值得关注和思考的文学现象。厉彦林是从沂蒙大地、沂蒙历史文化土壤中成长起来的，他用文学的信仰和坚守阐释着他对故乡的深沉热爱，用散文表达着他作为沂蒙山人应有的温厚、坚韧、洒脱的情怀，在一篇篇散文之间书写着自己对故土的魂牵梦绕，以及对于中国土地和人民未来的深刻思考。他的散文用真挚的情感关心故乡的发展，用文学的眼光来观照人生、社会、历史的意义，将土地与人民的密切联系展现在充满魅力的文字之中。在厉彦林的文字里，我们看到文学是值得敬畏的，它是对大地的情怀，是对一草一木的敬畏，是对人民、国家、民族的尊敬，读者从中可以感受到饱满的沂蒙文化情怀和深邃的人性精神理念，从某意义上说，厉彦林散文是21世纪沂蒙大地孕育出的散发着清新雅致、韵味深长、境界高远等精神气质的当代文学艺术之花。

一、回味故乡画卷与品读人生的真谛

厉彦林文学作品的主要体裁是散文，他在取材上多选取与故乡有关的人、事、情、景，在一草一木、山间田野、村头屋后、逢年过节之中表现自己对于故乡的热爱之情。"厉彦林的散文既是比较传统的，又具有很新的创新意

识"①，他坚持用传统思想的精髓来呈现生活的本质，坚持以自己的悟性表达对于乡土中国的理解。厉彦林的散文在题材上主要分为对乡村土地的深沉感情、对欢乐自由童年往事的回味、对刻骨铭心亲情的歌颂、对异乡游子乡愁的抒发等几个方面。

故乡土地存在于每一个人的内心深处，厉彦林散文中所歌颂、怀念的是中国几千年传统文化熏陶下的乡土。美国作家福克纳曾说过："做一个作家需要三个条件：经验，观察，想象。"②厉彦林从小在沂蒙土地上长大，对于农村生活有着丰富的经验，他在对故乡大地的细致观察与想象回忆之中，从乡土情感出发，以自然的和文化的审美视角，描写沂蒙乡村大地，贴近底层生活，具有浓郁的乡土气息和地方特色，表现出一定的乡土人文关怀和较为深刻的地域文化内涵。《赤脚走在田野上》可以寻找到那种与自然和土地相亲近的感觉，"土地是富有灵性和情感的，也是很有性格和脾气的"③，作者将土地拟人化，展现了对于土地的深沉感情。厉彦林的作品取材于沂蒙大地上最普遍、最常见的事物，在对故乡土地的整体把握中展现对故乡人、故乡事、故乡情的理解与感悟。《春天住在我的村庄》中写道："故乡的土地虽然贫瘠，确是一片知冷知热的土地，村民就是生生不息的庄稼，在一茬一茬、一年一年地生长。那熟悉和气的乡音，那慈善亲切的笑容，会把你带回一种原始且真诚的记忆中去。"④厉彦林的散文把握住了沂蒙土地所形成的特有情怀，作者在对乡村土地的整体回忆中，感受沂蒙土地的情深义重，感受乡村美丽的乡愁；在回味美好时光的过程中感叹故乡土地的无声消逝，在感叹之中又不至于落寞，在对故乡大地一往情深的回味中升腾起对于生活与人生的希望。

厉彦林的散文以土地为基础，以童年为引线，在充满欢乐的儿时记忆中展现自己对于故乡的深沉感情。许多热爱故乡的人都曾被他的作品中描绘的童年风景打动内心而潸然泪下，在朴实无华的童年钟声中找到情感共鸣。童年是故

---

① 石英：《可贵的是独特而隽永的创作风格》，《散文选刊（中旬刊）》2011年第5期。

② ［美］威廉·福克纳：《创作源泉与作家的生命》，见何太宰选编：《现代艺术札记》，北京：北京外国文学出版社2001年版，第101页。

③ 厉彦林：《赤脚走在田野上》，见厉彦林：《赤脚走在田野上》，济南：山东人民出版社2016年第1版，第73页。

④ 厉彦林：《春天住在我的村庄》，见厉彦林：《赤脚走在田野上》，济南：山东人民出版社2016年第1版，第106页。

乡这幅画卷的底色，是人生中最原始的记忆，在外的游子总是将这幅画卷带在自己身上。童年记忆如同一条无形的丝线，牵引着离乡的孩子找到回家的路。如厉彦林所说："童年是一盘永恒的录像带，是一幅永不褪色的风景画。既是人生的独版，又是绝版。如果人生能重复，谁都渴望再经历一次纯粹金色的童年。"①作者对五彩缤纷童年生活的真情回忆跃然纸上。散文《春燕归来》《童年卫士》《欢唱的麻雀》《萤火虫》《赊小鸡》《乡下乘凉》等篇章以儿童视角回味故乡的童年时光。"故乡难以忘怀的记忆，都与煤油灯有着直接的联系。"②煤油灯下母亲一针一线地做着衣服纳着鞋底，一个年幼的孩子在认真地读书写字，窗外住着一窝归来的春燕，门口趴着一条忠实的大黄狗，厉彦林的散文为我们重铸起传统乡村童年的景象，以散文创作描绘出在都市生活的乡村人所熟知的童年记忆画面。厉彦林散文以童心的纯洁美丽、自由舒展、天真无邪去映照自然，作品总带有一颗童真般的善良之心、包容之心，对乡土中的真善美进行褒扬，在对乡村自然景色的追忆与回味中重温童年。

从童年的深刻记忆出发，厉彦林的作品将我们引向乡土亲情的殿堂。从沂蒙地区成长起来的孩子，像破土而出的嫩树苗，走出父母的怀抱，走向喧闹的都市，走向人生的未来。厉彦林将父母亲情、儿孙亲情、夫妻深情、纯真乡情编织在自己的作品之中，在回忆与向往的美好历程中体会父慈母爱，感受温暖的乡音乡情。中国人的思想观念是安土重迁的，不仅仅是留恋故乡的山水景物，更是难以忘怀故乡的亲人。散文《仰望弯腰驼背的娘》《回家吃顿娘做的饭》《娘的白发》《布鞋》等佳作所歌颂的是一位勤劳坚韧、淳朴善良、无比关爱孩子的母亲形象，"弯腰驼背的娘，已被岁月和辛劳夺走青春容颜，依然是我人生的依靠和灵魂的拐杖，时刻给我亲情、给我温暖向上的力量"③。文中的母亲形象不仅仅是作者一人的母亲，更是无数读者心中的母亲。"真情、深情和博大的仁慈是厉彦林散文的底蕴所在。厉彦林散文的亲情、乡情、天地情

---

① 厉彦林：《童年钟声》，见厉彦林：《赤脚走在田野上》，济南：山东人民出版社2016年第1版，第6页。

② 厉彦林：《煤油灯》，见厉彦林：《赤脚走在田野上》，济南：山东人民出版社2016年第1版，第30页。

③ 厉彦林：《仰望弯腰驼背的娘》，见厉彦林：《赤脚走在田野上》，济南：山东人民出版社2016年第1版，第16页。

写得情真意切，深入骨里。"①当孩子看到娘的白发与日益弯曲的腰背，在多了几分牵挂的时候，更多的去思量该如何报答父母的养育之恩。"夜深了，一缕月光透进屋里。恰如娘那满头的白发。我的惦念都沉浸在这圣洁宁静的月光里，溜回了至亲至爱的故乡。"②《回家吃顿娘做的饭》更是令无数读者动容，"节假日，回老家吃顿娘做的热乎乎的饭，是多少住在城里人的一种梦想，甚至是一种奢望"③，一顿娘做的饭，虽然是普普通通的沂蒙农村家常菜，但其中却饱含了亲人的爱意，蘸满了浓浓的深情。"节假日，回家吃顿娘做的饭，是一次幸福而快乐的旅行，是对逝去岁月的追溯和留恋，源自对父母的牵挂和对浓浓亲情的期盼。"④一顿简单的饭，蕴涵着温馨的亲情。母爱如沂水情长，父爱如蒙山厚重，"父爱的深沉与厚重就蕴涵在平淡如水的现实生活之中，只有用心去品味才能感受到"⑤。厉彦林的文章让我们看到了一个比山还要沉默寡言的父亲形象，他老实巴交、憨厚地道，却默默地支撑起了一个家，为妻儿父母创造了幸福的生活。一辈子都耕耘在沂蒙山地区的父亲，是中国传统农民的一个典型，中国农民父亲对孩子的爱是深沉的，他没有过多的言语，却在为孩子披一件棉衣、替孩子多割几行麦子、给孩子送一次生活费中不经意地流露出自己的爱意，成为孩子人生道路上的避风港。厉彦林作品"字里行间皆是浓得化不开的乡土情"⑥，他所写的不仅仅是父母子女之间的亲情，同时也是作者对于整个乡村的爱意，是千万游子对于乡土中国的爱意，是万物对于大地母亲的爱意。他的散文是对传统文化中优秀品德的传承，是对沂蒙山地区善良人民的热爱，是对于乡土中国几千年来淳朴亲情的怀念与歌颂。

　　沂蒙山区的童年往事是五彩缤纷的，父母亲情是令人刻骨铭心的，因此

① 王兆胜：《诗心镌刻天地情》，见厉彦林：《散文选刊（中旬刊）》2011年第5期。
② 厉彦林：《娘的白发》，见厉彦林：《赤脚走在田野上》，济南：山东人民出版社2016年第1版，第49页。
③ 厉彦林：《回家吃顿娘做的饭》，见厉彦林：《赤脚走在田野上》，济南：山东人民出版社2016年第1版，第44页。
④ 厉彦林：《回家吃顿娘做的饭》，见厉彦林：《赤脚走在田野上》，济南：山东人民出版社2016年第1版，第45页。
⑤ 厉彦林：《父爱》，见厉彦林：《赤脚走在田野上》，济南：山东人民出版社2016年第1版，第43页。
⑥ 邢婷：《避免模式化作文需要怎样的真情实感》，《散文选刊（中旬刊）》2011年第5期。

漂泊在外的游子更加思念梦中遥远的故乡。厉彦林的作品中有大量的篇幅书写沂蒙山区拼搏在外的游子对于故乡村庄的思念，"岁月的风，可以吹走故乡的容颜，却吹不走村庄的尊严。如果有谁能带走村庄的尊严和声誉，那么他带不走的是故乡的灵魂和浓得化不开的乡情"①。沂蒙山区的农村社会给了作者清苦却又幸福的生活，同时也浇灌了无数善良、质朴的灵魂。《乡情铸诗韵》中写道："在这块熟悉的土地上，我们毕竟赤身裸体地摸爬滚打过，村头巷尾还残留着我们粗劣、放肆的呼喊声、打闹声。我们离开故乡的时候，没有带走一把土、一件农具，只是揣着一摞记忆的相册和厚厚的账本。"②故乡的景象在时代大潮中已经开始发生转变，令人难以舍弃的是那份曾经的记忆。尽管城镇化的进程侵蚀了大量的乡间土地，却让离乡的游子更加回味故乡的往事。"春暖花开，我们应该像那美丽勇敢、感恩重情的燕子，义无反顾地飞回老家……"③而在《家有半分菜园》一文中作者将楼前的空地改造成了菜园，在闲暇时光亲身体验农家生活，这在无数城里人看来是一种奢望。农村的景象变得越来越陌生，故乡离得越来越遥远，在钢筋水泥浇筑出来的大城市中，拥有一块属于自己的菜园是令人羡慕的，不仅可以锻炼身体、修养身心，更多的是可以培养自己淡泊的内心，不至于在大城市中迷失自己。

二、故乡的温情与诗性的人格相交融

厉彦林的散文温厚明丽，语言平实而不失张力，布局精妙，情真意切富有感染力。从沂蒙山区走出的厉彦林身上带着这个地区的气质和情怀。"厉彦林是沂蒙山人，他是沐浴着沭河水长大的沂蒙山之子。山的厚重、倔强与水的灵性、激情和谐地统一在他的身上。他敦厚、淳朴，是山中灵气孕育而成的一个精魂，是在文学园地中默默无语、辛勤耕耘的一头黄牛、一位智者。"④他

---

① 厉彦林：《炊烟袅袅》，见厉彦林：《赤脚走在田野上》，济南：山东人民出版社2016年第1版，第154页。
② 孙基林、韩秀娟：《乡情铸诗韵》，《时代文学（上半月）》2015年第4期。
③ 厉彦林：《春燕归来》，见厉彦林：《赤脚走在田野上》，济南：山东人民出版社2016年第1版，第16页。
④ 张在军：《阅读，因你而精彩——厉彦林散文的教育性初探》，《山东教育》2011年第26期。

将诗人的灵性和手法化作散文的艺术技巧，将这种沂蒙情怀和诗性品格融入文章之中，写出了一系列关于乡土、关于亲情、关于人生社会的大散文。厉彦林的散文题材广泛，审美眼光高雅，他将理性思考与诗意情怀融入散文，具有特别的思想深度和情感厚度。"精神诗性的获得是当代散文拒绝浅薄、琐碎、平庸，达到深度模式的保证"①，只有将诗性精神融入文章，才能写出有深度的大散文，"这种文化诗性品格也正是其散文创作能够有效祛除庸俗、贴近文化本体、体现主体人格智慧的重要表征"②。厉彦林在对故乡和农村的诗性思考中，为纯真的父老乡亲唱响了赞歌，同时把乡村命运和时代精神结合起来，讴歌人民，感恩大地，思考国家民族的未来。

厉彦林的散文在语言上平淡朴实，却充盈着真情实感，具有沂蒙地区的质朴庄重特色。"厉彦林的散文看不出什么'创新'，但其积极向上的人生态度，如大地般深厚、纯朴、自然、美好的品质，诗化的境界，感恩戴德、民胞物与、和光同尘的情怀，不是一般散文家能够拥有和达到的。当一人站在山巅之上，他才能比山高。"③只有对万物有情，普通事物才能显示出伟大之处，蒋子丹在评价刘亮程散文时曾说："他的世界因为有着生界万物的参与而变得格外博大而深远，他的情感由于有着和大自然的亲近而变得格外细腻和敏锐。"④厉彦林的散文也是如此，他所写的文章以乡土中的日常小事为主，用平淡的语言讲述看似平淡的故事，描述看似平淡的景物，传达出的是不同寻常的情感，如"有时候草可以代替真金，有时候纯金却代替不了普通的草"⑤。与朱自清的散文语言风格相似，厉彦林的散文给人温暖亲切的感觉，《一生牵挂》中写道："牵挂，是一份美丽的情结，是一份来自人类情感最珍贵的礼物，是灵魂与灵魂的碰撞，是心与心的倾诉，是一颗心对另一颗心的惦记，它

---

① 苗珍虎：《论当下乡土散文的现实关怀与人文忧思》，《当代文坛》2011年第6期。
② 桑莉：《文化记忆与诗性品格——论厉彦林沂蒙乡土散文的"文化诗性"》，《临沂大学学报》2013年12月第35卷第6期。
③ 王兆胜：《诗心镌刻天地情》，《散文选刊（中旬刊）》2011年第5期。
④ 蒋子丹：《刘亮程的哲学》，见赛妮亚编：《乡村哲学的神话》，乌鲁木齐：新疆人民出版社2002年3月版，第66页。
⑤ 厉彦林：《草戒指》，见厉彦林：《赤脚走在田野上》，济南：山东人民出版社2016年第1版，第53页。

可以联结亲情，联结友情，联结爱情。"①中国传统文化生长于几千年农耕文明之中，其骨子里是一种乡土文化，他受深厚的乡土文化浸染，对于土地和乡村，有着割不断的物质和精神上的联系。齐鲁文化熏陶下的沂蒙山地区语言庄重不失活泼，既能体现生活的常态，又可以探究灵魂的奥妙。厉彦林巧妙地运用沂蒙语言，书写出乡土中国的浪漫与真实。

在散文的布局结构上，厉彦林精心构思，"厉彦林的散文，往往都不长，惜墨如金、敬畏谦逊，时时显露出生命、人性和艺术的灵光，这都与作者胸有成竹的'心灵'雕刻有关"②。围绕"文眼"展开自己对于乡土、人生、社会的深刻理解，用沂蒙人的情怀在看似散乱的材料中凝心聚力，形成独特的美学风格。厉彦林散文"谋篇也巧，剪裁得法，收放有度，叙述得趣"③，此外"文眼"对于文章有着提纲挈领的作用，惟有"文眼"，主旨才会鲜明突出，意境才会有虚实；惟有"文眼"，结构才会疏密严整，剪裁才会有详略。厉彦林的散文从多角度切入生活，多层面地抒发自己对于故乡的回忆和祝福，形成一种感人肺腑的力量。在《乡情如酒》里，作者先写故乡的整体形象，群山、村庄、河流、小路，其次写不同时节村庄田野的景象，大雪、花开、麦黄、收仓，最后写沂蒙山普通农家的青石墙、栅栏门、八仙桌、老烧酒。作者由远及近，用游子归来的目光展现故乡的面貌，层层深入，思乡之情跃然纸上，如同拉开一幅重重的帷幕，故乡缓缓地出现在读者眼前。"回忆与怀旧的界限有时很难分清。怀旧往往是对逝去岁月和事物的追溯和迷恋，回忆往往是对昔日生命轨迹、生活方式的反思和重塑。"④乡情如同一坛尘封已久的好酒，虽然外表没有那么光鲜，内在的芬芳却经久不散。《声色味共生》中从中国农村古典镜头入手，展现了一幅中国传统农村的农民在田间耕作的景象。作者从声音、色彩、气味三个方面结构文章，围绕"土地"这个"文眼"展开，把对故乡的独特情感从听觉、视觉、嗅觉等方面表现出来，形成一种立体别致的景象，在

① 厉彦林：《一生牵挂》，见厉彦林：《赤脚走在田野上》，济南：山东人民出版社2016年第1版，第73页。
② 王兆胜：《诗心镌刻天地情》，《散文选刊（中旬刊）》2011年第5期。
③ 张金豹：《厉彦林的村庄》，《散文选刊（中旬刊）》2011年第5期。
④ 厉彦林：《乡情如酒》，见厉彦林：《赤脚走在田野上》，济南：山东人民出版社2016年第1版，第71页。

对乡村土地的味道、声音、色彩的感激中，流露出对于生命和土地的尊敬。

厉彦林的文章讲究意境，善于借景抒情，追求情景交融的意境，把对故乡事物、风土人情的深刻眷恋之情通过文章中的景物缓缓地展现出来，用诗性的眼光看待生活，思考人生。"散文者，情文也。情乃散文之灵魂。"①普通的种菜充盈着丰富情感，在厉彦林眼中，是对心境的一种把握。"俯首间，闻到那一缕淡淡的菜香，穿透悠悠岁月，复活沉睡的乡土的情结和淡泊的灵性。顿觉累积的疲惫和些许不顺心甚至挫折荡然无存，享受惬意自在的生活和空灵豁达的境界。"②王国维认为："言气质、言神韵，不如言境界。"③散文的境界是作者心境的体现，成功的散文作品离不开境界的创造，意境是评价文章写作的重要水准。《乡间秋雨》中写道："喜欢秋，喜欢秋季里那层薄薄的雾气，喜欢秋天里霜染的红叶，喜欢秋天里的风声过耳，更喜欢不期而至的阵阵秋雨……一种淡然，一种豁达，会从秋雨中飘然而至。"④意境、语言、文化是相互依存的关系，语言和文化的完美融合成就了散文的高雅意境。《享受春雨》中更是把春雨绵绵的景象与思乡的款款深情联系在一起，同时表达了对于生活、人生、生命的思考与品味。在如烟如雾如丝如梦静悄悄落下的春雨中，过滤掉心中的杂念，洗去尘世的浮尘，为世间万物带来生命的希望。春雨的形态又是千姿百态的，轻柔冷寂，清丽惆怅；春雨又像人生的乐章，人生不同时刻的心境，在春风细雨中变幻。文章升腾起一股氤氲之气，在情景交融的文字之中品味人生百态。

三、乡土精神在城市中的坚守与复兴

乡村是人类社会的根基，乡土文明失去了，社会发展就不会稳定和有力，在现代化的追求过程中，乡土精神的缺失是极具危险性的，"沂蒙山是彦林同

---

① 张守仁：《乡情似浓酒，悦读令人醉》，《散文选刊（中旬刊）》2011年第5期。
② 厉彦林：《家有半分菜园》，见厉彦林：《赤脚走在田野上》，济南：山东人民出版社2016年第1版，第47页。
③ 王国维：《人间词话》，上海：上海古籍出版社1998年第1版，第45页。
④ 厉彦林：《乡间秋雨》，见厉彦林：《赤脚走在田野上》，济南：山东人民出版社2016年第1版，第113页。

志灵魂的家园，是他精神的根，更是取之不尽用之不竭的创作源泉"①。中国城市化进程不断加快，属于农村的土地越来越少，日新月异的变化让人眼花缭乱，厉彦林的散文呈现出一种对于城市生活的反思意识。活在大城市中的人们，只有不忘村庄，保持一颗淡泊坦然的田园之心，坚守田园精神，才能真正把握乡土的真正含义。

"当所有的意义和目标开始花白以后，才明白能够还原生命的，依然还是远方的土地和田野，以及老屋里那些已经废弃或即将消失的旧物。"②乡土是摆脱城市物质诱惑的净土，是心灵的慰藉之地。清明节作为中国传统节日之一，认祖归宗的血缘意识根植于中国人的心里，当面对一座沉默不语的坟墓进行跪拜时，这常常让中国人心理上获得一种人生的超越。城镇化的进程加快，地区的开发建设开始侵占墓地，这对于乡土中国来说，不仅是肉体上的蹂躏，更是心灵上的冲击，当现实中的故乡不复存在，精神的家园又该如何寻找。散文《清明祭》中，作者写道："由于中国的城市化进程基本是开始于改革开放之后，真正三代以上的城市人并不多，多数人往上数一两代，其实都是地道的农民。"③回乡祭祖是很多人根深蒂固的观念，当科技、思想处于飞速变革的时代，在城市里的乡村人怀着一颗虔诚思乡的心，开始用多种现代化的方式祭奠祖先。在全球化和城市化的过程中，人们面临着巨大的信仰危机，此时乡土精神的再塑显得尤为重要。城市的发展以牺牲乡土为代价，人类的私欲膨胀，如何才能平衡物质的欲望，该怎样走出精神沼泽，文学如何实现对心灵的救赎，成为当代文学一个重要的任务。

文学和生活是相互照亮的，厉彦林的散文洗去俗世的污浊，用纯真的精神来净化人的心灵，使乡土生活发生梦幻般的转化。人类的生活产生了文化，文化与文学密切相关，乡土文化、乡土精神是人类精气神的表现，保持乡土精神，社会生活才能始终保持前进的动力。乡村生活在改革开放以后实现了本质的飞跃，改革开放的成果深入惠及沂蒙山地区。在《电波系亲情》中，亲人之间传递情感的方式实现了从寄信到打电话的飞跃，亲人之间的联系变得更加便

---

① 李志明：《大山之情怀，泥土之厚重》，《散文选刊（中旬刊）》2011年第5期。
② 嘎玛丹增：《旧物上的时光》，《青岛文学》2019年第5期。
③ 厉彦林：《清明祭》，见厉彦林：《赤脚走在田野上》，济南：山东人民出版社2016年第1版，第100页。

捷，亲人之间的距离拉近了，彼此的心灵也更加温暖。"在新旧的对比书写中，新时期乡土文学呈现出了改革开放政策下乡村生活的新变化和农民主体性的新觉醒。"[①]出身于沂蒙山地区的厉彦林经历了中国历史上的艰难时光，儿时生活的记忆更多与贫穷二字联系在一起，物质上的贫穷并不意味着生活的痛苦。没有课桌，就用土坯做台子，每人搬来自己家的椅子；没有体育设施，就跳高跳绳打陀螺。尽管几十年前的乡村没有如今的设施条件，但是却拥有一份纯真，拥有一颗不掺杂质的内心，作者在故乡悠扬的钟声里，追寻一片自由的精神生活家园。

　　乡土精神是人生之光，厉彦林的散文大量吸收沂蒙文化与沂蒙精神的营养，充满了对于乡土人生的理性思考，在大城市中呼唤乡土精神的复兴。他用散文作为故乡的田园曲，追寻生命的根源、人生的灵魂所在。沂蒙精神滋养人生，厉彦林用乡土气息弥漫的散文净化当代人们的灵魂，将人生化为散文，用文学支撑起人生的信仰。厉彦林散文对沂蒙文化深入发掘，表现了沂蒙山地区特有的红色精神，用纯正朴实的乡土精神指引人生和生活。沂蒙母亲用生命滋养了革命，《沂蒙红嫂》中对红嫂高度赞扬："沂蒙红嫂，沂蒙母亲，吮吸过您的乳汁，穿过您做的布鞋，吃过您碾过的小米，受过您掩护的将士惦念您，崇拜您，享受着和平和幸福的生活的每一位中国人民佩服您，怀念您，那页艰难而又辉煌的历史将永远铭记着您！"[②]《煎饼》中作者反复吟咏的煎饼则是沂蒙山地区农民生活中最富有代表性的吃食，它象征着一个地区的朴实的生活习惯和纯真的风情民俗，同时也是一种红色文化传承的载体，沂蒙山母亲用煎饼养育了中国革命，推动了中国的改革。厉彦林深挖沂蒙精神与时代精神的财富，使乡土精神在散文中呈现出更大的魅力。沂蒙乡土精神是具有极强生命力的，它经历了战火与改革的洗礼，在当今时代仍具有深远的影响力，厉彦林通过对沂蒙乡土的书写，探索民族精神，思考人生的意义何在，追寻自己的精神归宿。《灵魂DNA》是对自己灵魂印记的一种阐释，故乡是一个人成长的土壤，是心灵最好的栖居地。每个人都会对自己的故乡魂牵梦萦，无论外表如何

---

① 张丽军：《21世纪乡土中国现代性蜕变的痛苦灵魂——论梁鸿的〈中国在梁庄〉和〈出梁庄记〉》，《文学评论》2016年第3期。

② 厉彦林：《沂蒙红嫂》，见厉彦林：《春天住在我的村庄》，济南：山东教育出版社2011年第1版，第168页。

千变万化，内心总会带着故乡的印记，故乡情结是灵魂和血液中的DNA。

四、从沂蒙山到人民、土地的审美跨越

沂蒙山的乡土、乡情是厉彦林散文中所执着的东西，故乡的一切普通的事物在他眼中皆可入文。"透过普普通通的文字段落，透过每一个字里行间，你可以深刻领悟到作者对这片土地、这个国家至为深沉的爱。"①近年来厉彦林将散文的视野从乡土投向更大层面的土地，从自己的亲人朋友转向国家人民，在文字中传递出对于民族未来的展望。"虽然人民性这个词最早由德国学者赫德在1778年提出，但对其进行系统阐述的却是法国人卢梭"②，卢梭强调人民性的整体性向度，经别林斯基、杜勃罗留波夫等人的进一步阐释，它的含义更趋于完善和科学，成为文艺学和美学的一个重要范畴。当代文学呼唤人民性，同时人民性也是当代文学的重要评价标准。"永远和人民群众在一起，了解他们灵魂美，只有他们才能把世界从罪恶中拯救出来。"③作者极力摆脱小我意识，展现出散文有价值的一面，将人民群众永远放在第一位，以赤诚的忧思去关注土地、民生，为乡土大地写作、为底层普通老百姓写作，是厉彦林一直以来的写作传统。

从沂蒙山区走出来的厉彦林，不断扩大自己的文化视野，将更大向度上的土地、人民、国家纳入自己的文章中来，思考民族国家的总体性的文化伦理和情感中最深沉的东西。厉彦林在大散文《土地，土地……》中写道："土地史就是人类的进化史、发展史、文明史，土地的命运就是国家的命运、民族的命运、人民的命运。"④土地是人类和万物的母亲，是孕育生命的摇篮，人类社会的发展与繁荣，离不开大地母亲的慷慨馈赠。中华儿女对土地有着深沉的热爱，不能容忍自己的领土遭受半点侵犯，对待每一次的侵略行为，炎黄子孙用自己的信念和鲜血来击败敌人，坚守寸土不让的信念。民间依然流传着大军

① 郇恒赛：《平民的情怀，大师的视角》，《时代文学（上半月）》2015年第6期。
② 王晓华：《人民性的两个维度与文学的方向——与方维保、张丽军先生商榷》，《文艺争鸣》2006年第1期。
③ 刘士杰：《艾青诗库》，北京：中国青年出版社2000年版，第96页。
④ 厉彦林：《土地，土地……》，《北京文学》2013年第8期。

阅"张作霖手黑"的故事，张作霖曾瞪眼骂随从："妈那个巴子！我还不知道'墨'字怎样写？对付日本人，手不黑行吗？这叫'寸土不让！'"①中华民族从遥远时代一路走来，历经了无数的黑暗与迷雾，遭受了战火与天灾，依然能够驾驶自己的大船在历史的长河里奋勇向前，这与身后土地的支撑是有着根源关系的。九百六十万平方公里的中国土地，为中华民族的兴旺崛起提供了永不枯竭的动力。"土地是所有生命永恒的母亲，是大家共同的命根。"②土地默默付出不求回报，是社会发展的重要根基，同时土地孕育了中国人民朴实善良的品性，在物质和精神层面从根本上保证社会发展的稳定性，土地的重要作用不言而喻。热爱脚下的土地，扎根于古老而年轻的土地，肩负起重于泰山的责任，才能实现美丽而自信的中国梦。

厉彦林受沂蒙情怀心系天下的熏陶，他的散文从沂蒙父老乡亲出发，逐渐转向在华夏大地上生存了五千年的中华儿女，这也是他从沂蒙山地区走出来之后新的精神向度。"要真正成为人民的诗人，还需要更多的东西：必须渗透着人民的精神，体验他们的生活，跟他们站在同一的水平，丢弃等级的一切偏见，丢弃脱离实际的学识等，去感受人民所拥有的一切质朴的感情……"③《人民，人民……》中写道，"无论在什么国家，什么历史时期，普普通通的劳动群众始终是人民的主体"④，劳动群众是支撑起一个国家的脊梁，国民素质的提高关系到国家的强大。只有与人民同甘苦共命运，才能营造一种公平、安宁、和谐的社会。同时只有心怀人民，既看到人民的优点，也看到人民的缺点，才能理智、负责地站在人民群众的角度上进行创作。"没有人民，我们就会断奶。没有人民，我们就会失去支撑。所以我们必须，只有必须，把人民当作我们的母亲。"⑤文学创作只有始终把人民放到首要的位置，不断凝聚和释放人民的智慧和力量，才能创造出一个国家更加辉煌的文学。厉彦林的《人民，人民……》作为大散文的典范，其文字气势磅礴，有着深厚的语言功力，"严谨中有变化，考究而忌板滞，凝练而不使其干瘪，丰厚时而不生赘

---

① 厉彦林：《土地，土地……》，《北京文学》2013年第8期。
② 厉彦林：《土地，土地……》，《北京文学》2013年第8期。
③ 张铁夫：《再论普希金的文学人民性思想》，《外国文学评论》2003年第1期。
④ 厉彦林：《土地，土地……》，《北京文学》2013年第8期。
⑤ 魏然森：《沉甸甸的人民情》，《时代文学（上半月）》2015年第6期。

肉"①，作者将浓厚的感情通过凝练严谨的叙述展现出来，歌颂了人民对于国家的贡献。厉彦林散文以炽热的情感书写对于乡土中国广大农民的热爱，字里行间流露出对于中国人民的真情实意，以深情灌注散文生命，打动了无数读者。

厉彦林的散文给人以真善美的感受，同时也给人思想上的升华，在充满乡情乡色的文字中，获得心灵的净化和愉悦，"它带给我们的不仅仅是文章本身的价值，更重要的是对我们的心灵的震撼和启迪"②。乡土精神、故乡情结引导人们追寻到自己的精神归宿，拥有乡土精神的人，才能真切地把握最底层的心灵律动，怀揣着对天地万物感恩的情怀，审美地看待人生，提高人生的高度。厉彦林始终以热切而深情的眼光关注着乡土中国，关注着乡土中那些卑微而崇高的存在，为故乡、为亲人、为土地、为人民泣血而歌。厉彦林的散文时刻关注着人世的温暖与社会的公平正义，并且深刻思考着国家社会的未来走向，展现出一种知识分子的启蒙情怀，"那份深情里便不仅有对土地的礼赞，更有关于土地、农村、农民乃至中华民族的凝重的忧思"③。土地、人民、故乡、亲人是厉彦林散文中浓得化不开的情结，灵动的文笔、清新的美学风格、独特的反思气质，交织成他诗性散文创作的灵感之网。"厉彦林的乡情散文，最可贵处绝不仅仅是表现了思乡怀旧之情，而是将过去、现在乃至对未来的希望很自然地融为一体。使人读后，感觉是丰厚的，情致是明丽的。"④厉彦林的散文唤起现代人对于传统乡土文化的关怀，带着人们走进诗意栖居的园地，在传统与未来的交融中品味人生的真谛。中国社会处于快速发展的时代潮流之中，在这个物欲横流、浮华遍地的时代，厉彦林始终心系平民的苦乐，坚守着自己的精神之根，把对故乡亲人的感情上升到对土地、人民的深沉热爱，他的创作蕴含着历史进程中民族的艰难历程与岁月的沧桑。厉彦林散文是对现代化进程下社会的反思，展现了乡土视野下的真实人生，保持了和土地、人民的密切联系。在故乡的普通景色中审视社会的发展，在社会的发展中洞悉人性的转

---

① 石英：《因为热爱，跨越难度》，《时代文学（上半月）》2015年第6期。

② 许晨：《一曲民族精神的颂歌》，《时代文学（上半月）》2013年第10期。

③ 侯仰军：《不仅仅是对土地的礼赞》，《时代文学（上半月）》2013年第10期。

④ 石英：《生命与艺术的春天永驻——读厉彦林乡土散文》，《时代文学（上半月）》2009年第11期。

变，用带有乡土味道的笔触书写属于故乡的酸甜苦辣，在感受人生丰富性的过程中，倾听自己内心的呼声。厉彦林从故乡的视野出发，以心系大地的情怀，感受万物的温度，书写对于土地和人民的深情，在现代化的大潮之中，用乡土精神之光驱散现实的迷雾，为人们寻找到一片灵魂的家园。

第二节　当代中国人的"美丽乡愁"

"在神造的东西日渐减少、人造的东西日渐增添的今天，在蔑视一切的经济的巨大步伐下，鸟巢与土地、植被、大气、水，有着同一莫测的命运。在过去短暂的一二十年间，每个关注自然和熟知乡村的人，都亲身感受或目睹了它们前所未有的沧海桑田性的变迁。"①当代生态散文家苇岸的话语，呈现出了"谁人故乡不沦陷"的、加速度般的时代剧变。在时代浪潮的冲击下，许多年轻人的心早已为物质和无奈的现实所俘获，他们更加倾向于悬浮在繁华都市的上空，无力也无意再去听取脚下大地的声音。那静静地矗立在不远处的故乡与田野，对他们来说却是那样遥不可及。正如迟子建所言，在文明的拐弯处，我们是否遗失了什么。如何寻回遗失的文化，赓续乡土中国文化命脉，这是时代给予中国作家最重要的艺术使命。

厉彦林就是这样一位坚持与守望大地的、响应了心中声音和时代召唤的当代中国优秀作家。从初登文坛开始，厉彦林就以一颗虔诚的心聆听大地的声音。在他的笔下，田野和乡村是一个多年不变的主题。在长达20余年的创作生涯中，他的心始终贴着大地飞翔，倾听大地深处的"天籁之音"。

厉彦林散文都可以在"土地"一词中找到源头。他的创作深深浸润着地之子对生养他的土地的热爱和依恋。土地是乡土中国最核心的东西。土地是农民的亲人。在散文《攥一把芳香的泥土》中，爷爷对待土地的那份虔诚与敬畏在老一辈农民中特别典型。"每次下地，必须先把鞋脱了，直接光着脚板。爷爷说，地是通人性的，可不能用鞋踏的。如果踏了，地就喘不动气了，庄稼也就不爱长了。"②这种态度深深地影响着"父亲"和"我"。父亲"就像能感

---

① 苇岸：《最后的浪漫主义者》，广州：花城出版社2019年版，第82—83页。
② 厉彦林：《攥一把芳香的泥土》，见厉彦林：《赤脚走在田野上》，济南：山东人民出版社2016年版，第72页。

觉到土地的体温和脉动"一样爱惜着脚下的这片土地。他会在播种的时候走到地中央，"轻轻跪下右腿，将十指插入泥土中，用力攥一把，看一看土地的墒情，放到鼻子前闻一闻，口里念叨着：'这土，多润呀！这土，多香呀！这土，多肥呀！肯长庄稼，种啥都成！'"①"父亲"从土地里看到的是家人幸福的笑脸和生活的希望，用这种近乎仪式感的跪拜表达农民对土地最高的崇敬。"我"虽然已经离开了农村，但是心却没有离开故乡的土地。"我"的根依然扎在故乡的泥土中，血液依然流淌在故乡的土地上。

　　劳动是农民与大地肌肤相亲的自然方式。农民通过劳动获得物质生活资料，也让他们证明自我价值，从中体验到快乐与满足。"会劳动"就是乡土世界所能给予农民的最大褒扬。父辈们辛勤劳动的身影和出色的劳动技能在厉彦林笔下得到了多方面呈现。在《赤脚走在田野上》一文中，爷爷高超的耙地和打麦畦子技术令人叹服。无论地被耕得多么起伏不平，爷爷总能把它耙得平整如镜。爷爷靠自己的眼神和准头打出的地埂，"就像木匠打了墨线一样直"。作者把这个过程写得细致明白，俨然一本乡村青年学习劳动的教科书。农耕文明决定土地产出的除了"老天爷"就是农民自己。农民付出的劳动和心血越多，他脚下的这片土地给他的回报也就越多，因此他们义无反顾的将汗水泼洒在自己的土地上。《攥一把芳香的泥土》中父亲对土地深情的跪拜和庄重的礼仪正是对养育亲人的土地的感恩。"那普通的土坷垃，在串串汗珠的浸润下，长出一茬茬小麦、地瓜、苞米，点缀着全家人幸福的鼾声。"②《布鞋》中母亲在儿子读书时凑在昏暗的煤油灯下纳鞋底的身影永远地留在了厉彦林的心里，也留在了我们心里。那"鞋上密密匝匝的小针脚和娘那疲倦的眼睛"让我们也穿越了时间的缝隙，想起了自己的母亲。多少个夜晚，我们也曾在灯芯热爆的噼里啪啦声和娘纳鞋时麻线抽动的嗞嗞声中，进入甜蜜梦乡。

　　农民在大地的劳作，不仅收获价值和快乐，而且在其中铸就善与美的品性，凝结为质朴而又深厚的亲情关系。厉彦林在散文中对此描写的笔触往往是细致而又温暖的。读罢《赤脚走在田野上》，掩卷而思，最难忘记的是作品中

①　厉彦林：《攥一把芳香的泥土》，见厉彦林：《赤脚走在田野上》，济南：山东人民出版社2016年版，第116页。

②　厉彦林：《攥一把芳香的泥土》，见厉彦林：《赤脚走在田野上》，济南：山东人民出版社2016年版，第116页。

父亲、母亲并不高大但却令人动容的身影。那是多少农村孩子的父母共同的身影啊！"吾家世守农桑业，一挂朝衣即力耕。汝但从师劝学问，不须念我叱牛声。"（陆游·《示子孙》）但凡是从乡村走出的孩子，都不会忘记父母亲对自己朴素、殷切的教诲。"孩子咱可要听话、争气，咱不和人家比吃比穿，咱得跟人家比学习。识字多了，才有出息，才不愁没鞋穿。"①对于乡下人来说，表达爱意是件格外困难的事，他们很难把自己的情感用言语表达出来。这些满满的爱意往往化成了无言的行动。《父爱》中沉默寡言的父亲会在烈日当空的夏日默默跟在儿子身后替他割麦子，也会在寒风刺骨的隆冬坐着没有顶篷的拖拉机颠簸四五个小时，来给自己的孩子送上一捆煎饼和煮熟的鸡蛋，用粗糙的大手塞给孩子散发着体温的五十元钱。母亲深夜一圈圈地推动沉重的石磨，几百斤重的石磨周而复始地绕圈，那黏黏的煎饼糊就从磨唇里慢慢流出。推完磨后，母亲并不能休息，她还要支起鏊子空手滚煎饼，直到一家人欢乐地吃上煎饼，母亲才能稍稍喘一口气。"沉甸甸的煎饼凝聚着父母的心血和汗水，也饱含着父母的希冀和嘱托。"②

　　文学是语言的艺术。厉彦林的散文语言清新自然，天然可爱，集审美与哲理为一体，而这种语言美源于厉彦林对于故乡和土地深深的体悟和浓浓的感情。在他的散文中，优美活泼的语言俯拾即是："春雨如烟，如雾，如丝，如梦，悄悄落下来，一滴一滴，淅淅沥沥，飘飘洒洒，缠缠绵绵。"③故乡的一切都被厉彦林赋予了生命，成为了一个个独特的美的所在。单具有"美"的语言不是好的语言，它还要有"灵魂"。而这"灵魂"就是作家从生活中发掘出的哲理。作者从普通农村小学的钟声中体会到孩子在钟声和读书声中慢慢长大，也在那里学会了如何面对生活中的风和雨。从家中老燕子教小燕子飞翔的情景作者领悟到了"燕子们就是这样在爱与恨、聚与散、生与死之间一辈辈承

① 厉彦林：《布鞋》，见厉彦林：《春天住在我的村庄》，济南：山东教育出版社2012年版，第99页。
② 厉彦林：《煎饼》，见厉彦林：《赤脚走在田野上》，济南：山东人民出版社2016年版，第133页。
③ 厉彦林：《享受春雨》，见厉彦林：《春天住在我的村庄》，济南：山东教育出版社2012年版，第12页。

传和繁衍"①，那些乡村少年们也像燕子一样勇敢地冲出闭塞的山寨，到外面的世界去闯荡。厉彦林的散文中还有许多民间俗语，充满情趣。《赊小鸡》一文以"乡下人说话算话，落地砸个坑"②开头，既风趣幽默，又与文中表现的善良诚恳、质朴憨厚的沂蒙民风相呼应。

厉彦林的散文有一种来自生命深处的"活文""生命之文"的魅力。厉彦林散文的"活"来自于他对现实生活丰富而又鲜活的感受，来自于他对脚下的土地以及那些在土地上生长的植物和在土地上生活的人发自内心的热爱。厉彦林摆脱了传统散文文体定式的重负，真正做到了"有什么话，说什么话"。他对家乡的赞美往往是从一草一木开始的，生活中毫不起眼的小物件在他笔下都变成承载着爱与回忆的"活物"，点点滴滴的乡村凡俗生活也散发出动人的光彩。正像父辈一样，厉彦林虔诚地将双脚踏在故乡湿润芬芳的土地上，用诚挚、爱怜的眼光看待故乡的每一棵树木、每一条河流。真诚地将心系在故乡上，就会将爱延伸到故乡的每一寸土地上，那些花花草草、瓶瓶罐罐，都会在诗意的文字中复活。厉彦林在诗意飞翔的同时，始终将心贴在大地上，这就让他的文字始终散发出来自大地母亲的芬芳，跃动着一颗赤子般的"活"的灵魂。

厉彦林的散文所描绘的炊烟袅袅、散发着槐花香味的青石板街、那狗尾巴草做的戒指、密密麻麻针脚的布鞋、滚烫鏊子摊出的地瓜干煎饼，绝不仅仅是他一个人的童年记忆，决不仅仅是他一个人的故乡，而是当代每一个乡土中国人的童年、故乡、大地与亲情！

美不美，故乡水；亲不亲，故乡人。厉彦林的散文以独有的诗意笔触抒发了"谁人故乡不沦陷"时代下的当代中国人的"美丽乡愁"，是关于乡土中国文化母体及其情感记忆的灵魂歌唱，是赓续乡土中国文化命脉的"当代抒情诗"，其价值和意义是不言而喻的。

---

① 厉彦林：《春燕归来》，见厉彦林：《赤脚走在田野上》，济南：山东人民出版社2016年版，第15页。

② 厉彦林：《赊小鸡》，见厉彦林：《春天住在我的村庄》，济南：山东人民出版社2016年版，第26页。

第三节　《地气》：天地人合奏的当代沂蒙精神之歌

　　"谁不说俺家乡好——"，一曲《沂蒙山小调》唱遍了大江南北，构建了一个时代的集体记忆，涌现了"沂蒙红嫂""沂蒙六姐妹"等众多优秀沂蒙儿女的革命故事，出现了李存葆、苗长水、刘玉堂、赵德发等众多优秀作家和优秀文学作品，铸就了一种忠诚、仁义、厚道、朴实、坚韧、奉献的沂蒙精神。斗转星移，时至今日，我们不禁产生疑问，从历史和战争硝烟中走来的沂蒙精神在当代如何传承？沂蒙山的当代故事谁来书写？沂蒙山人的当代歌谣谁来传唱？带着这种疑问和期待，笔者一口气读完了厉彦林的散文集《地气》，内心豁然开朗，当代沂蒙山人的生活已经千变万化，但是沂蒙山人的心依然初衷不改，依然那样淳朴、善良、优美，与沂蒙大地一样浑厚，和沂蒙山一样坚韧，连接着地气与天光，流淌着先辈的血液，葆有仁义的精神传统。而厉彦林的散文集《地气》就是一首有着天籁之音、大地之气、人文情怀的天地人合奏的、自然浑厚的当代沂蒙精神之歌。

　　每一位从故乡走出来的人，都不会忘记故土的栽培和养育，努力接通地气成为他们回望乡土、致敬家乡的最佳途径。沂蒙大地走出来的厉彦林，就是这样一位身在都市、心系故土、传承与讴歌沂蒙精神的人。品读《地气》，给人最直接的感受是带有一种扑面而来的乡土气息。虽然城市生活忙忙碌碌，但作者仍能根植沂蒙大地，以文学的形式回味和抒发那如酒的乡情、暖心的亲情、生命的真情和家国的深情，彰显出一颗永葆真诚、饱满澄明、带有泥土芬芳气息的赤子之心。

　　散文之美在于情真，有时候甚至不需要太多华丽的语言，就能引起读者共鸣甚至让读者潸然泪下。散文集《地气》之美就在于此。在这里，我们看不到作者咬文嚼字的痕迹，基本全是自我情感的流露。这些情感丰富、充实、坦诚，在唤醒读者童年记忆的同时，也让读者重新跟随作者的脚步回归了一次乡土大地。在第一辑"乡情如酒"中，仅从篇名就能看出作者对童年时期沂蒙乡情的记忆之深和无限留恋。在这里，童年时代的"人、事、物、景"历历在目，跃然纸上。《旱烟袋》中，拿"旱烟袋"的爷爷一生秉性耿直、重情重义，得到乡里乡亲的敬重；《剃头匠》中的"剃头匠"无论对谁服务得都很好，老少无欺，人生在指尖和头发之间跳跃；童年乡间的春雨、树木、蛙声、露天电影、燕子、喜鹊、萝卜等都给作者带来无限的乐趣和美好的回忆；"听春""品春""看春"的场景也许只有在乡间才有可能实现……童年记忆是抹不去的，并随着年龄的增长在人的心目中越来越深。

父爱如山，就如沂蒙山一样巍峨；母爱如大地般深厚，正如鲁迅所言"仁慈的地母"。沂蒙山的文化、传统、习俗，就在父母那里得到了传承、浸染和滋长。在《地气》中，作者书写最多的要数父母和亲情了。在第二辑"亲情暖心"中，作者用大量的篇幅书写具有沂蒙山人传统品格的父母。《父爱》中书写了那位憨厚地道的农民父亲对作者"严厉"而又朴实的爱。《仰望弯腰驼背的娘》中，常年弯腰劳作的娘随着年龄的增加越来越矮小，对作者的思念却越来越深；《娘的白发》中，不识字的娘却千方百计供孩子读书，不论日子多么艰难，从不落泪；《回家吃顿娘做的饭》中，作者表达了身居闹市的自己对到乡下同父母团聚、吃几顿合口味的庄户饭的奢望；《舍命保花》中，描写了生不逢时的娘"舍命不舍花"的母爱。《回家过年》《年夜饺子》《家训》《我的父亲节·母亲节》等也从不同角度歌颂了父母之爱的真切和毫无保留。此外，《腊梅花开的声音》《草戒指》《栀子花开》《萤火虫》《自行车》《爱的礼物》等篇目也对作者与妻子、儿子之间的亲情和爱进行了真诚坦露和告白。正是在日复一日、时时事事的生命与岁月交融中，传承和滋长着沂蒙山的传统、血脉和文化。

一方水土养一方人，一地域有一地域之文学。作家总以某一地域为文学地标，而地域文化也是作家情感表达的寄托。在第三辑"真情在胸"中，作者就以自己土生土长的沂蒙山以及这一地域乡土风物、乡风民情为表达对象，以此倾吐内心情感和搭建自我与家乡的血脉联系。散文集的叙事视野和生命情怀进一步扩展。《沂蒙山》中，作者直抒胸臆，歌颂这英雄辈出的土地，赞扬代代儿女在这里谱写出的无数英雄故事与传奇。《沂蒙石磨》《沂蒙地瓜》《沂蒙煎饼》《沂蒙布鞋》《沂蒙鞋垫》《沂蒙窗花》《蒙山特产》《乡下"土鸡"》等多篇散文以沂蒙地域独特的文化标记为书写对象，或透视沂蒙山乡的历史，或推介沂蒙民间文化。这一方面抒发了作者自我的情感，找回了童年的记忆，另一方面也使文章血肉丰满，使读者对沂蒙文化的历史、现在和当代演变有了更深的体认。《赊小鸡》书写了沂蒙地域民风的淳朴和实诚；《进城的大树》《家有半分菜园》《天烛峰的松》中，作者流露出自我在城市中对土地和大自然的眷恋；而《攥一把芳香的泥土》《风雨荷塘》《乡间秋雨》《赶年集》《十字路》则又把目光放回到故乡，展示城乡对比和时代发展下那些逝去的美好和回不去的淡淡忧伤。

家事国事天下事事事关心，亲情友情故乡情情情在胸。作者以一颗热诚、澄明的心，把沂蒙山的众多事与情融合在一起，汇聚成雄浑厚重、深邃博大的家国情。至此，散文集从沂蒙山的父母之爱、乡土之恋，扩展为家国情怀，体现为大地意识和人民情结。对美好生活的向往、对幸福生活的追求是每个人的使命和责任，也是一个大国的民族梦想与追求。在第四辑"家国情深"中，作者从"小我"上升到"大我"，从"小家"过渡到"大家"，在个人情感表达的基础上，抒发和赞美新时代民族的崛起、人民的觉醒，进而表达出新时代里沂蒙山人的爱国、爱家情怀。《故乡》中，作者从村落、家庭、个人写起，以生活在革命老区沂蒙山而感到自豪，表达出在人生奋斗旅途中，最难割难舍、最容易频繁想起的依旧是那个故乡的感叹。《土地》热情讴歌了生我养我之土地的坤厚载物，以及孕育和生长在这块土地上的人们的慈善仁爱，进而表达对这块土地的虔诚和信仰。《村庄》中，作者探寻"村庄"发展史，上溯农耕文明的身影，进而找寻时代发展印记，总结出"村庄"才是中国文化、中华文明的母体。《人民》《醒了，中国睡狮！》《中国红》中，作者则感慨时代的快速发展，歌颂人民、歌颂祖国，歌颂美好的未来。

纵观散文集《地气》，作者给我们呈现一种别样的、既熟悉而又陌生的阅读体验，带领读者在乡间自然的小道上无限徜徉，感受到那不一样的热情、淳朴和那从历史中走来、指向未来的深厚与广阔。作者以城市人的身份回望故土，在城乡对比中表达对美好生活的向往和对现代化的反思；娓娓道来、真情表露的文字背后，总给我们哲学上的深度思考和对人生的无限沉思；与传统散文相比，其写作特色则蕴含乡土散文的新元素。

改革开放以来，中国进入大转型、大变革的现代化快速发展期。在经济、科技快速发展的同时，中国也出现了一系列亟待解决的思想、文化问题。在散文集《地气》中，身居闹市的作者就多次对中国传统乡村那些美好的、优秀的传统文化的流失表示遗憾，对原本美丽、和谐的人文与自然环境遭受的破坏感到心痛。作者以"在那时乡下……"和"如今都市……"来表达对过往美好乡村的憧憬和向往；另一方面，以直接批判或间接对比、隐喻等方式表达对现代化的深刻反思、对当代沂蒙精神的思考，显现出浓郁的人文情怀和批判精神。

作为沂蒙大地走出来的厉彦林，他的散文集《地气》在吟唱出了当代沂蒙精神之歌的同时，也对当代乡土散文审美书写有了新的拓展。《地气》中表现出的城乡对比的书写新观念，表达乡情、亲情和家国情怀的新方式，塑造沂蒙大地乡土新人物等方面，都与传统散文书写存有较大区别，呈现乡土散文书写的较多新元素，开拓了当代乡土散文书写的路径、策略与新的可能性。毫无疑问，《地气》是笔者近年来读到的饱满、真挚、自然、诗意的优秀散文，是一首发乎内心、融汇天地人、连接历史现在与未来的天籁之歌、生命之歌、沂蒙精神之歌。

事实上，沂蒙山文化和历史，依然是一块矿藏丰富的宝地，依然需要当代作家的深层开掘。作家李存葆的《高山下的花环》开启了一种文化反思与批判的、具有浓郁现实主义艺术风格而又震撼人心的沂蒙山文学书写。此后的刘玉堂以《乡村温柔》《最后一个生产队》《秋天的错误》等优秀作品，在诙谐幽默的语言风格中，建构起一个集悲剧与喜剧、神圣与荒诞、历史与现实相结合的新沂蒙山文学高地。同时期的苗长水，则另起炉灶，书写出了具有内在优美、雅致、细腻的婉约气质而又具有新历史主义深邃精神质地的另一派沂蒙山文学，其小说《非凡的大姨》等作品风靡一时。晚一点出山的赵德发，一出手就是《通腿儿》，到后来的《缱绻与决绝》则写出了大历史语境下小人物、普通人的动人心魄的缱绻之爱与决绝之情。

著名作家海明威说，作家要寻找属于自己的句子。在这样一种沂蒙山历史、文学与文化语境中，厉彦林找到了"属于自己的句子"，唱出了属于自己的歌，为21世纪沂蒙文学开拓出了新的文学园地、新的精神探索和新沂蒙文化内涵书写。正是在这个意义上，厉彦林的《地气》是21世纪新文化语境下赓续沂蒙山历史、挖掘沂蒙山文化内涵、书写新时代沂蒙精神的传承与创新之作。《地气》在总结以往历史文化的同时，对改革开放新时期以来的贫穷、艰苦而又坚守独特文化品格、开拓进取的当代沂蒙山人及其新沂蒙生活、新沂蒙精神进行了富有生命温度、历史质感和人文情怀的书写，是非常难能可贵的。从某种程度而言，《地气》既是厉彦林几十年个人的独特生命体验，又是属于沂蒙山人群体的集体生活描绘；不仅是沂蒙山大地、河流、森林等大自然的生命之歌，而且是青石小巷、童年钟声、煤油灯、石墨、布鞋等浸透了情感包浆的生命浮雕。《地气》蕴藉与氤氲的是来自生命与生命、情感与情感、人与万物之间的鲜活的、跃动的、生生不息的生命之气。

当代作家张炜、贾平凹等人的创作实践已经证明，作家可以在成名之后，在获得巨大声誉之后，依然勇于把一切荣誉抛掷脑后，开拓出新的文学疆域，写出新的优秀作品。沂蒙山文学依然需要不断传承与创新，在传承中创新，在裂变中实现新的生长。厉彦林是令人敬重的优秀作家，以其对文学的无比热爱、对作品的精雕细琢、对艺术质地和思想品质的极高要求，创作出了一系列优美、抒情、清新、隽永的优秀作品，产生了很大影响力。笔者期待厉彦林在沂蒙山历史、文化和风物的书写中，能够打造出具有体系性、标志性、独创性、深邃性的当代新沂蒙文学，创新性发展具有历史、乡土、地域、人文等审美元素的当代沂蒙文化。从沂蒙山文学走向城市文学书写、大地与人民性书写，厉彦林已经这样一路走来了，已经展现并将继续展现这位具有独特生命体验、深厚人文情怀的作家对故乡、大地、历史和人民的无比深沉的生命之爱与文学之美。

欸乃一声山水绿。"沂蒙那个山上哎"，传唱《地气》新山歌。

后　记

　　一件事情的达成，往往都有很多因缘际会的联系。事实上，对沂蒙山派文学及其沂蒙精神的探寻，是和我的童年、故乡密切相关的，是我血脉里流淌的生命情思。因为我的家乡山东莒县，就是原来大临沂地区的一部分，是沂蒙山的一部分。这里的山脉、河水都是相连的。莒县人也就是沂蒙山人的一部分。人们经常提及的沂蒙山人特点，我都有深刻的体会。所以对沂蒙山派文学的研究，于我而言，就是对自己生命故乡的重新探寻，对自己亲人的探寻，对自我精神根源的探寻。沂蒙山文学于我一点也不陌生，并且感到非常亲切和熟悉。而把这片土地的文化、文学，以及它的历史在当代进行阐释、研究、传承，是我的责任所在。

　　实际上我和沂蒙山文学打交道很早就已经开始了。回忆起来，是在20世纪八九十年代，那个时期沂蒙山地区文学思潮不断涌动，给了我最早的文化与精神感悟。在莒县龙山镇初中的时候，同学们在学校就开始创办文学社团，办油印刊物，成立一个名为龙泉的文学社。这个时候沂蒙山的文化源流和全国性的文化思潮是一起涌动的。上高中的时候，在1991年前后，我们就有一个绿洲文学社团，大家心里也非常热爱它。我记得当时我们班里传阅《山东文学》，其中的一篇文章至今印象深刻，就是赵德发的《通腿儿》。《通腿儿》在1990年刚发表的时候，我们班同学就已经在传阅了，我们读了以后都特别兴奋。因为它讲的是我们沂蒙山人的故事"通腿儿"。沂蒙山乡村比较贫困，冬天比较寒冷，乡亲们怎么取暖呢？他们就"通腿儿"睡觉，就是在两个床头睡觉。睡觉的时候我给你暖暖腿脚，你给我暖暖腿脚，两个人互相用身体的体温来取暖，抵御冬季的严寒。这就是我们当地人叫的"通腿儿"。赵德发先生是从民俗出发，讲述一个有着深深的忧伤和悲痛、一个葆有浓厚深情的沂蒙山人的故事。我今天仍然认为这部小说是中国当代短篇小说的经典，是可以传世的经典。当然，有的人未必能够理解得那么真切，或体会得那么深刻。我跟我的研究生辛晓伟说过，赵德发的《通腿儿》不像我们看到的很多小说那样汁液饱满、一捏出水的状态，但是它有着非常深厚的营养，或者说是那种情感极为浓缩的特殊文本形式。如果用家乡话来形容这部小说，它就像一个被晒干的萝卜条一样，吃起来很劲道，营养丰富，因为它的汁液已经被拧干了，是一种深刻的内涵性、民俗文化与历史性书写。所以，高中时候读了《通腿儿》，就给我留下了特别深刻的印象。当时没有作者意识，并没有留意作者就是赵德发，到后来才知道，原来是我们非常喜欢的沂蒙山大地的作家。2002年前后我到日照去专门拜访赵德发先生，表达对他写作中国"农民三部曲"的一种敬仰之情。另一个机缘是在我读研究生的时候，就是在2002年前后，我的一位老师和一个师妹跟我谈到他们对山东作家刘玉堂的喜爱。我的老师说，刘玉堂的很多小说远远超出了同龄人、同时代的作家。我一个师妹学位论文专门做了刘玉堂研究。这就是我开始跟沂蒙山文学的联系和交往。

后来我在工作的时候，读到更多的沂蒙山文学作品。学术研究要从生活的地域、故乡开始。而山东这片土地，包括我童年生活的沂蒙山，就是我个人文化和情感的根源所在之地。所以我就把目光投注于当代山东文学，包括沂蒙文学的研究和思考。赵月斌在主持《时代文学》"名作经典重读"栏目的时候，跟我约过稿，说有几个作品在20世纪八九十年代影响非常大，经过20年之后要重读一下，需要配发一个评论。当我读到刘玉堂的《冬天的错误》和苗长水的《非凡的大姨》的时候，感觉特别震撼，特别是苗长水的《非凡的大姨》。刘玉堂的小说《乡村温柔》，我在读研究生的时候已经接触过，刘玉堂被称为"中国当代的赵树理"，这个评价是很高的。后来有一次到海南师大开会，碰到张清华老师，他对刘玉堂的小说也赞赏有加。张清华老师提出一个问题，就是可能有一些离开过山东的作家，到了外地，有过一段离乡的经历，然后重新回到山东，再去看山东的时候，可能就带有不一样的情感，有一种新的人文情愫和文化意识。刘玉堂的小说我是很熟悉的，但是读到他的《冬天的错误》依然让我很震撼，那种语言的诙谐、幽默、生动，人物形象的独特，写出了沂蒙山的味道，写出了沂蒙山人的品格以及沂蒙精神对生命个体滋养，特别精彩。苗长水的小说，我分析的是《非凡的大姨》，也同样让我深深地叹服。因为苗长水的小说，我之前读得不多，但是读了这部作品感到非常震撼。这个小说写出一种新历史主义的人文关怀，不仅是语言好、人物形象鲜活，还有一种更大的品格，更开阔的境界，对历史、对文化、对沂蒙山地域精神、对当代中国历史文化都有着另一种别开生面的思考。这些都已经在这本书里面呈现出来，这里就不再赘述。这是我和沂蒙山文学的深厚渊源。

还有一个作家，我想以后继续来研究，他就是李存葆。我较早接触了李存葆的作品《高山下的花环》。曾经有人约我写过一个关于这部作品的很短的评论，该评论没有收录在本书里。这部小说，包括改编后的电影、电视剧我都看过，也是一个非常好的、呈现沂蒙精神的文本。实际上对沂蒙山精神的书写还有很多很优秀的作家，特别是当代作家，比如说我们提到对当代沂蒙精神的传承，就有著名的散文家、诗人厉彦林。我读到厉彦林的作品，感觉特别亲切，就像是看到了自己的童年，自己的父母，自己的亲人，还有那个一样亲切无比的村庄。特别是那些能给我们留下独特记忆的乡土风物描写，古老的铁钟、石头的桌子、青石板的石街、小巷子、老烟袋、算盘、石磨等等，这些都是我们生命中最独特的经历，是珍贵的童年记忆。这是我们当代沂蒙山人的生活和情感。厉彦林的文章总是饱含着深深的情感，特别是沂蒙山文化的精神内蕴，还有乡土风物的特征与情怀，都在里面得以呈现。此外还有一些年轻的沂蒙作家，像杨文学，像东紫，像常芳，还有沂蒙地区的诗人，包括临沂、莒县的诗人，如蓝野、江飞、轩辕轼轲、李林芳、也果等等等，都非常有影响力。沂蒙艺术，包括沂蒙的书画作品，都有很丰富的内涵需要我们进一步阐释。我想这本书是一个开始，后边还要继续来做一些工作。

本书得到很多人的支持，特别是得到了山东省沂蒙文化研究会的指导和大力支持，这让我非常感动。山东省沂蒙文化研究会的葛文学会长、杨文学秘书长，还有一些常务理事对我的课题提出了很多非常中肯的、有建设性和启发性的建议。他们非常肯定和热情鼓励我开展沂蒙文学与文化研究，对于沂蒙文化研究提出的想法与建议，我记了十几页的材料。山东省沂蒙文化研究会的领导与专家提出能不能建构一个沂蒙山派文学，把沂蒙山文学的精神特色、文学精神的渊源流脉整理并呈现出来。听了他们的建议后，我觉得这是一个新的拓展，是一种创新性、整体性的思维。沂蒙山派文学是一个流派，是一脉传承下来的，是这个地域文化中所固有的一种脉象，有一种内在的精神逻辑贯穿始终。这样，我根据沂蒙山派文学内在的纹理，通过自己的研究把它串了起来。这是我研究过程中一个很大的收获。本研究也得到了山东省齐鲁文化英才项目的资助，同时也是山东省签约文艺评论家的课题。本书还得到了山东省一流学科、山东师范大学文学院中国语言文学学科的支持和资助。在此一并表示衷心的感谢。本书"赵德发研究"与"苗长水研究"初稿中的部分内容分别由我指导的辛晓伟、李海丽两位研究生撰写；田振华、刘仁杰、刘玄德等博士、硕士研究生对本书稿做了校对、整理等工作。感谢这些硕士生、博士生的付出与支持。感谢默默支持的各位亲人。

事实上，沂蒙山派的作家已经是山东作家或是当代中国作家一个重要的组成部分，对他们的研究，既是对我生活的故乡的研究，也是对山东文学、中国当代文学研究的一个重要维度。我和沂蒙山派文学是一种生命内在的联系，这是我心中永远涌动的情感源泉。在后面的岁月里，我要继续对沂蒙作家进行深入地研究，从他们的精神、语言、民俗、文化等角度进行深度地思考；扩大对沂蒙艺术的研究，从文学，到电影、电视剧等沂蒙精神传播的多元维度研究。甚至包括沂蒙的音乐，沂蒙的绘画、书法，也是我特别感兴趣的，需要我进一步去学习，同时这些也是沂蒙山文化的重要组成部分。期待我所研究的沂蒙山派文学、沂蒙艺术及沂蒙精神，能够回馈我所生长的沂蒙土地和滋养我成长的沂蒙山派文学艺术。

再次深深感谢给予我大力支持的各位领导、先生、朋友与亲人。

张丽军

2020年1月

责任编辑：方 蕾
封面设计：杨 欣
责任校对：潘 婧

图书在版编目（CIP）数据

沂蒙山派文学与沂蒙精神 / 张丽君 等著. —北京：人民出版社，2020.10
ISBN 978-7-01-022520-3

Ⅰ. ①沂… Ⅱ. ①张… Ⅲ. ①文学流派研究—沂蒙—当代②民族精神—研究—
沂蒙 Ⅳ. ①I209.99②D648.4

中国版本图书馆 CIP 数据核字（2020）第 187725 号

沂蒙山派文学与沂蒙精神

YIMENGSHANPAI WENXUE YU YIMENG JINGSHEN

张丽君 等著

人 ★ ★ ★ 社 出版发行
（100706 北京市东城区隆福寺街 99 号）

中煤（北京）印务有限公司印刷 新华书店经销

2020 年 10 月第 1 版 2020 年 10 月北京第 1 次印刷
开本：710 毫米×1000 毫米 1/16 印张：13.75
字数：219 千字

ISBN 978-7-01-022520-3 定价：59.00 元

邮购地址 100706 北京市东城区隆福寺街 99 号
人民东方图书销售中心 电话（010）65250042 65289539